Wismar im Jahre 1397: Hermann Holthusen, Kaufmann und Ratsherr der Hansestadt, tobt. Schon wieder ist ein Fass seines teuren Frankenweins sauer wie Essig. Er wird persönlich nach Würzburg reisen müssen, um seinen Handelspartner Caspar Nürmperger zur Rede zu stellen.
Da trifft es sich gut, dass befreundete Klosterbrüder auf dem Weg zum Generalkapitel in Wien in Würzburg Station machen wollen. Doch noch ehe die Reisegruppe aufbricht, werden Abt Reinhard von Amelungsborn und ein Laienbruder hinterrücks ermordet. Eine angstvolle Reise beginnt. Doch auch in den Mauern der Frankenstadt Würzburg finden die Reisenden keinen Schutz.
Als zwei weitere Abte ermordet werden, geht Holthusen den Spuren der Mörder nach. Und Caspar Nürmperger? Er ist wenig erfreut über den plötzlichen Besuch seines Wismaraner Handelspartners und versucht ihn auf seine Weise abzulenken ...

Frank Goyke, 1961 in Rostock geboren, ist ein bekannter Krimi-Autor. 1996 wurde er für seinen Roman »Dummer Junge, toter Junge« mit dem »Marlowe« der Raymond-Chandler-Gesellschaft ausgezeichnet. In der Reihe der Hansekrimis sind bis jetzt bereits drei Titel von ihm erschienen: »Balthazar Vrocklage ist verschwunden«, »Tödliche Überfahrt« und »Lüneburger Totentanz«.

FRANK GOYKE

Der falsche Abt

Ein Hansekrimi

Die Hanse

Bibliografische Information der Deutschen Bibliothek

Die Deutsche Bibliothek verzeichnet diese Publikation in
der Deutschen Nationalbibliografie; detaillierte bibliografische
Daten sind im Internet über http://dnb.ddb.de abrufbar.

Umschlaggestaltung: Susanne Reizlein, Hamburg
Motiv: Detail aus Jan van Scorel, »Portrait eines venezianischen
Edelmanns«, (um 1520) – Landesmuseum für Kunst und
Kulturgeschichte Oldenburg

Herstellung: Das Herstellungsbüro, Hamburg
Satz: Greiner & Reichel, Köln
Druck und Bindung: Clausen & Bosse, Leck
Printed in Germany

ISBN 3-434-52814-8

Informationen zu unserem Verlagsprogramm finden Sie
im Internet unter www.die-hanse.de

Das Gedächtnis bringt nicht die Wirklichkeit
selbst herauf, denn sie ist für immer entschwunden.
Aber es weckt die Worte, die die Wahrnehmung
der vergehenden Wirklichkeit durch Vermittlung der Sinne
als Spur im Geist hinterlassen hat.

Augustinus

PERSONENVERZEICHNIS

Hermann Holthusen, Kaufmann und Ratsherr in Wismar
Johannes, Abt des Zisterzienserklosters Doberan
Reinhard, Abt des Klosters Amelungsborn
Caspar Nürmperger, Wein- und Getreidehändler in Würzburg
Kasimir Nürmperger, dessen ältester Sohn
Simon Mittenzwey, Kaufmann und Weinhändler in Würzburg
Johann Rampe, Kaufmann und Ratsherr in Wismar
Frater Angelo, Zisterziensermönch aus der norditalienischen Abtei Chiaravalle della Colomba, handelt im Auftrag des römischen Papstes Bonifaz IX.
Charles de Montpellier, Geheimsekretär des Avignoneser Gegenpapstes Benedikt XIII.
Gerhard Graf von Schwarzburg, Bischof und Herzog von Franken
Papst Bonifaz IX. (Pietro Tomacelli)
Papst Benedikt XIII. (Pedro de Luna)
Jürgen, ein Laienmönch aus der Abtei Doberan, der seinen Abt auf Reisen begleitet
Barbe, eine junge Würzburger Hure

PROLOG

Der Fremde aus dem Norden

Der Mann gefiel ihm nicht, obwohl es auf den ersten Blick nichts an ihm auszusetzen gab. Seine Reisekleider waren sauber und ordentlich, verrieten aber, dass er nur einem geringen Stand angehörte. Er war kein Bürger, weder ein Bürger Würzburgs noch Bürger einer anderen Stadt des Reiches. Er war aber auch kein Bettler, der ohne Bettelmarke um Almosen bat und daher in den Turm gehörte.

Der Kaufmann Caspar Nürmperger war auf dem Weg von der Morgenmesse zu seinem Haus und Hof in der Straße Zu den Barfüßern. Das Haus war nach dem Wappen der Familie Nürmperger benannt und hieß »Haus zu den drei Nelken«. Der Fremde lungerte vor dem Tor herum und schien auf Nürmperger zu warten, andernfalls hätte sich seine Miene nicht zu einem kühlen Lächeln verzogen, als er den Würzburger Fernhändler sah.

Caspar Nürmperger pflegte Besucher und Geschäftspartner in seiner Schreibkammer zu empfangen, nicht auf der Straße. An diesem Tag erwartete er keine Gäste, fremde schon gar nicht. Deshalb missfiel ihm der Mann.

»Herr Caspar?«, fragte der Unbekannte.

»Ich bin in Eile, Fremdling«, sagte Nürmperger und versuchte, an dem Wartenden vorbei zum Tor zu gelangen. Der Mann sprang zurück, lehnte sich an den linken Torflügel und verschränkte die Arme vor der Brust.

»Es wird Euch eine Freude sein anzuhören, was ich zu sagen habe«, behauptete er. »Vor allem Euer Geldbeutel wird jubeln.«

»Mein Geldbeutel geht Euch nichts an.« Kaum hatte er das gesagt, stieg Wut in Nürmperger auf. Der Mann war ihm nicht ebenbürtig, aber er sprach ihn an wie einen Gleichwertigen. Dem Fernhändler wurde bewusst, dass er Angst hatte.

Womöglich war der Mann, der ihm den Zutritt zu seinem eigenen Haus verweigerte, ein Verbrecher. »Verschwindet, oder ich rufe die Wache.«

»Ich kenne keinen Kaufmann, dem nicht daran gelegen ist, sein Geld zu vermehren«, sagte der Unbekannte.

»Das ist unser Beruf«, erwiderte Nürmperger. Seine Augenlider zuckten nervös, eine Angewohnheit, die er nicht zu kontrollieren vermochte.

»Wismar!« Der Fremde raunte ihm den Städtenamen zu wie ein Verschwörer. »Von dort komme ich.«

»Von Wismar?« Caspar Nürmperger wurde hellhörig. Er hatte einen Partner in der Hansestadt, den er mit fränkischem Wein belieferte. Hermann Holthusen, der einzige Kaufmann nördlich von Lüneburg, der Frankenwein bezog. Nürmperger nahm an, dass Holthusen ausgezeichnete Geschäfte mit dem Rebsaft machte.

»Ich bin befugt, Euch den doppelten Preis zu bieten.«

»Wie?« Nürmperger verstand nicht. »Den doppelten Preis wovon?«

»Die Geschäfte laufen schlecht, nicht wahr?«

Von schlechten Geschäften konnte Nürmperger ein Lied singen. Vor mehr als hundert Jahren war seines Vaters Vatervater, der Gewürzkrämer Balthazar, aus Nürnberg nach Würzburg gekommen, um in der Stadt am Main sein Glück zu versuchen. Er hatte für teures Geld das Bürgerrecht erworben, hatte klug geheiratet und das erfolgreiche Handelshaus der Familie Nürmperger begründet; hatte es seinem Sohn vermacht, der den Reichtum vermehrte, und dieser wiederum seinem Sohn, Caspars Vater. Zu dessen Lebenszeit hatte der Niedergang begonnen. Die unablässigen Händel zwischen der Stadt und ihrem Stadtherrn, zwischen den Bürgern und der Geistlichkeit hatten dazu geführt, dass die Wirtschaft Würzburgs am Boden lag. Seit etlichen Jahren wanderten die reichen und vornehmen Familien nach Nürnberg oder Frankfurt aus. Auch Caspar dachte darüber nach, zu den Wurzeln seiner Familie zurückzukehren.

»Was wollt Ihr?«, fragte er den Mann.

»Euer Glück.«

»Mein Glück ist meine Sache. Und die Sache Gottes.«

»Was zahlt Euch Gott für das Fuder Wein? Ich biete mehr.«

»Was wollt Ihr?«

»Dass Ihr eine lässliche Sünde begeht. Einen kleinen Betrug, der Euch versilbert werden soll.«

ERSTER TEIL

Die Spaltung der Welt

ERSTES KAPITEL

Die Krankheit der Frauen

Die Frau schrie. Seit Stunden hallten die Schmerzenslaute durch das ansonsten stille Haus. Die Dienstboten eilten zwischen Hof, Herd und Krankenzimmer hin und her, aber sie traten leise auf und sprachen nicht. Einmal brachten sie frisches Wasser und erwärmten es, dann holten sie saubere Leinentücher und leerten die Waschschüssel in die Gosse. Die Magd Frieda kochte der Kranken eine kräftigende Hühnersuppe, die von der Frau nicht angerührt wurde. Nun stand die Suppe vor dem Hausherrn auf dem Tisch und wurde kalt.

Jeder Schrei traf den Kaufmann und Ratsherrn Hermann Holthusen wie ein Peitschenschlag. Er zuckte zusammen und blickte zu seinen drei Töchtern, die aneinander gedrängt auf einer Sitztruhe hockten und sich verängstigte Blicke zuwarfen. Bis auf Margaretha, die Jüngste, kannten sie die Krankheit. Sie endete entweder mit dem Tod oder mit einem neuen Geschwister.

Holthusen war nicht aufgeregt, er hatte Angst. Im Wochenbett war eine Frau unrein. Ihr Blut lockte den Teufel an, Dämonen gefährdeten sowohl die Mutter als auch das Kind, Zauberinnen setzten alles daran, dass die Frucht zu früh zur Welt kam, um sie in Mahr und Alp zu verwandeln. Die größte Gefahr waren jedoch die Sünden der Eltern. Hermann Holthusen und seine Frau hatten gesündigt, und nicht nur, wie jeder Mensch manchmal frevelte, weil er schwach und verloren war. Die Schuld, die sie vor neun Monaten auf sich geladen hatten, wog schwerer.

Der Kaufmann hielt das Warten kaum noch aus. Er sprang auf und näherte sich der Tür, hinter der seine Frau mit den Wehen kämpfte. Noch nie war Holthusen bei einer Geburt dabei gewesen; Männer waren nicht zugelassen. Nachbarinnen halfen der Wöchnerin, und auch eine Hebamme war bei ihr.

Vor dem Morgenlob hatten die Wehen eingesetzt. Holthusen hatte einen Knecht in die Bademutterstraße geschickt, damit dieser eine der dort ansässigen Hebammen holte. Die Frauen aus der Nachbarschaft hatte er persönlich aufgefordert, der Kranken beizustehen. Es waren alles angesehene Kaufsmannsfrauen, die ohne zu zögern seiner Bitte nachgekommen waren.

Die Frau schrie. Holthusen fuhr zusammen. Niemals würde er die Tür öffnen, die ihn von Elisabeth trennte. Aber er war der Ehemann, er trug die Verantwortung für ihr Wohlergehen, und gern hätte er ihr in diesen Stunden zur Seite gestanden.

Was er tun konnte, hatte er getan. Wie jeder gute Christ glaubte er daran, dass die Menschen vom Antichrist, von seinen Geschöpfen und Beischläfern sowie von bösen Geistern unablässig angegriffen, gequält und in Versuchung geführt wurden. Hermann Holthusen hielt sich nicht für einen gelehrten Menschen, aber er hatte sich aus Thomas von Aquins *Summe der Theologie* vorlesen lassen. Der große Lehrer der Christenheit hatte den Glauben an Dämonen zur Pflicht jedes Rechtgläubigen ernannt; wer ihre Existenz leugnete, war selbst ein Ketzer und im Bunde mit dem Teufel. Als Kaufmann, der mit Zahlenwerk umzugehen gelernt hatte, spürte Holthusen, wie zwiespältig, nahezu hinterhältig Thomas' Argumentation war: Jeder, der ihr nicht folgte, wurde kurzerhand zum Komplizen des Bösen erklärt. Als Christ hegte Holthusen keine Zweifel. Nur Ketzer zweifelten, und die Theologie war schließlich die Mutter aller Wissenschaft.

Jede Öffnung des Hauses hatte Holthusen daher segnen lassen, die Türen und Fenster, die Luken im Giebel und sogar die Esse. Schon immer hatte es in allen wichtigen Räumen des Hauses Bilder von Heiligen und der Muttergottes gegeben, und er hatte noch mehr erworben und aufhängen lassen. Sogar ein Fingerglied des Petrus, das ein Pilger aus Rom mitgebracht hatte, lag in einem Kästchen auf dem Hausaltar. Die Unsumme von zwei Silbermark hatte Hermann für den Erwerb der Reliquie aufgebracht. In schwachen Momenten war er sich jedoch nicht sicher, ob sie echt war, denn in der Christenwelt kursierten so viele Knochen des ersten Vaters der Kirche, er musste hundert Finger, Zehen und Rippen gehabt haben.

Sankt Peter war ein Heiliger. Heilige pflegten Wunder zu bewirken. Holthusen wollte nicht misstrauisch sein.

Die Bierglocke der großen Stadtkirchen verkündete für ganz Wismar den Feierabend. Hermann Holthusen erschrak. So spät war es bereits, und das Kind wollte nicht zur Welt kommen.

Elisabeth wimmerte. Der Ratsherr drehte sich abrupt zu seinen Töchtern um.

»Sag Frieda, dass sie Bier aus dem Keller holen soll!«, befahl er Maria, der Ältesten. Sie war neun Jahre alt, hatte die Kindheit also hinter sich.

Maria erhob sich und ging zur Diele. Holthusen empfand ihre Bewegungen als zu kokett. Er würde sie züchtigen müssen.

Der Ratmann hatte sich nichts vorzuwerfen. Auf seinem Haus lag christlicher Segen, dennoch litt er unter einem schlechten Gewissen. Das Kind, das nicht auf die Welt kommen wollte, war in Sünde gezeugt und empfangen.

Hermann Holthusen hielt auf Zucht und Sitte. Den Beischlaf vollzog er nur, wenn ihn des Nachts unkeusche Träume heimsuchten. Seine nächtlichen Visionen waren so stark, dass er fürchten musste, sich selbst zu beflecken. Immer hatte er seinen Leidenschaften und Begierden straffe Zügel angelegt, er war ja kein Weib. Doch einmal war es über ihn gekommen. Er hatte wohl zu viel Wein getrunken. Ein Dämon, eine Zauberin, womöglich die Bestie selbst, hatten ihn verführt, und er war nicht mehr in der Lage gewesen zu widerstehen. Holthusen hatte mit seiner Frau nicht nur den Beischlaf vollzogen, er hatte sich auf sie gestürzt. Zum ersten Mal in seiner Ehe hatte er Lust empfunden. Lust war verwerflich. Noch verwerflicher war, dass es ihm an einem Sonntag widerfahren war. Die Kirche hatte den Beischlaf am Sonntag verboten.

Holthusen war im Rat der Stadt Wismar für die Gerichtsangelegenheiten zuständig. Ausgerechnet ihm, dem Richteherrn und Kirchenvorsteher von Sankt Nikolai, hatte der böse Feind so übel mitgespielt. Aber er war kein Heiliger. Ihm war es nicht wie ihnen vergönnt, sein Fleisch abzutöten.

Maria kehrte zurück, die Magd im Schlepptau. Frieda trug einen großen hölzernen Krug. Die älteste Tochter schwang die Hüften. Holthusen platzte der Kragen.

»Beherrsche deine Bewegungen!« Das sagte er, der sich einmal nicht hatte beherrschen können. Maria begann zu weinen. Die Magd stellte den Krug auf den Tisch. »Habt Ihr noch weitere Wünsche, Herr?«

Holthusen schüttelte den Kopf.

Die große Sünde hatte er gebüßt. Er hatte nicht nur gebeichtet, er hatte für drei Jahre eine halbe Vikariatsstelle an Sankt Nikolai gestiftet und war nach Wilsnack gepilgert, zur blutenden Hostie. Die letzte Meile hatte er barfuß und in einem Sackgewand zurückgelegt. Er hatte sich vor dem Allerheiligsten zu Boden geworfen und Geld für tausend Messen gespendet. Nach menschlichen Begriffen war er vom Schmutz befreit. Auch sein Beichtvater hatte es ihm bestätigt. Doch ob Gott versöhnt war, vermochte Holthusen nicht zu sagen.

Gott war sehr anspruchsvoll. Und obwohl alle Geistlichen davon überzeugt waren, glaubte Hermann Holthusen nicht, dass man ihn kaufen konnte.

Im Zimmer der Wöchnerin schrie jemand. Es war nicht Elisabeth. Was da schrie, hatte nur eine feine, beinahe durchsichtige Stimme, wenn es denn so etwas gab.

Die Bademutter riss die Tür auf.

»Herr, es ist ein Sohn«, sagte sie. »Er atmet.«

Hermann Holthusen fiel auf die Knie. Nach sieben Wochenbetten, die ihm drei lebende und vier sehr rasch verstorbene Töchter beschert hatten, wurde sein größter Wunsch wahr: Er hatte einen Stammhalter bekommen.

Ein Mann sollte nicht weinen. Der Kaufmann und Ratsherr Hermann Holthusen weinte vor Dankbarkeit. Gott hatte ihm verziehen.

ZWEITES KAPITEL

Die Visitation

1

Einer der Brüder schmatzte so laut, dass Abt Johannes den demutsvoll über seinen Teller gesenkten Kopf hob und in die Runde schaute. Beim Essen hatten die Mönche Stille walten zu lassen; nur die Stimme des Vorlesers erhob sich zu den Gewölben des Refektoriums. Natürlich kam es vor, dass ein Löffel über den Grund einer Schüssel schabte, ein Mönch einen Hustenanfall bekam oder etwas zu Boden fiel. Das waren ärgerliche, aber unvermeidliche Störungen der Andacht. Dieses Schmatzen jedoch war nicht nur unerträglich, es widerte den Abt an.

Das Schmatzen wurde von einem Schlürfen abgelöst. Abt Johannes warf dem Vorleser einen Blick zu, den dieser auffing, als er von seiner Lektüre aufblickte. Sofort las er lauter.

»Unser Orden bedeutet ein Leben der Demut, des Verzichts und der freiwilligen Armut, des Gehorsams, des Friedens und der Freude im Geist; unser Orden heißt, sich einem Meister zu unterwerfen, einem Abt, einer Regel, einer Disziplin.«

Der Abt hatte für dieses Abendessen keine Textstelle aus der Heiligen Schrift ausgewählt, sondern befohlen, dass ein Brief Bernhards von Clairvaux gelesen wurde. Johannes war erst seit einem Jahr Vorsteher des Klosters Doberan. Er war 1385 in den Konvent eingetreten, hatte sein Novizenjahr hinter sich gebracht, die Gelübde abgelegt, drei Jahre als einfacher Mönch gedient und war dann von seinem Vorgänger an das St. Bernhardkolleg nach Paris geschickt worden. Acht Jahre hatte er dort Theologie studiert. Nach seiner Rückkehr war er bald zum Abt gewählt worden, der Vaterabt in Amelungsborn hatte die Wahl bestätigt, und nun stand Johannes im Alter von noch nicht einmal vierzig Jahren dem Konvent vor. Das war eine enorme Verantwortung, die auf seinen schmalen Schultern ruhte.

»Unser Orden verlangt Schweigen, Fasten, Wachen, Beten und körperliche Arbeit. Vor allem aber sollen wir dem erhabenen Weg der Liebe folgen; in all diesen Dingen heißt es, Tag für Tag vollkommener zu werden und in ihnen bis zum letzten Tag zu verharren.«

Johannes hatte den Brief des heiligen Bernhard nicht ohne Grund ausgesucht. Zurückgekehrt nach achtjähriger Abwesenheit, hatte er einen Konvent vorgefunden, in dem alle Zügel schleiften. Den Brüdern gehörte regelmäßig der Kopf gewaschen, damit sie sich auf die klösterlichen Regeln besannen. Allerdings war es kein Wunder, dass sogar in den Konventen die Sitten verfielen. Das ganze Abendland war aus den Fugen, seitdem zwei Päpste einander den Apostolischen Stuhl streitig machten.

Abt Johannes von Doberan seufzte. Er hatte sich bei seinem Amtsantritt viel vorgenommen, zu viel womöglich. In dieser heillos zerstrittenen Welt war es schwer, selbst hinter Klostermauern Zucht und Ordnung durchzusetzen.

Wie befohlen zitierte der Vorleser Bernhards Brief noch ein zweites Mal. Der Abt widmete sich dem gekochten Biber. Wo der Bruder Cellerar Biberfleisch aufgetrieben hatte, war Johannes schleierhaft. Der Kellermeister verstand zu handeln, er hatte weitreichende Verbindungen, die dem Kloster zugute kamen, und alles musste auch ein Abt nicht wissen.

Der Biber war herzhaft zubereitet, und ebenso langte Johannes zu. Da es sich um einen Fisch handelte, unterlag sein Fleisch nicht dem Abstinenzgebot.

»Unser Orden verlangt Schweigen, Fasten, Wachen und Beten.«

An diesem Tag würde Abt Johannes die Regel brechen müssen.

2

Der Gesang »Oh gütige, oh milde, oh süße Jungfrau Maria!« war soeben verklungen und mit ihm war die Komplet, das Stundengebet zum Abschluss des Tages, zu Ende gegangen. Die Bänke im Mönchschor knarrten, Füße scharrten, und schweigend machten sich die Brüder auf den Weg zum Schlafraum. Von nun an durfte kein Wort mehr gewechselt werden.

Auch Abt Johannes erhob sich. Der Weg war nur kurz, eine Treppe aus dem südlichen Querhausarm führte direkt zum Dormitorium. Johannes wusste genau, dass die Brüder das Schweigegebot häufig brachen. Sie tuschelten auf ihren Pritschen, und sie sprachen nicht über theologische Themen, sondern über Politik. Sogar in Doberan, das sich viele Tagesreisen von den Papstpalästen in Avignon und Rom entfernt in Mecklenburg befand, sorgte die Spaltung der Kirche für Unruhe. Für Zweifel. Und für Sünde.

Monachoi, dachte der ehrwürdige Vater, von diesem griechischen Wort leitet sich der Begriff Mönch ab. *Monachoi*, die Einsamen. Hier in seinem Kloster pflegten manche Brüder eine Form der Zweisamkeit, die alle Vorstellungen sprengte. Andere hatten unreine Träume, weil sie zu wenig beteten, zu wenig büßten, die Arbeit nicht ernst genug nahmen und Bücher lasen, deren Lektüre ihnen nicht gestattet war.

Abt Johannes näherte sich langsam und nachdenklich der Tür zum Kreuzgang. Bevor er sie öffnete, schaute er sich noch einmal um. Er ließ seinen Blick die wuchtigen Säulen hinaufgleiten, die wegen des hohen Schiffes überraschend schlank wirkten. Er musterte das Kreuzrippengewölbe und atmete tief durch. Stolz war eine Todsünde, und dennoch war er stolz auf seine Kirche. Sie war ein wunderbares und erhabenes Bauwerk, selbstverständlich streng nach den Regeln der Zisterzienser und in jenem Stil errichtet, von dem es hieß, er sei von den Franzosen erfunden worden. Vor noch nicht ganz dreißig Jahren, am vierten Juni 1368, war die Kirche geweiht worden, und ihr Bau hatte die riesige Summe von elftausend Mark lübisch verschlungen. Abt Johannes stand einem wohlhabenden Kloster vor, wenn es auch schlechte Zeiten gegeben hatte. Den Stolz verzieh er sich, weil er die Kirche nicht allein als Menschenwerk ansah: Nur Gott konnte den Brüdern die Hand geführt haben.

Da ihm Unangenehmes bevorstand, verweilte Abt Johannes

noch einige Lidschläge, nicht weil er feige war, sondern weil er Kraft tanken wollte. Sich allein in der Nähe des Allerheiligsten aufzuhalten, gab ihm Mut. Nur der Sakristan störte ihn, der gerade die Kerzen löschte.

Abt Johannes dachte gern an seine Zeit in Frankreich zurück. Die Universität von Paris galt als die führende Autorität auf dem Gebiet der Theologie, das St. Bernhardkolleg, seine Studienstätte, stellte alle anderen Kollegien des Ordens in den Schatten. Sein Licht überstrahlte Oxford, Toulouse und Montpellier, Bologna, Salamanca und Heidelberg. Einem jungen Mönch konnte keine größere Ehre widerfahren, als in Paris lernen zu dürfen. Johannes, der Sohn eines unbedeutenden Kaufmannes aus Wismar, war sehr dankbar. Weil er dankbar war, hatte er sich angestrengt und beste Ergebnisse erzielt. Er hätte Professor in Paris werden können, aber er war nach Doberan zurückgekehrt – aus Dankbarkeit.

Was ihn am stärksten beeindruckt und was seinen Geist am meisten erhoben hatte neben den großartigen Gedanken der Kirchenväter und Kirchenlehrer, war ein Gebäude gewesen: die Kathedrale von Saint-Denis.

Abt Johannes fuhr sich über die Augen. Mehrmals war er von Paris aus nach Norden geritten, um das Stein gewordene Lebenswerk des berühmten Abtes Suger zu bewundern. Suger war mit Bernhard von Clairvaux, dem der Orden der Zisterzienser so viel verdankte, befreundet gewesen. Er hatte einen neuen Stil in die Baukunst eingeführt, er hatte wie Bernhard alles für den wahren Glauben und die Mutter Kirche gegeben, aber er war auch ein listenreicher Diplomat und ein Berater des französischen Königs gewesen.

Und der König von Frankreich war ein Feind.

Abt Johannes wurden die Knie schwach, und er stützte sich mit der rechten Hand an eine Säule.

Durfte der Vorsteher eines Konvents in Doberan, in Mecklenburg, im Heiligen Römischen Reich Deutscher Nation, durfte ein Mann wie Abt Johannes, so fragte er sich, Sympathien für einen Klostervorsteher hegen, der Berater eines französischen Königs gewesen war? Verriet er damit nicht die Wahrheit, die in Rom ihren Sitz hatte?

Die Kathedrale von Saint-Denis hatte Johannes erschüttert. Der Abt streichelte die Säule. Seine Kirche liebte er.

Vor allem jedoch sollte er Gott lieben und dann die Menschen. Er sollte den Brüdern ein weiser Führer sein, er sollte sie zur Einhaltung der Regula zwingen, er sollte dies und das und jenes. Die Aufgaben eines Abtes waren in Zeiten der Verzweiflung und des allgemeinen Niedergangs sehr schwer zu erfüllen.

Johannes war entschlossen. Er wollte sich durchsetzen, und beide konnten ihm dabei Vorbild sein, sowohl Bernhard als auch Suger. Zwei Franzosen zwar, aber geheiligte.

3

Da standen sie. Immer standen sie im Weg herum. So genannte Kardinäle. So genannte Prälaten. Berater. Gesandte. Die meisten waren seine Verwandten, die er mit Ämtern und Pfründen geködert hatte.

Alle Menschen um sich hatte er gekauft. Sie waren teuer, wie sie da herumstanden, in Samt, Seide und Brokat gehüllt, in Purpur und Rot, mit ihren Kardinalshüten, Roben, goldenen Schließen. Zu teuer war das ganze Pack, und er stand nicht nur bei diesen verdammten Florentiner Wucherern in der Kreide, bei diesen Alberti, Ricci, Spini und Medici, er musste auch immer neue Steuern und Kollekten ersinnen, um die Fleischtöpfe zu füllen. Das Volk murrte und immer wieder probte es den Aufstand. In den Straßen Roms gärte es, die Engelsburg, ja die halbe Stadt lag in Trümmern, und seit dem Konklave von 1389 musste er, Papst Bonifaz IX., manchmal nach Perugia oder Assisi fliehen.

Nicht, dass man ihm die Ehrerbietung verweigerte; das wagten sie nicht. Weit hatte er es gebracht, er, der kleine, aber wortgewandte Pietro Tomacelli aus Neapel. Seit acht Jahren war er der wahre Stellvertreter Jesu Christi, der Nachfolger des Fürsten der Apostel, der höchste Pontifex der gesamten Kirche, der

Patriarch des Abendlandes, der Bischof von Rom und der höchste Diener der Diener Gottes. Wenn er sich die Würdenträger seiner Umgebung anschaute, verging ihm die Lust, ihnen zu dienen.

Der Heilige Vater winkte den Gesandten aus Neapel zu sich. Die Abdankung seines Gegners in Avignon hatte Bonifaz nicht durchsetzen können, vielmehr hatte er mit ansehen müssen, dass die mehrheitlich französischen Kardinäle nach dem Tod von Clemens VII. einen neuen Gegenpapst wählten: den Hurenbock Pedro de Luna. Der saß nun in seiner Zwingburg in Avignon, nannte sich Benedikt XIII. und machte dem Herrn von Rom das Leben schwer. Natürlich hatte ihn Bonifaz sofort exkommuniziert. Und Benedikt hatte ihn aus der Kirche ausgeschlossen. Das war das alte Spiel seit 1378, als das Schisma mit Urban VI. und Clemens VII. begonnen hatte.

»Ihr könnt gehen!« Bonifaz schickte die Würdenträger aus dem Raum, ergriff den Gesandten am Ärmel seines Gewandes und zog ihn in ein kleines Kabinett neben dem Audienzsaal. »Du wurdest mir mit einer frohen Botschaft angekündigt?«

Der Gesandte nickte.

»Willst du Wein?«

»Ja, ich bin durstig.«

»Bedien dich.« Der Papst wies auf eine Karaffe, die in der Fensternische stand. Der Gesandte schenkte sich ein, Bonifaz tänzelte aufgeregt um ihn herum. Das war mit seiner Würde zwar nicht zu vereinbaren, aber in seinem Kabinett sah ihn niemand, also konnte er sich getrost gehen lassen.

»Und nun sprich«, verlangte Bonifaz.

»Es heißt, Karl VI. will Benedikt zur Abdankung bewegen.«

»Was?«

»Karl VI. will Benedikt zur Abdankung bewegen.« Der Gesandte nahm einen Schluck. Bis an den römischen Papsthof war das Gerücht gedrungen, die Zisterzienseräbte von Cîteaux würden ihre Privilegien gegen die Avignoneser Päpste dadurch behaupten, dass sie ihnen große Mengen Burgunderwein schickten, vornehmlich aus Beaune. Bonifaz IX. trank nur italienische Weine.

»Du meinst den König von Frankreich?«

»Karl VI., König von Frankreich«, bestätigte der Gesandte. »Der Verrückte«, fügte er hinzu.

»Gott ist allmächtig und gerecht!«, rief der Papst und stampfte mit dem Fuß auf. »Doch woher rührt dieser Sinneswandel?«

»Karl steckt in schwierigen Friedensverhandlungen mit England«, erklärte der Gesandte. »Die will er nicht dadurch belasten, dass er sich zu deutlich zu Avignon bekennt, schließlich unterstützt die englische Krone Eure Heiligkeit.«

»Das ist die beste Nachricht seit Jahren.« Bonifaz zauberte einen kleinen silbernen Schlüssel aus seinem Kleid und öffnete mit ihm einen in die Wand eingelassenen Schrank. »Ich danke dir.« Der Papst entnahm dem Schrank einen Beutel und schüttelte ihn. Mit hellem Klang stießen Münzen aneinander. »Für deine Dienste!« Bonifaz warf den Beutel durch den Raum, der Gesandte fing ihn im Fluge und verbarg ihn sofort unter seinem Reisemantel. »Du bist entlassen.«

Der Gesandte verbeugte sich und verließ den Raum. Bonifaz stürzte sich auf die Karaffe und leerte sie in einem Zug. Dann riss er die Tür zum Saal auf. »Schickt mir Sinibaldo!« Kaum ein Vaterunser später kam sein Geheimsekretär herbeigeeilt.

Der Pontifex hatte Großes vor.

4

Nicht immer konnte man schweigen, wenn Schweigen geboten war. Während sich die Mönche längst zur Nachtruhe begeben hatten, empfing Abt Johannes von Doberan die Führungsspitze des Konvents. Nach und nach fanden sich im Abthaus der Prior und der Cellerar ein, und da Johannes auch das Consilium einberufen hatte, erschienen die angesehensten und erfahrensten Brüder, die ihm als Berater zur Seite standen. Johannes bat sie Platz zu nehmen, dann eröffnete er ihnen den Grund für dieses Treffen während der Nachtruhe.

»Euch ist bekannt, dass ich bald aufbrechen muss zum Generalkapitel unseres Ordens«, sagte er. »Wir hoffen alle, dass die Spaltung unserer Kirche überwunden wird, denn sie schadet auch dem Orden.«

»Ihr trefft euch also auch in diesem Jahr nicht in Cîteaux?«, fragte der Prior, der den Abt vertreten würde.

»Aber das weißt du doch«, herrschte Bruder Jacobus ihn an. Jacobus war einer der Ältesten im Konvent. Niemand vermochte genau zu sagen, wie alt er war, nicht einmal er selbst. »Ich erinnere mich noch, wie Urban VI. allen Zisterzen seines Machtbereichs die Verbindung nach Cîteaux untersagt hat.«

Der Abt stöhnte. Er fragte sich, wann das gewesen sein mochte, vermutlich 1378 gleich nach Urbans Amtsantritt. Damals war er ein junger Mann gewesen, der eigentlich nicht in ein Kloster eintreten wollte. Erst nach dem Tod seines Vaters und den daraufhin zwischen ihm und seinen Brüdern ausgebrochenen Erbstreitigkeiten hatte er sich zu diesem Schritt entschlossen. Sein Leben hatte er Gott geweiht, um den Brüdern nicht im Wege zu stehen.

»Bruder Jacobus«, sagte der Prior, »du erinnerst dich immer sehr genau an Ereignisse, die viele Jahre zurückliegen. Aber was gestern war, das weißt du nicht.«

»Was war denn gestern?«, wollte der Cellerar wissen, jener Mönch mit dem Geschick eines Kaufmannes, der sogar Biber beschaffen konnte.

»Ich meine es mehr allgemein«, erwiderte der Prior.

»Die Zeit ist nur ein flüchtiger Stoff«, belehrte Bruder Jacobus die Anwesenden. »Sie bedeutet gar nichts. Kein weltliches Ereignis ist wirklich wichtig, gleichgültig, ob es gestern geschah, vor hundert Jahren oder vor tausend. Wie sagt doch Augustinus? Das Gedächtnis bringt nicht die Wirklichkeit selbst herauf, denn sie ist für immer entschwunden. Aber es weckt die Worte ...«

»Bitte, Bruder Jacobus!« Der Abt unterbrach den Redefluss des alten Mönchs, der vom Hundertsten ins Tausendste zu kommen pflegte und immer Augustinus zitierte, weil er dessen Schriften illuminiert hatte, als seine Hand noch ruhig genug gewesen war. Jacobus kannte den gesamten Augustinus auswendig.

»Was ich sagen will, Brüder«, fuhr der Abt fort, »ich stecke mitten in den Reisevorbereitungen. Unser Laienbruder Jürgen, der mich begleiten wird, hilft mir zwar dabei, aber es sind noch so viele Dinge zu ordnen ... Und nun kommt auch noch Abt Reinhard von Amelungsborn zu seiner alljährlichen Visitation.«

»Wie? Was? Eine Visitation? Jetzt?«, riefen die Mönche durcheinander.

»In einem Kloster, in dem Zucht herrscht, muss man eine Visitation nicht fürchten«, sagte Johannes streng.

»Natürlich nicht«, pflichtete ihm Bruder Franziskus bei, der beste Initialenmaler des Konvents.

»Aber was dringt nicht alles an mein Ohr, das mich dem Besuch unseres Vaterabts mit Sorge entgegensehen lässt«, sprach Johannes weiter. »Sagt mir, ist es wahr, dass der Kantor juristische Bücher aus dem Armarium herausgibt, die ohne meine ausdrückliche Erlaubnis kein Mönch lesen darf?«

»Nicht nur die«, sagte Jacobus und zog die dünnen Brauen hoch. »Es werden mehr verbotene Bücher gelesen als erbauliche. Statt der *lectio sacrae paginae*, dem Studium der heiligen Schriften, widmen sich manche unserer Brüder den Werken ... den Werken ... oh, heilige Mutter Maria«, er bekreuzigte sich, »den Werken von Heiden.«

»Dem wird ein Riegel vorgeschoben«, entschied Abt Johannes. »Sofort. Und der Kantor kommt in den Kerker, bei Wasser und Brot.«

»Apropos Wasser und Brot«, meldete sich Bruder Innozenz zu Wort, der selten sprach, aber als guter Zuhörer galt. Der Klostervorsteher wußte jedoch, dass er einfach bloß neugierig war. »Stimmt es, dass Abt Peter von Castellione aus der Abtei Pontifroid wenige Tage vor dem letzten Generalkapitel in Cîteaux ein Schwert aus seiner Kutte zog und den Abt von Cîteaux im Gesicht verletzte?«

»Er wollte ihn umbringen«, rief der Cellerar entrüstet. »Ihn und den Abt von Morimond, zu dessen Filiation wir schließlich gehören. Unerhört!«

»Dafür wurde er ja dann auch vom Generalkapitel zu lebenslanger Kerkerhaft bei Wasser und Brot verurteilt«, sagte Bruder Franziskus.

Abt Johannes brachte das Consilium mit einer abrupten Handbewegung zum Schweigen.

»Ja, unser Orden macht eine schwere Krise durch«, sinnierte er. »Der Orden und die gesamte Christenheit. Diese Krisis darf sich aber nicht auf unser klösterliches Leben auswirken. Also sagt mir, Brüder, was geschieht nachts im Dormitorium?«

Der Abt schaute von einem Mönch zum anderen. Jeder hielt den Blick gesenkt, nur Jacobus nicht. Er murmelte vor sich hin, vielleicht ein Vaterunser oder ein Avemaria, vielleicht auch nur sinnlose Worte.

»Nun, was geschieht?«

Die Brüder schwiegen noch eine Weile betreten, dann hob Innozenz die Hand. Johannes nickte ihm zu.

»Man tuschelt über Euch, ehrwürdiger Vater«, sagte Innozenz leise, doch mit Triumph in der Stimme.

»Über mich?« Der Abt verschränkte die Arme vor der Brust und lehnte sich zurück. »Was sagt man? Heraus mit der Sprache!«

»Ihr ergreift zu sehr Partei für den römischen Pontifex. Viele Brüder meinen, dass Bonifaz ebenso wenig taugt wie der Avignoneser. Die Kirche braucht ein Konzil, das beide Päpste in die Wüste jagt und einen neuen wählt, und der gehört in den Vatikan. Meinen die Brüder.«

»Wozu brauchen wir überhaupt einen Papst?«, fuhr Franziskus auf. »John Wyclif sagte …«

»Das war ein Ketzer!«, rief der Prior, beugte sich vor und starrte dem Mönch ins Gesicht. Franziskus wurde rot.

»Na ja, aber ist es nicht wahr? Führt nicht der Weg zu Gott über die Bibel? Es braucht keine Vermittlung, keine Päpste, keine Priester, keine Sakramente, keine Ablässe, keine …«

»Schluss! Sofort Schluss!« Der alte Jacobus war aufgesprungen, so schnell, wie man es ihm gar nicht zutraute. Der Stuhl stürzte um, Speichel lief aus seinen Mundwinkeln. »Ich lege mich augenblicklich zum Sterben nieder. In einem Ketzerkonvent will ich nicht sein.«

Abt Johannes nickte. Der Prior nickte. Langsam stimmten die Versammelten in das Nicken ein. Nur Bruder Franziskus blieb verstockt.

»Du hast also Wyclif gelesen«, stellte Johannes nüchtern fest. »Ohne Erlaubnis. Einen Ketzer. Bruder Prior?«

»Ja, ehrwürdiger Vater?«

»Ich treffe folgende Anordnungen, die du allen Mönchen morgen auf der Kapitelsitzung verkünden wirst. Erstens: verschärfte Klausur. Zweitens: beständiges Schweigen. Gesprochen werden darf nur noch auf den Kapitelsitzungen und im Notfall. Drittens: harte Bußen für alle. Einen Monat lang gibt es keine warmen Gerichte und weder Wein noch Bier. Die Arbeitszeit wird ausgedehnt.«

Die Anwesenden stöhnten. Ähnliche Forderungen hatte Pedro de Luna, damals noch päpstlicher Legat, auf der Synode von Palencia erhoben, als er eine Reform des Klosterwesens anregte. Gerade neun Jahre lag die Synode zurück. Nun war Pedro Papst in Avignon und erschien den meisten Christen eher als Teufel denn als Diener Gottes.

»Außerdem haben alle Brüder – ich wiederhole: ausnahmslos alle – während meiner Abwesenheit die folgenden Bücher zu studieren, um ihre Gottesliebe zu schulen: Bernhards Abhandlungen *Über die Stufen der Demut und des Hochmuts*, *Über die Gottesliebe* und *Über die Gnade und den freien Willen* sowie Konrad von Ebrachs Traktate *De cognitione animae Christi* und *Compendium de confessione*. Ich werde das Wissen jedes Einzelnen prüfen, wenn ich aus Wien zurück bin. Prior, niemandem darfst du die Erlaubnis erteilen für Bücher, die nicht frei zugänglich sind. Und nun geht und legt euch nieder.«

DRITTES KAPITEL

Mord im Stadthof

1

Gott hatte Hermann Holthusen einen Sohn geschenkt, aber das war kein Grund, die Geschäfte ruhen zu lassen. Bereits in der Dämmerung hatte sich der Kaufmann vom Bett erhoben und hatte mit den Töchtern am Hausaltar gebetet, vor allem für das Wohl der Frau und des Neugeborenen, dann hatte er die Krankenstube aufgesucht. Elisabeth war bleich und noch sehr schwach, aber sie hatte gelächelt. Jeden Tag besuchte sie ein Priester, um ihre Seele zu reinigen, denn nach den Regeln Gregors des Großen durfte ein Weib nach der Geburt eines Knaben dreiunddreißig Tage nicht in die Kirche gehen.

Der Sohn, der Henning heißen sollte, lag in seiner Wiege nahe beim Bett der Mutter und schlief den Schlaf der Unschuld. Hermann Holthusen berührte mit äußerster Vorsicht sein bläuliches Gesicht. In ein paar Tagen würde er das Haus verlassen müssen, um die ersten Lebensjahre bei einer Amme zu verbringen. Die Trennung würde dem Vater nicht leicht fallen, aber was für jeden vornehmen Bürgerhaushalt recht war, das war für einen Angehörigen der führenden Familien nur billig.

Natürlich würde das Kind zuvor das Sakrament der Taufe erhalten, und zwar so rasch wie möglich. Die Zeremonie vorzubereiten stand an diesem Tag auf Holthusens Agenda. Schlag elf wollte der Pfarrer von Sankt Nikolai mit ihm sprechen.

Hermann Holthusen ließ sich die Biersuppe und das Brot in die Schreibkammer bringen, was ungewöhnlich war, doch das Gesinde war darauf geeicht, Befehle ohne Zögern auszuführen. Der Kaufmann saß bereits über Papieren, als die Magd das Verlangte auf den Tisch stellte. Holthusen schaute nur kurz auf und nickte. Da der Rat ihn zum Kirchenvorsteher von Sankt Nikolai bestellt hatte, prüfte er die Rechnungen der Bauleute.

Seit vielen Jahren schon waren sie damit beschäftigt, den Chor der Kirche im welschen Stil umzubauen, ein kostspieliges Unterfangen.

Wenn Holthusen aus dem Fenster blickte, konnte er die Zimmerleute, Maurer und Steinmetzen bei der Arbeit beobachten. Sein Haus befand sich in der Straße *Retro chorum sancti Nikolai*, die am Chor des Gotteshauses entlangführte. Ging der Kaufmann zur Messe, was er sehr oft tat, dann hatte er nur einen kurzen Weg.

Einen Posten auf der Rechnung verstand er nicht. Holthusen mischte Tinte und schärfte die Feder. Der Umbau des Chores gehörte nicht zu den Geschäftsvorfällen, deshalb schlug er nicht das Rechnungsbuch auf, sondern sein Mémoriau, dem er auch seine geheimsten Gedanken und Gefühle anvertraute. Er las die letzten Einträge nicht, aber er wusste, dass sie von seinen vielen Sorgen handelten. Nicht nur von seinen Sorgen um die Familie, die Frau und deren Leibesfrucht, sondern auch von seinen geschäftlichen Nöten.

Hermann Holthusen ging es glänzend. Dennoch sah er Unheil auf sich, auf seine Unternehmen, auf seine Stadt zukommen. Schuld daran war die Politik.

Der Kaufmann notierte seine Zweifel bezüglich der Rechnung ins Geheimbuch. Er stand auf, ging zum Wandschrank, brach im Vorübergehen ein Stück von dem Brot und schloss das Mémoriau ein.

Wismar hatte sich dem Druck der Landesherrschaft gebeugt und sich in die Auseinandersetzungen um die schwedische Thronfolge eingemischt. Margarethe von Dänemark hatte längst über Albrecht III. von Schweden gesiegt, der auch Herzog von Mecklenburg war und den der schwedische Adel sowieso nicht gewollt hatte. Das Haus Mecklenburg hatte zum Krieg gegen Margarethe aufgerufen, obgleich es der gewitzten Dänenkönigin in jeder Hinsicht unterlegen war, sowohl politisch als auch militärisch, aber vor allem in Sachen der Diplomatie. Sicher, es war nicht rechtens, dass Margarethe König

Albrecht in Haft genommen hatte, doch was gingen die skandinavischen Ambitionen der Mecklenburger eine Hansestadt wie Wismar an? Wismar lebte vom Handel. Es siechte und starb, wenn man ihm den Handel abschnitt. Der schwedische Königsthron jedoch konnte jedem verständigen Wismarer Bürger gestohlen bleiben.

Doch auch Holthusen hatte seine Stimme nicht erhoben, hatte nicht widersprochen, hatte durch Schweigen sein Einverständnis erklärt. Wie hätte er auch anders handeln können? Er war womöglich eine einflussreiche Persönlichkeit in seiner Heimatstadt, aber nicht einflussreich genug, um dem Lauf der Dinge Einhalt zu gebieten. Kein noch so mächtiger Kaufmann und Ratsherr vermochte dies. So hatte man – gemeinsam mit Rostock, das auch zu schwach war, um sich gegen den Landesherrn zur Wehr zu setzen – eine Flotte zum Schutz von Stockholm und Kalmar ausgerüstet, und man hatte sich Kaperbriefe ausstellen lassen, um Auslieger in Dienst zu stellen, denn ein Kaperkrieg sparte Kosten. In einer Hansestadt regierten Kaufleute, keine Glücksritter oder Phantasten. Die Kaperkapitäne führten Krieg um Beute, sie verlangten nur ein Schutzprivileg und kein Salär. Deshalb hatte sich der Rat auf dieses Spiel mit dem Feuer eingelassen. Um Geld zu sparen, hätte man sogar mit dem Teufel paktiert.

Man hatte es getan. Holthusen schlug mit der flachen Hand auf den Tisch. Aus Furcht vor Abenteuern, deren Erfolg unabsehbar war, hatte die Stadt ausgerechnet Abenteurer angestellt. Die Vitalienbrüder unter der Führung dieses vermaledeiten Störtebecker schadeten mittlerweile der gesamten Hanse. Sie unterschieden nicht mehr zwischen Freund und Feind, wenn es einen guten Fang zu machen galt.

Das war schon schlimm genug. Noch schwerer aber wog der Umstand, dass sowohl der Rat der Stadt Wismar als auch der Rostocker Rat ihre Märkte für die Seeräuber geöffnet hatten. Auch hierin hatten sich die Räte dem Diktat der Landesherrschaft unterworfen. Aber nicht allein das war die Ursache.

Nüchternen Männern, die zu kalkulieren gelernt hatten, hatte die Gier den Verstand vernebelt. Wenn sie schon gezwungen waren, einen Krieg zu führen, den sie nicht wollten, dann sollte er sich wenigstens in klingender Münze auszahlen.

Ja, es war auch auf Druck von oben geschehen. Wismar war nicht wie Lübeck, es war keine Reichsstadt. Die Lübecker hatten gut lachen. Sie waren nur dem König oder dem Kaiser untertan, wenn es denn einen Kaiser gab. Derzeit gab es keinen. Der deutsche König Wenzel rieb sich auf Nebenkriegsschauplätzen auf und kümmerte sich weder ums Reich noch um die Spaltung der Kirche, und darum verspürte der römische Papst Bonifaz keine Lust, ihn zum Kaiser zu krönen.

Zwar bemühte sich auch der Wismaraner Rat um die Reichsunmittelbarkeit und war bereit, das dafür erforderliche Geld aufzubringen, doch stießen diese Bemühungen auf das Missfallen der Herzöge, die fürchteten, die Herrschaft über Wismar zu verlieren.

Holthusen trat ans Fenster. Er musste es öffnen, wenn er hinausschauen wollte; durch die kleinen, in Blei gefassten Scheiben konnte er nur Grautöne unterscheiden. Hermann ließ das Fenster geschlossen.

Die Taufe, das war im Augenblick das Wichtigste. Holthusen wandte sich wieder den Papieren zu. Er hatte an diesem Tag noch unendlich viel zu tun.

Das Unglück, das er voraussah, konnte er nicht abwenden. Wegen ihrer Unterstützung für die Vitalier waren Wismar und Rostock auf einem Hansetag von den wichtigsten Handelsprivilegien ausgeschlossen worden. Schiffe und Kaufmannsgut aus Wismar wurden in anderen Hansestädten als Entschädigung beschlagnahmt, was den Ruin manches Handelsherrn zur Folge hatte.

Auf Holthusens Geschäfte hatte es sich noch nicht ausgewirkt. Doch das konnte nur die Ruhe vor dem Sturm sein. Die Katastrophe, davon war Hermann Holthusen überzeugt, stand unmittelbar bevor.

2

»Noch weit, mein Sohn?« Abt Reinhard von Amelungsborn war dreiundsechzig Jahre alt, und schon wieder ritt er durch einen Wald, der nicht Vertrauen erweckend wirkte. Vertrauen erweckte allerdings ohnehin nur sein Kloster und dessen unmittelbare Umgebung. Er war zu alt für die jährlichen Visitationen. Und nach Wien wollte er schon gar nicht.

»Ich weiß nicht, ehrwürdiger Vater«, antwortete Gebhard, der Laienbruder.

Abt Reinhard hatte den Konversen zu seinem Reisebegleiter erwählt, weil der Siebzehnjährige aus gutem Hause stammte. Er war von Adel, aber welcher der unendlich vielen deutschen Kleinfürsten ihn nach Amelungsborn abgeschoben hatte, das wusste der Abt nicht mehr. Jedenfalls war der Junge klug, gebildet und erfahren in den Waffen. Obwohl er als Mönch gegen jede Form der Gewalt war, die Gewalt gegen Ketzer ausgenommen, war ein in der Kunst des Hauens und Stechens erfahrener Begleiter von unbedingtem Vorteil.

»Du hast versprochen, dass du mich sicher führst.«

»Ja, ehrwürdiger Vater. Ich bin überzeugt, dass wir uns auf der Küstenhandelsstraße von Lübeck nach Stralsund befinden.«

»Nach Stralsund wollen wir nicht.« Abt Reinhard zügelte sein Pferd und sprang ab. Ihn schmerzte nicht nur der Rücken, auch die Beine und der Allerwerteste taten ihm weh.

»Ehrwürdiger Vater, die Handelsstraße führt durch Wismar.«

»Seit Stunden haben wir keine Händler gesehen. Gib zu, Gebhard, dass wir uns auf dem falschen Weg befinden.«

»Vater, in schlechten Zeiten …«

»Ach, was! Von wegen schlechte Zeiten. Gab es je bessere?« Der Abt massierte sich das Hinterteil. »Mein Vorgänger, Johannes III., hat immer gesagt, wenn ihn die Brüder auf die unglücklichen Zeiten ansprachen … Am Ende seiner Amtszeit begann immerhin das Schisma … Also er pflegte zu sagen: Brüder, seit Anbeginn der Welt wird alles immer schlechter. Die Menschen werden schlechter. Die Schüler werden schlechter. Zucht, Sitte und Ordnung verfallen. Eigentlich haben wir den Talgrund der Schlechtigkeit längst erreicht. Trotzdem glauben wir, dass alles noch schlimmer werden kann. Aber was schert es uns? Gott und Gottes Wort sind unwandelbar und ewig.«

»Vater, ruht Euch aus. Ich meine dort vorn das Ende des Waldes zu sehen. Darf ich nachschauen?«

»Tu das, mein Sohn.« Reinhard setzte sich auf einen umgefallenen toten Baum. »Liefere deinen alten Abt getrost der Obhut von Räubern aus.«

»Vater«, Gebhard sah unglücklich und besorgt aus, was Reinhard eine heimliche Freude bereitete, »Vater, Euch schützt Gott.«

»Ich weiß. Nur, leider, gegen Räuber schützt er nicht.«

»Ich verspreche Euch ...«

»Versprich lieber nichts. Schau nach, Söhnchen!«

Laienbruder Gebhard trat seinem Hengst in die Weichen. In einem Jahr würde sein Noviziat beginnen, und der junge Mann konnte es kaum erwarten. Er hat viel zu heißes Blut, dachte Abt Reinhard, ein Leben nur in Gott wird ihm schwer fallen.

»Vater!«, jubelte der Junge, der sich nur ein paar Pferdelängen von Reinhard entfernt hatte. »Vater, ich sehe Kirchtürme! Eine Stadtmauer! Ein hohes Tor! Und Hopfengärten!«

»Nun denn!«, sagte der Abt von Amelungsborn zu sich selbst und erhob sich mit viel Mühe von dem faulenden Baum. Die Gicht plagte ihn, und keines der Kräuter des Bruders Arzt war gegen diese Krankheit gewachsen. Abt Reinhard war standhaft. Gegen Gottes Beschlüsse konnte er nichts tun.

3

»Wo ist mein Pferd?« Abt Johannes war ungehalten. An der Konventmesse hatte er noch teilgenommen, aber nun wollte er rasch aufbrechen. Vaterabt Reinhard sollte an diesem Tag in Wismar eintreffen, und da er nicht mehr der Jüngste war, würde er eine Nacht im Stadthof der Doberaner Zisterzienser verbringen, bevor er weiterreiste. Johannes wollte ihn dort empfangen, ihm alle notwendigen Ehren erweisen und mit ihm zu Abend speisen.

»Es frisst noch«, entgegnete Jürgen. Der Knabe war einer der drei Konversen des Klosters.

»Nun ja«, der Abt lächelte, »einem Gaul kann man wohl nicht zumuten, sich an die Regula Benedicti zu halten.«

»Ehrwürdiger Vater, Tiere sind dumm.«

»Das würde ich so nicht sagen, Junge. Es sind Gottes Geschöpfe, nicht wahr?«

»Selbstverständlich, ehrwürdiger Vater. Selbst jeder Stein ist von Ihm gemacht.«

»Siehst du.« Johannes erforschte den Gesichtsausdruck des Laienbruders. Der Junge, erst fünfzehn Jahre alt, war blond und grünäugig, seine Haut ähnelte der eines Mädchens, und über der Oberlippe zeigte sich der erste Flaum. Der Abt wusste nicht, welche Geheimnisse Jürgen dem Novizenmeister anvertraute; die Beichte unterlag dem *Sigillum confessionis*, auch ein Abt hatte nicht das Recht, die Pflicht des Beichtigers zur Verschwiegenheit aufzuheben. Sowohl die Beichte als auch das Beichtgeheimnis waren heilige und unantastbare Sakramente. Nicht einmal die Kurie missbrauchte sie. Das hoffte Johannes jedenfalls. Sicher war er nicht.

Der Konverse Jürgen stammte aus einfachsten Verhältnissen. Sein Vater war ein Pächter des Klosters, ein ungebildeter Bauer, der Johannes nicht nur Treue geschworen, sondern dieses Gelübde damit unterlegt hatte, dass er einen Sohn dem Konvent überantwortete. Er war mit zwölf Jahren in das Kloster eingetreten. Davor konnte er weder lesen noch schreiben und beherrschte auch die Rechenkunst nicht. Aber eines konnte er: Lämmer schlachten und aus ihrer Haut ein hervorragendes Pergament machen.

Die Mimik des Jungen war nichts sagend.

»Du hast Lesen gelernt, Jürgen«, sagte der Abt.

»Eine sehr schwere Kunst«, erwiderte der Knabe.

»Aber du kannst ein Wort vom anderen unterscheiden.«

»Natürlich. Ihr macht doch immer eine Pause zwischen den Wörtern. Daran erkenne ich den Unterschied.«

»Also kannst du nicht lesen?«

»Nein.«

»Aber sprechen, das kannst du?«

»Oh, ja.« Jürgen riss die Augen auf. »Der Bruder Novizenmeister sagt immer, ich rede zu viel. Ich träume, ehrwürdiger Vater! Und ich muss über meine Träume sprechen.«

»Was träumst du, Jürgen?«

»Ich sehe in meinen Träumen ein Lamm, das geschlachtet wird. Und aus seinen Eingeweiden kommen goldene Strahlen.«

Agnus dei, dachte Johannes. Der Junge galt im Kloster als Visionär. Der studierte Abt hielt ihn allerdings nur für naiv. Einfalt war etwas Heiliges, sicher. Aber Jürgen war den Einflüsterungen des Novizenmeisters erlegen und dümmer als ein Pferd. Aus diesem Grund hatte ihn Johannes mit auf die Reise nach Wismar genommen. Der Junge war leicht zu dirigieren.

»Auch die Tiere sprechen, mein Sohn«, sagte der Abt. »Und du bist einer der wenigen, die sie verstehen.«

»Ja, Vater. Euer Hengst ist satt und sagt: Ich will arbeiten.«

»Also bring ihn mir!«

4

»Die gesamte Ernte, Herr?« Der Bauer, der vor Hermann Holthusen bei nahezu jedem Wort die Mütze zog, war verwirrt.

»Leg doch die Kappe weg«, verlangte Holthusen.

»Wohin?«

»Auf den Tisch.«

»Aber das Tapet ist kostbar.«

»Deine Mütze wird ihm nichts anhaben. Die Passion Christi wird von der Kopfbedeckung eines Bauern nicht entehrt. Im Gegenteil.«

»Ja, Herr.« Der Bauer legte die Kappe auf das Tischtuch, in das Motive aus der Leidensgeschichte eingestickt waren.

»Wie gesagt, ich kaufe deine Gerstenernte von Halm und Stängel auf. Heute. Der Preis ist Verhandlungssache.«

»Aber ich habe noch nicht einmal gesät.«

»Egal.«

»Und wenn die Ernte schlecht ausfällt?«

»Dann steigt der Gerstenpreis, nicht wahr? Du erhältst jedoch nur, was wir heute vereinbaren. Das heißt, ich bekomme die Gerste billiger als meine Konkurrenten, die kein Termingeschäft abgeschlossen haben. Nur wenn der Preis fällt, habe ich Pech.«

»Ist ein solcher Handel nicht gottlos?« Der Bauer schwitzte.

»Nein.« Hermann brauchte die Gerste, um Bier zu brauen. Bereits seit den Tagen seines Urgroßvaters lag die Braugerechtigkeit auf dem Haus »Hinter dem Chor«. Der von Holthusen angestellte Braumeister stellte nicht nur Exportbier her, das der Kaufmann nach Schonen, Flandern und Stockholm verschiffte, als Ratmann genoss Holthusen auch das Privileg, die Tavernen der Stadt mit Rotbier zu beliefern. Hermann Holthusen, *consul, mercator et braxator*, Ratsherr, Kaufmann und Brauer – so stand es im Bürgermatrikel der Stadt. Er war sehr stolz auf diesen Eintrag.

»Dann müssen wir also nur noch über den Preis sprechen«, meinte der Bauer. Holthusen nickte. Er hörte das große Tor zur Straße zuschlagen, dann vernahm er aufgeregte Stimmen in der Diele.

»Mord!«, rief jemand. »Mord im Klosterhof!«, fügte ein anderer hinzu.

Holthusen sprang auf. Der Bauer war blass geworden. Der Ratsherr riss die Tür zur Diele auf. Dort standen, von Frieda und dem Knecht ins Haus gelassen, zwei Zisterziensermönche. Holthusen kannte beide. Sie betrieben die Geschäfte des Klosters Doberan vom Stadthof in der Mühlenstraße aus.

»Hermann Holthusen«, wandte sich der ältere der Ordensbrüder an den Kaufmann. Es war der Procurator curiae, der dem Stadthof vorstand. »Ihr seid einer der Gerichtsherren. Bitte kommt mit uns. Es ist etwas Schreckliches geschehen.«

»Ich hörte von Mord …«

»Eine unvorstellbare Tat«, sagte der jüngere Mönch. »Vor zwei Stunden traf der Vaterabt unseres Klosters, Reinhard von Amelungsborn, in der Curia ein. Er ist auf Visitation, Consul. Erschöpft von der weiten Reise legten sich Vater Reinhard und sein Begleiter sogleich im Gästezimmer nieder. Oh, man kann es nicht glauben!« Der Mönch schniefte.

Hermann Holthusen ließ sich von Frieda die Schaube reichen und fuhr hinein. Dann bedeutete er den Klosterbrüdern, ihm zu folgen.

Der Weg von dem Haus in der Straße *Retro chorum* zum Klosterhof war nur kurz. Der Kaufmann ging ihn oft, weil er mit der Doberaner Abtei gute Geschäfte machte. Er bezog vor allem Getreide, aber auch Frischfisch, Butter, Holz und Fleisch von den Mönchen. Im Gegenzug lieferte er ihnen Stockfisch aus Norwegen, Hering von Schonen und das eine oder andere Fass des guten Bieres; die Brüder brauten zwar selbst, doch war das Bier aus Wismar von besserer Qualität. Auch mit Wein versorgte sie Holthusen, mit Frankenwein, den er als einziger Wismaraner Kaufmann direkt aus Würzburg bezog.

Der Richteherr eilte, die Mönche im Schlepptau, in südliche Richtung und überquerte auf der Schweinsbrücke die Frische Grube. Einige Klafter weiter, wo sich Krönkenhagen, die Straße Hinter den Minderen Brüdern und die Mühlenstraße begegneten, ragten rechter Hand die Mauern des Franziskanerklosters auf. Zwei Jahre vor seinem Tod hatte Hermanns Vater Dankwart Holthusen testamentarisch für sich und seine Frau zweihundert Mark lübisch gestiftet, damit die Minderbrüder für sie die ewige Messe lasen. Holthusen bog nach links in die Mühlenstraße. Seine Mutter Hildegard hatte den Vater nur um ein Jahr überlebt.

»Habt Ihr etwas Besonderes bemerkt?«, wollte Holthusen von seinen Begleitern wissen. »Ist jemand in den Stadthof eingedrungen?«

»Das ist es ja gerade. Kurz nach der Ankunft von Abt Reinhard betraten drei Zisterzienser die Kurie«, antwortete der Hofmeister. »Ich hielt sie für Brüder aus Doberan und habe, ehrlich gesagt, nicht so genau darauf geachtet, was sie taten. Sie müssen in das Schlafgemach geschlichen sein und die beiden Amelungsborner getötet haben.«

»Mönche als Mörder?« Holthusen schüttelte den Kopf.

»Vielleicht haben sie sich nur verkleidet«, meinte der Jüngere. Sie hatten das Tor zum Klosterhof erreicht. Die Curia nahm ein großes Areal ein, auf dem neben Wirtschaftsgebäuden wie Scheunen und Ställen auch ein Wohnhaus und eine Kapelle standen. Es erstreckte sich von der Mühlenstraße bis zur Mühlengrube, und als er das hohe Portal durchschritt, wurde sich Holthusen bewusst, dass er sich auf unsicheres Terrain begab. Was den Erwerb von Grund und Boden und die gesamte Handelstätigkeit betraf, unterstanden die Einrichtungen der Kirche in Wismar dem lübischen Recht. Nun war aber ein Verbrechen geschehen, und der Ratsherr fragte sich, wer für die Untersuchung zuständig war. Die geistliche Gerichtsbarkeit lag nämlich in den Händen des Bischofs von Ratzeburg, zu dessen Diözese Wismar gehörte; ausgeübt wurde sie von seinem Wismaraner Offizial, der allerdings auf den guten Willen des Rates angewiesen war, wenn er des weltlichen Arms bedurfte. Die Klöster wiederum waren von ihren Diözesanbischöfen weitgehend unabhängig, die Rechtsprechung oblag den Äbten. Die Blutgerichtsbarkeit allerdings durften Geistliche nicht ausüben.

Holthusen nahm an, dass die Fratres ihn gerufen hatten, weil sie ihn als Freund ihres Abts kannten. Außerdem musste rasch gehandelt werden.

Vor dem Wohnhaus, das den Innenhof von der Mühlenstraße trennte, standen Mönche und Laienbrüder dicht gedrängt zusammen, als suchten sie angesichts des jäh in ihr Leben eingebrochenen Bösen Schutz beieinander. Seine Begleiter führten Holthusen durch die Diele und eine Treppe hinauf in den ersten Stock. Das Gästezimmer war nur sparsam eingerichtet. Es fanden sich drei Betten, ein Tisch mit einer Waschschüssel, ein Kruzifix an der Wand und ein kleiner aufklappbarer Reisealtar. Die Opfer lagen auf ihren Betten, sie waren im Schlaf überrascht und erstochen worden. Ihre Kutten, das Bettzeug und die Matratzen waren mit Blut getränkt. Der Blutgeruch war unerträglich.

Holthusen musste sich zwingen näher zu treten. Der junge Konverse, fast noch ein Knabe, hatte neben sich auf dem Boden ein kleines Schwert und ein Messer abgelegt, aber die Mörder hatten ihm keine Chance gelassen, nach den Waffen zu greifen. Auch auf dem Boden klebte Blut. Hermann Holthusen war nahe daran, sich zu erbrechen. Aus diesem Ort des Handels und der Spiritualität war unversehens ein Schlachthaus geworden.

»Um Gottes willen!«, schrie jemand auf der Treppe. »Nein, nein, nein!«

Froh über die Störung, wandte sich Holthusen von den Leichen ab. Abt Johannes von Doberan stürzte in das Gästezimmer. Ihm folgte ein schlaksiger blonder Junge, der an der Schwelle wie angewurzelt stehen blieb. Alles Blut wich aus seinem mädchenhaften Gesicht, und er übergab sich.

»Um Gottes willen!«, wiederholte der Abt flüsternd. Holthusen kannte ihn nicht nur gut, weil er in Wismar aufgewachsen war, sondern auch, weil er und sein Cellerar häufig in die Stadt kamen, um die Verträge mit dem Kaufmann zu siegeln. Manchmal lud er den Abt zum Essen in sein Haus, wo sie den Abschluss feierten. »Wer tut denn so was?«

»Kommt, ehrwürdiger Vater. Wir können hier nichts ausrichten.« Holthusen fasste den Abt behutsam am Ärmel und zog ihn mit sich fort zur Treppe. Die beiden Mönche bat er, ihnen zu folgen. Auch der blonde Jüngling schloss sich an.

Im Hof setzte sich Holthusen auf den Brunnenrand. An der frischen Luft bekam der Laienbruder wieder etwas Farbe.

»Wie deutlich konntet ihr die drei Mönche erkennen?«, fragte Hermann den Prokurator.

»Drei Mönche?«, wollte Johannes wissen. »Welche drei Mönche?«

»Vermutlich die Mörder«, sagte der Gerichtsherr.

»Unmöglich.«

»Wir werden sehen …« Hermann Holthusen schaute den Hofmeister forschend an.

»Na ja, ich sah sie nur flüchtig. Aber Bruder Arnold ist ihnen fast in die Arme gelaufen.«

»Ja, Bruder Ludolf«, bestätigte Arnold. »Auch ich dachte mir nichts dabei. Ich meine, es ist normal, dass sich im Klosterhof einer Zisterze Zisterzienser aufhalten.«

»Das haben sich die Mörder auch gesagt«, meinte Holthusen.

»Wenn es sich um einen Mummenschanz gehandelt hat, so war dieser perfekt«, sagte Arnold. »Sogar eine Tonsur haben sie sich scheren lassen. Einer fiel mir besonders auf. Er war sehr groß und hager, die Augen lagen in tiefen Höhlen. Wie alt mag er gewesen sein? Mitte dreißig, schätze ich. Die zwei anderen waren erheblich jünger. Zwanzig, höchstens fünfundzwanzig. Einer hatte ein blatternarbiges Gesicht. An dem anderen ist mir nichts aufgefallen. Er sah aus wie ein junger Mönch.«

Hermann Holthusen nickte. »Ehrwürdiger Bruder«, rief er einem der Mönche zu, die noch immer nahe beieinander auf dem Hof standen. Der Angerufene musterte den Richteherrn ängstlich und kam langsam näher. »Sei so gut, ehrwürdiger Bruder, lass nach den Wächtern und Gerichtsdienern schicken.«

»Sofort, Consul!« Der Mönch winkte einen Konversen zu sich und erteilte ihm einen Befehl. Der junge Mann nahm die Beine in die Hand und verließ den Hof.

Nach einer Viertelstunde kehrte er mit vier Wächtern, zwei Kohlenträgern, die auch das Amt von Häschern ausübten, und drei reitenden Dienern zurück. Ein Hauptmann der Stadtwache führte sie an. Holthusen saß noch immer auf dem Brunnenrand, neben sich Abt Johannes und den Laienbruder Jürgen.

»Consul?« Der Stadthauptmann verbeugte sich leicht.

»Durchkämmt die Stadt nach drei Mönchen«, ordnete der

Gerichtsherr an. »Ein Mann ist Mitte dreißig, groß und dünn, die Augen in tiefen Höhlen. Seine Begleiter sind jünger, zwischen zwanzig und fünfundzwanzig. Der eine hat Blatternarben im Gesicht, der andere fällt dadurch auf, dass er überhaupt nicht auffällt. Fragt an allen Toren nach, ob diese Gesellen Wismar verlassen haben und in welche Richtung. Verfolgt sie, bis ihr sie entweder gefangen nehmen könnt oder bis an die Grenze der städtischen Jurisdiktion. Solltet ihr dieser Mörderbande nicht habhaft werden, schickt einen Boten zum Herzog. Erinnert ihn daran, wer für den Schutz des Landfriedens zuständig ist. Ich will die drei Verbrecher im Turm sehen und später auf dem Richtblock. Habt Ihr mich verstanden, Hauptmann?«

»Da gab es nichts misszuverstehen. Nur eins noch: Wer ist denn überhaupt getötet worden? Dieser Konverse hat nur gestottert ...«

»Abt Reinhard von Amelungsborn und sein Mitreisender, der Laie Gebhard.«

»Ein Abt?« Der Stadthauptmann riss entsetzt die Augen auf.

»Und ein Jüngling, der das Leben noch vor sich hatte.«

»Alles soll geschehen, wie Ihr befohlen habt, Consul.« Der Hauptmann trat zu seinen Männern und gab Holthusens Anordnungen weiter. Die Reitenden Diener saßen auf und preschten davon, die Wächter und die Häscher folgten ihnen auf Schusters Rappen. Holthusen glaubte nicht, dass sich das Mördertrio noch in Wismar aufhielt. Weit konnte es aber noch nicht gekommen sein, und so bestand die Hoffnung, es irgendwo zwischen den Toren der Stadt und den Wällen der Landwehr zu erwischen.

»Ich werde Quartier im Klosterhof nehmen, bis die Verbrecher gefasst sind«, sagte Abt Johannes.

»Das kommt nicht in Frage.« Holthusen stieß sich vom Brunnenrand ab. »Ihr wohnt bei mir, ehrwürdiger Vater. Hier werdet Ihr keine Ruhe finden.«

VIERTES KAPITEL

Konkurrenten

1

Benedikt XIII. tobte durch die Gänge des Papstpalastes von Avignon und zog einen Schweif von Würdenträgern hinter sich her. Der Palast, der eher einer Festung glich, stand noch nicht lange. Zuvor hatten die Päpste im Bischofspalais residiert.

Benedikt fühlte sich seit langem wie im Kerker. Seine Macht hing vor allem von den Interessen, Launen und der Gnade des französischen Königs ab. Zwar unterstützten ihn auch Schottland, Savoyen, Portugal und die spanischen Königreiche, doch sein wichtigster Verbündeter war Frankreich. Nun sah es aus, als wollte Karl VI. seinen Kirchenfürsten fallen lassen.

»Schickt einen Boten nach Paris«, riet einer der Kardinäle. Benedikt blieb augenblicklich stehen und baute sich vor dem Ratgeber auf.

»Noch einen? Wozu? Damit er mit einer neuen schlechten Nachricht zurückkehrt? Oder soll ich betteln? Ich, der wahre Pontifex, soll mich vor einem weltlichen Herrscher im Staub wälzen? Habt Ihr noch nie etwas von der Suprematie des Papstes gehört? Nein? Denkt Ihr immer nur an neue Pfründe? Ihr solltet lesen, Kardinal! Lest die Bulle *Unam sanctam* meines Vorgängers Bonifaz VIII. Was, ja was steht dort wohl geschrieben?«

Der Kardinal war rot geworden. Der dreizehnte Benedikt lachte schrill.

»Na, Monsignore?« Der Papst wandte sich vom Kardinal ab und stieß einem seiner dienstbaren Geister die Kuppe seines rechten Zeigefingers vor die Brust. »Ihr wisst von der Bulle *Unam sanctam*, oder etwa nicht? Weil Ihr nur die Rockschöße von Weibern kennt …?«

»Heiligkeit!« Der Geistliche wich zurück. Benedikt erinnerte sich, dass er ihn mit einer nicht ganz unbedeutenden Pfarrei belehnt hatte. Da konnte er wohl erwarten, dass er päpstlichen Speichel leckte.

»Also?«

»Bonifaz VIII. schrieb: ›Nun aber erklären wir, sagen wir, setzen wir fest und verkündigen wir: Es ist zum Heile für jegliches menschliche Wesen durchaus unerlässlich, dem römischen Papst unterworfen zu sein.‹«

»Sehr gut, Monsignore«, lobte Benedikt die Hofschranze, so wie er einst am Kolleg von Montpellier besonders strebsame Studenten gelobt hatte – mit einer Spur von Verachtung in der Stimme.

»Er sprach vom *römischen* Papst, Heiliger Vater«, merkte ein weiterer Kardinal an. An Kardinälen herrschte in Avignon kein Mangel.

»Das bin ich, du Trottel, auch wenn ich nicht in Rom herrsche.« Benedikt hatte nicht übel Lust, sich wie ein orientalischer Fürst zu verhalten und seinem Hofstaat prophylaktisch die Bastonade erteilen zu lassen, nur konnte er sich das nicht leisten. Er brauchte dieses Heer von Intriganten, das zwar von ihm abhängig war, sein Fähnchen aber immer nach dem Wind aus Paris hängte. Sollte sich Karl VI. tatsächlich von ihm abwenden, würde er jedem dieser Würdenträger die Füße lecken und vergolden müssen, damit er nicht von ihm abfiel.

Als Papst in Avignon hatte man die französischen Könige mit Samthandschuhen anzufassen. Karl der Weise, der Vater des jetzigen Herrschers, hatte beim Ausbruch des Schismas triumphierend ausgerufen: »Jetzt bin ich Papst!« Das sagte alles.

Karl VI. konnte seinem Vater nicht das Wasser reichen. Nach seiner Inthronisation führte der König ein aufwändiges und verschwenderisches Hofleben und raffte sich nur selten zu ernsthafter Tätigkeit auf. Ein solcher König war eigentlich nach dem Geschmack des Papstes, nur leider hatten sich bei Karl im Jahre 1392 die ersten Zeichen einer Geistesstörung gezeigt. Im Pariser Königspalast saß ein Irrer, den seine immer häufiger auftretenden Anfälle von Wahnsinn regierungsunfähig machten. Und das war die eigentliche Crux: Der Regent Philipp von Burgund, der die königlichen Geschäfte führte, war mit allen Wassern gewaschen. Nur auf sein Betreiben hin konnte in Karl der Wunsch gereift sein, England entgegenzukommen und das Schisma damit zu beenden, dass er Benedikt XIII. aus dem Amt jagte. Benedikt würde seinen Apostolischen Stuhl mit Zähnen und Klauen verteidigen.

»Ich möchte darauf hinweisen, Heiliger Vater«, meldete sich Jean de Morimond, der Chef der päpstlichen Kanzlei, zaghaft zu Wort, »ich möchte nur ... Mit Eurer Erlaubnis, Heiligkeit, möchte ich in Erinnerung bringen, dass die Suprematie des Papstes bereits von Philipp dem Schönen in Zweifel gezogen wurde. Die Könige von Frankreich machen seit Philipps Zeiten, was sie wollen.«

Benedikt VIII. nickte. Der Zisterzienser Jean, der zu den gescheiten Köpfen am Hof gehörte, hatte den Nagel aufs Haupt getroffen.

»Schon die Hohenstaufen stritten gegen die Schlüsselgewalt der Nachfolger Petri«, sagte der Papst und breitete die Arme zu einer weltumspannenden Geste aus. »Und was hatten sie davon? Sie gingen zugrunde. Was ist vom Glanz eines Kaisers Barbarossa oder eines Friedrich II. geblieben? Eine sanfte Erinnerung, mehr nicht.«

»Nicht nur eine Erinnerung, Heiliger Vater. Eine Hoffnung. Das verzweifelte Volk wünscht sich die Wiederkehr starker Führer.«

»Das ist mir nicht verborgen geblieben, lieber Jean«, sagte der Papst milde. »Aber Karl wird schon noch zu Kreuze kriechen«, behauptete er, ohne daran zu glauben, und setzte seinen Weg fort, bis er die Tür zur *Chambre du Cerf* erreichte. Das repräsentative Arbeitszimmer hatte sein Vorgänger Clemens VI. eingerichtet, und der Papst wünschte sich zurückzuziehen, um ungestört nachdenken zu können. Zum Nachdenken brauchte er keine Kurialen.

Bevor die Wache ihm die Tür öffnen konnte, kamen zwei Bedienstete auf Benedikt zu.

»Der Bischof von Arles ist eingetroffen, Heiliger Vater«, meldeten sie.

»Allein?«

»Nein, mit Arlesianer Huren.« Der Bedienstete grinste so süffisant, Papst Benedikt spürte ein mächtiges Verlangen, ihm in die Visage zu schlagen. Aber er achtete auf seine Würde und beherrschte sich.

»Er soll im Hirschzimmer auf mich warten. Und schickt mir Charles de Montpellier in die *Chambre du Cerf*.«

»Charles de Montpellier?« Vor diesem Mann, einem der wenigen Vertrauten des Avignoneser Pontifex, hatte jeder am Hof Angst. Charles hatte eine Aura, die Furcht und Schrecken verbreitete. Aber zum Verbreiten von Furcht und Schrecken war er schließlich da.

»Ja, meinen Freund Charles«, bestätigte Benedikt. »Ich muss mit ihm sprechen. Wie viele Huren sind es denn?«

»Sieben, Heiliger Vater.«

»Sieben Huren für zwei Männer? Das verspricht einen vergnüglichen Nachmittag.«

Nun grinste auch der Papst und zuckte mit den Schultern. Mit einem schlechten Ruf ließ sich ungeniert leben. Er wusste, dass ihn das Christenvolk hasste. Sein Lebenswandel war nicht der alleinige, nicht einmal der wichtigste Grund. Es waren die hohen Abgaben, die Benedikt erheben musste, um seinem Stand gemäß schalten und walten zu können. In dieser Hinsicht unterschied er sich nicht im Geringsten von seinem römischen Widerpart. Die Steuern lasteten schwer auf dem Volk, aber das war nicht zu ändern: Ein Papst konnte nicht in Sack und Asche gehen, ein Papst benötigte einen großen Hof, er brauchte Soldaten und Dienstpersonal, aber auch Reitpferde sowie teure Jagdfalken und Jagdhunde, schließlich musste er sich gelegentlich von seinen schweren Amtspflichten erholen.

Der Papst betrat das Arbeitszimmer, setzte sich an den

großen Tisch und atmete auf. Endlich war er allein, allein an jenem Ort, an dem er seine Schriften und Erlasse verfasste und Dokumente siegelte, von denen Wohl und Wehe der Christenheit abhingen. Davon war er überzeugt. Auch das römische Pontifexlein produzierte Unmengen von beschriebenem Papier, aber das war wertlos.

Ein Mann betrat den Raum durch einen Nebeneingang, den nur die engsten Vertrauten des Papstes benutzen durften, jene kleine Schar von Männern, die Geheimaufträge erledigten. Nicht alles, was ein Papst beschloss und in Auftrag gab, gehörte an das Licht der Öffentlichkeit.

»Charles, mein lieber Freund!« Benedikt XIII. erhob sich. Charles von Montpellier beugte das Knie. Er war ein Riese, verfügte über enorme Körperkräfte, und Benedikt musste zu ihm aufschauen, als er ihn umarmte. Niemand konnte sich dem durchdringenden und kühlen Blick aus seinen grauen Augen entziehen. Dieser Blick vermochte einen Menschen nicht nur zu bannen, er trieb ihn regelrecht in die Enge.

»Eure Heiligkeit«, murmelte Charles.

»Du wirst eine lange Reise unternehmen müssen«, sagte der Papst.

»Wohin?«

»Ins Heilige Römische Reich.«

»Es steht auf der Gegenseite. Euer Auftrag ist also gefährlich?«

»Aber du liebst doch die Gefahr.«

»Allerdings, Heiliger Vater.«

»Such dir eine vertrauenswürdige Mannschaft. An Geld wirst du keinen Mangel leiden, du kannst deinen Leuten einen guten Lohn versprechen. Und dann tust du Folgendes …«

Papst Benedikt XIII. senkte die Stimme.

2

Hermann Holthusen ließ sich nicht lumpen. Während der Laienbruder Jürgen beim Gesinde zu Abend aß, deckten die Mägde den Tisch im Saal, den die Familie nur zu besonderen

Anlässen benutzte. An den übrigen Tagen diente er als Abstellraum, sodass die Bediensteten erst einmal Ordnung schaffen mussten. Sie legten die lange Tischplatte auf Böcke und verbargen sie unter einem Brokattuch, das mit Stationen der Ursulalegende bestickt war, sie stellten die teuren Wachskerzen auf und nahmen das beste Geschirr, das ein Bürgerhaushalt zu bieten hatte. Hermann Holthusen geleitete Abt Johannes zu dessen Platz. Der Doberaner Klostervorsteher war noch immer benommen von dem Ereignis im Stadthof, aber er strahlte auch ein wenig in Erwartung der kommenden Genüsse.

»Ich habe Anordnung getroffen, dass nur Gerichte auf den Tisch kommen, die Ihr essen dürft, ehrwürdiger Vater«, sagte Holthusen. »Es wird also Fisch und Geflügel geben, Kapaun, Fasan und Gans, zubereitet mit den besten Soßen. Ihr trinkt doch Wein?«

»Gern.« Johannes setzte sich. »Aber macht Euch meinetwegen keine Umstände.«

»Das sind doch keine Umstände, Ehrwürden.«

In diesem Moment betrat Elisabeth Holthusen den Saal. Eigentlich sollte sie noch das Bett hüten, aber es war ihr ein tiefes Bedürfnis, dem Abt die Ehre zu erweisen. Die Frau des Hauses hatte sich von ihrem Kammermädchen dem Anlass entsprechend ankleiden lassen. Sie trug ein schweres Kleid aus Seide, versehen mit silbernen Spangen, und in ihr Haar hatte sie Seidenbänder knoten lassen. Elisabeth Holthusen wirkte um diese Stunde viel lebendiger als noch am Morgen. Offensichtlich schritt ihre Genesung rasch voran.

»Ehrwürdiger Vater!« Elisabeth ging vor dem Abt in die Knie und küsste seinen Siegelring.

»Bitte, meine Tochter, richtet Euch auf.«

Elisabeth gehorchte. Wenig später kam auch die Amme herein, ein kleines, weißes Bündel auf dem Arm. Der neugeborene Sohn wurde dem Abt präsentiert, der ihn segnete. Die Mägde brachten die ersten Schüsseln, aus denen es duftete, dass Johannes das Wasser im Munde zusammenlief. Der Hausherr setzte sich zu Tisch, die Frau ebenfalls. Eine Magd ging mit einer silbernen Waschschüssel um den Tisch, eine zweite folgte mit dem Handtuch. Nachdem sich alle die Hände gesäubert hatten, sprach der Abt das Tischgebet. Er dankte Gott für den wohl gedeckten Tisch und sprach abermals einen Segen, dann legte man ihm ein Stück Wels auf den Teller und übergoss ihn mit Mandel- und Rosinensoße.

»Was haben die Nachforschungen des Stadthauptmannes ergeben?«, fragte Elisabeth ihren Gatten. Hermann hatte sie am Nachmittag von dem Vorfall in der Doberaner Curia unterrichtet, und vor etwa einer Stunde hatte ihm der Hauptmann Bericht erstattet.

»Nicht viel.« Auch Holthusen ließ sich Fisch auflegen. »Wir wissen nun, dass die drei falschen Brüder am Morgen durch das Lüb'sche Tor in die Stadt gekommen sind. Zu Pferde übrigens. Sie haben das Torgeld erlegt, und da es Mönche waren, sie zumindest wie Mönche aussahen, hatte die Wache keinen Grund, ihnen den Zutritt zu verwehren. Sie haben dann wohl auf Abt Reinhard gewartet, der um die Mittagsstunde in Wismar eintraf und sich sogleich zum Stadthof begab. Sie brachten ihn und seinen Begleiter um, warum auch immer, und verließen Wismar auf dem Weg, auf dem sie gekommen waren. Die Reitenden Diener verfolgten ihre Spur bis an die Grenze der städtischen Ländereien. Aber sie haben sehr rasch Fersengeld gegeben und waren über alle Berge.«

»Eine gottlose Tat«, meinte Elisabeth. »Gottlos, ruchlos, eine sehr schwere Sünde.«

»Ja.« Hermann wies auf die Schüssel mit dem gebratenen Kapaun. Die Magd Frieda verstand die Geste und tat ihm ein Bruststück von dem beschnittenen Hahn auf. »Was ich wissen möchte, ehrwürdiger Vater, welche Umstände führten Abt Reinhard nach Wismar?«

»Es sollte nur eine Zwischenstation auf dem Weg nach Doberan sein. Reinhard wollte das Kloster visitieren, so wie es die Generalkapitel unseres Ordens festgelegt haben. Einmal im

Jahr muss ein Vaterabt seine Tochterklöster besuchen und kontrollieren. Im Jahr des Herrn 1335 hat Papst Benedikt XII., übrigens der zweite Zisterzienser auf dem Heiligen Stuhl, seine Bulle *Fulgens sicut Stella Matutina* erlassen und die drei Elemente der zisterziensischen Lebensform festgeschrieben: den *cultus divinus*, die *lectio sacrae paginae* und die *opera caritatis*. Bei der Visitation prüft der Vaterabt, ob diese Vorgaben in den Klöstern eingehalten werden. Und er kontrolliert die Finanzen.«

»Verstehe.« Hermann Holthusen ließ es sich nicht nehmen, den Wein höchstpersönlich einzuschenken. Er hatte eines der neuen Fässer öffnen lassen, das ihm sein Würzburger Partner Caspar Nürmperger vor einigen Wochen geschickt hatte. Allerdings war Holthusen seit geraumer Zeit nicht mehr zufrieden mit der Güte des Rebsaftes; er hatte seinen Lieferanten in Verdacht, den guten Frankenwein mit Wasser zu strecken. Den Verdacht teilten die Doberaner Mönche, die den Wein von Holthusen bezogen.

»Ich wollte Bruder Reinhard in Wismar in Empfang nehmen und nach Doberan geleiten«, fuhr Johannes fort. »Nach der Visitation wollten wir uns gemeinsam nach Amelungsborn auf den Weg machen. Dort treffen sich nämlich die Äbte der norddeutschen und der östlichen Zisterzen, um gemeinsam zum Generalkapitel nach Wien zu reiten. Mit einem Halt in Würzburg und einem im Kloster Bronnbach, wo weitere Äbte zu uns stoßen werden. Ihr wisst, Hermann, es ist viel sicherer, in einer großen Gruppe zu reisen. Gerade auf dem Landweg ...«

Hermann Holthusen nickte, dann hob er den Becher.

»Würzburg also ... Von dort stammt dieser Wein. Auf Eure Gesundheit, ehrwürdiger Vater.«

Der Kaufmann und Ratsherr nahm einen Schluck. Er ließ den Rebensaft im Mund kreisen, dann spie er ihn angewidert auf den mit Spänen bestreuten Boden.

Der Wein schmeckte wie Essig.

3

Auch den kommenden Morgen verbrachte Hermann Holthusen in der Schreibkammer. Er empfing die beiden Ziegelherren des Rates, um mit ihnen über den Nachschub für den Bau des Chores zu sprechen, aber keiner der drei Männer war bei der Sache. Der Mord an einem Abt und seinem Gehilfen innerhalb der Mauern Wismars hatte die ganze Stadt aufgewühlt, vielleicht von den Spitzbuben abgesehen. Morde waren – vor allem in der Unterschicht – nichts Ungewöhnliches. Wismar litt daran, dass die Zahl von Angehörigen der niedrigsten Stände viel zu groß war. Das hatte in den letzten Jahren und Jahrzehnten immer wieder zu einer gefährlichen Gärung geführt und auch zu Blutvergießen.

Das Töten eines Klostervorstehers, noch dazu durch drei mutmaßliche Mönche, war jedoch nichts Alltägliches. Das Opfer war ein Reisender gewesen und hatte Anspruch auf Gastfreundschaft und besonderen Schutz. Eine Stadt, die einem Reisenden diesen Schutz nicht gewähren konnte, verlor rasch an Ansehen.

Nachdem sich die Ziegelherren verabschiedet hatten, machte sich Holthusen daran, einen Brief zu entwerfen. Über die Anrede kam er nicht hinaus. Schon zwei Mal hatte er sich bei seinem Würzburger Geschäftspartner Nürmperger über die abnehmende Qualität von dessen Weinlieferungen beklagt, aber er hatte nur Verwunderung geerntet. Caspar Nürmperger schwor Stein und Bein, dass nur erstklassige Ware seine Keller verließ. Ein dritter Brief würde nichts bewirken.

Hermann Holthusen stand auf und öffnete das Fenster. Auf den Gerüsten rund um den künftigen Chor der Nikolaikirche turnten die Zimmerleute und die Maurer. Als Handwerker genossen sie das Bürgerrecht, doch da sie nicht ratsfähig waren, rangierten sie in der Ständeordnung unter dem Kaufmann. Er achtete ihr Geschick und bewunderte ihren Mut, aber er verkehrte mit keinem von ihnen.

Holthusen seufzte. Am einfachsten wäre es, sich einen neuen

Lieferanten zu suchen. Dafür würde er jedoch nach Würzburg fahren müssen, und er scheute die Anstrengungen der weiten Reise. Außerdem war es gefährlich, die Stadt zu verlassen: Raubgesindel, darunter viele Adlige, machte die Straßen unsicher, und gerade auf Kaufleute hatten es die Räuber abgesehen.

Der Consul, Brauer und Fernhändler war uneins mit sich. Er lebte nicht vom Weinhandel, doch gerade zur Taufe des Sohnes hätte er gern einen edlen Tropfen aufgetischt. Das würde ohnehin nichts mehr werden. Er hatte es nachprüfen lassen, der gesamte Wein war verdorben, und die Taufe stand unmittelbar bevor. Auch den Pfingstmarkt, den ersten in der Geschichte der Stadt, musste er auf jeden Fall abwarten. Vielleicht würde er dann reisen. Oder auch nicht.

Jemand betätigte den Türklopfer. Das Geräusch, das durch das Schlagen des Löwenkopfes auf den Eisenbeschlag verursacht wurde, hallte dumpf durch die Diele. Hermann Holthusen begab sich zur Tür der Schreibkammer und öffnete sie. Der Knecht Lukas befand sich bereits beim Tor und löste den Riegel.

Es war der Stadthauptmann, der Einlass begehrte, aber er war nicht allein. Sein Begleiter, noch keine dreißig Jahre alt, war an seiner Kleidung sofort als Mann von Adel zu erkennen. Er trug die Nase hoch und schnupperte in die Diele, in der Holthusen Fässer mit Trockenfisch, einen größeren Posten Hopfen sowie Stoffballen lagerte. Der unangenehme Geruch des Fischs und der verführerische des Hopfens lagen in beständigem Kampf um die Oberhoheit, und an warmen Tagen trug der Fisch den Sieg davon.

»Womit kann ich Euch dienen?« Holthusen richtete seine Frage an den Adligen.

»Ich handle im Auftrag des Herzogs«, sagte der Fremde und schaute an Holthusen vorbei in die Schreibkammer. Offenbar verachtete er den bürgerlichen Stand so sehr, dass er einen Vertreter dieses Standes nicht für wert erachtete, ihm in die Augen zu blicken. Holthusens Schläfenader schwoll an. »Mein Name ist Joachim Hahn von Basedow.«

»Tretet ein!« Holthusen wies auf die Tür zur Schreibkammer. »Lukas, bring etwas zu trinken«, befahl er dem Knecht.

»Wein, Herr?«

Hermann schüttelte energisch den Kopf. »Wie weit ist der Braumeister?«, wollte er wissen. Im Hause Holthusen war Brautag.

»Ich frage ihn, Herr.«

»Gut. Sollte es möglich sein, so bringe uns frisches Bier.«

»Bier?« Der Herr Joachim rümpfte abermals die Nase, während er die Schreibkammer betrat. Hermann Holthusen folgte den Gästen und schloss die Tür. Der Hahn von Basedow kam sofort zur Sache.

»Albrecht hat mich beauftragt, mit meinen Männern die Verfolgung der Mörder auf landesherrlichem Gebiet aufzunehmen«, sagte er und betonte dabei die enge Verbindung zum Herzog. »Es sieht so aus, als hätten sie sich gen Sonnenuntergang begeben. Bereits kurz nach dem Verbrechen haben sie die Landwehr passiert. In den Wäldern zwischen Wismar und Grevesmühlen verliert sich ihre Spur.«

»Die Wälder konnten wir nicht durchkämmen«, sagte der Hauptmann und wirkte dabei fast schuldbewusst.

»Das ist unsere Sache«, meinte Herr Joachim. »Ich habe ein paar Leute nach Grevesmühlen geschickt. Vielleicht haben die Mörder dort in der vergangenen Nacht Quartier genommen.«

»Wenn sie klug sind, werden sie Städte meiden«, bemerkte Holthusen.

»Sind sie denn klug?«

»Ich weiß es nicht.«

Der Knecht Lukas betrat den Raum. Er trug einen großen hölzernen Krug mit dem ersten Abzug des frischen Bräus herein, während die Magd Frieda drei Becher brachte. Holthusen ließ es sich nicht nehmen, seinen Besuchern die Becher zu füllen.

»Ihr seid mir als erfahrener Richteherr empfohlen worden, Kaufmann«, sagte Joachim Hahn von Basedow in einem Ton, als bezweifle er Holthusens Fähigkeiten. »Was denkt Ihr, warum hat man den Abt erstochen?«

»Auch das weiß ich nicht. Reinhard von Amelungsborn hatte den Ruf eines sehr frommen Mannes.«

»Er wollte die Zisterze Doberan visitieren, heißt es. Vielleicht hatte jemand einen Grund, diesen Besuch zu verhindern. In manchen Abteien steht es schlecht um die Klosterzucht.«

»Doberan befindet sich östlich von Wismar«, warf der Hauptmann ein.

»Dass die Mörder nach Westen flohen, kann ein Ablenkungsmanöver sein«, meinte Joachim. »Kaufmann, Ihr sollt ein Freund des Doberaner Abtes sein. Was vermutet er?«

»Er ist ebenso ratlos wie ich«, erwiderte der Consul.

»Ratlosigkeit hilft mir nicht weiter.« Der Abgesandte Albrechts III. stellte seinen Becher auf den Tisch. Nicht einen Schluck hatte er genommen. »Ich werde die drei schmutzigen Brüder schon finden. Und dann habe ich Mittel, ihre Motive auszuforschen. In keinem Winkel dieses Landes bleibt es ungesühnt, einen Reisenden zu töten.«

»Ich habe nicht den Eindruck, dass Ihre herzoglichen Gnaden dem Erhalt des Landfriedens die erforderliche Aufmerksamkeit widmen«, sagte Holthusen. Der Stadthauptmann zuckte zusammen. Holthusen hatte sich eine Ungebührlichkeit herausgenommen, die dem Herrn Joachim das Gesicht färbte. Außerdem war es höchst ungerecht, von Albrecht etwas zu fordern, was er nicht mehr zu leisten vermochte: Als gebrochener Mann war der Herzog 1395 aus sechsjähriger schwedischer Gefangenschaft zurückgekehrt, ausgelöst auch mit Geld aus Wismar. Albrecht verbrachte seinen Lebensabend zurückgezogen in seinem Schloss in Gadebusch, aber er bezahlte immerhin Männer wie den Hahn von Basedow, die seine Interessen verfechten sollten. Sie pflegten jedoch an ihrer Arroganz zu scheitern.

»Ihr werdet frech, Kaufmann. Und Ihr zweifelt an mir. Ich sollte Euch den Fehdehandschuh vor die Füße werfen.«

»Ich bin kein ebenbürtiger Partner, Herr«, sagte Holthusen

mit einem feinen Lächeln. »Ihr solltet Euch mit Euresgleichen schlagen, das bringt mehr Ruhm und Ehre.«

Der Hauptmann schaute zur Zimmerdecke, als erwarte er Gottes Bannstrahl. Der Herr Joachim starrte den Wismarer Kaufmann eine Zeit lang schweigend an. An Widerworte war er nicht gewöhnt.

»Der Reichtum macht Euch Kaufleute aufmüpfig«, meinte er schließlich. »Dass der Herzog von Euren Krediten lebt, sollte Euch die Achtung vor Eurem Landesherrn nicht vergessen machen. Denkt daran: Hochmut kommt vor dem Fall. Gehabt Euch wohl!«

Albrechts Beauftragter stapfte aus dem Zimmer, durchquerte die Diele mit wuchtigem Schritt und ließ das Tor zukrachen, sodass die Wände vibrierten. Holthusen befeuchtete seine Kehle mit frischem Bier. Der Stadthauptmann schüttelte den Kopf.

»Verzeiht, aber das war nicht sehr geschickt.«

»Er wird die Mörder nicht finden«, sagte Holthusen überzeugt. »Natürlich wird er irgendwann drei Männer vorführen, die unter Zwang alles sagen, was er verlangt. Aber das werden nicht die wahren Mörder sein.«

»Woher wisst Ihr das?«

»Er ist zu selbstverliebt. Männer wie er können sich nicht in andere Menschen hineinversetzen.«

»Könnt Ihr das denn?«

Der Stadthauptmann erhielt keine Antwort.

4

Kaum war die Konventmesse vorüber, da eilte Frater Angelo schnurstracks ins Skriptorium. An seinem Pult war der Eleve bereits damit beschäftigt, mit dem Bleigriffel Linien auf dem Pergament zu ziehen, während der Lehrling die Eisengallustinte anrührte. Bruder Angelo berührte mit dem rechten Zeigefinger das Pergament. Es war aus der Haut ungeborener Lämmer hergestellt, die man aus dem Mutterleib gerissen hatte, und jede

Berührung mit ihm weckte unerlaubte Vorstellungen von menschlicher Nähe.

Angelo verbannte Eleven und Lehrling mit einer herrischen Geste aus dem Skriptorium, setzte sich ans Pult und sog den Geruch der Tinte ein. Nach und nach trafen die anderen Mönche ein, die vom Abt zur Arbeit im Schreibsaal eingeteilt worden waren. Der Bruder Kantor brachte die Bücher aus dem Armarium, die abgeschrieben werden sollten. Frater Angelo arbeitete seit Wochen an der Kopie eines alten Folianten, dessen Seiten braunfleckig geworden waren und dessen Bindung sich löste. Das Buch enthielt Ausführungen zur Geschichte der Abtei Chiaravalle della Colomba und zu ihren Privilegien, von denen die meisten gefälscht waren, aber das Kloster berief sich auf sie, und niemand wagte, sie in Zweifel zu ziehen. Eine ganze Schafherde würde der Abschrift geopfert werden müssen.

Angelo begann mit dem Rubrizieren. Die Gründungslegende hatte er am Tag zuvor abgeschlossen. Der heilige Bernhard galt als Schöpfer der Abbazia Chiaravalle della Colomba. Die älteste Zisterze Italiens, in der weiteren Umgebung der Stadt Piacenza gelegen, führte ihre Gründung auf das Jahr 1135 zurück. Eine weiße Taube hatte dem heiligen Bernhard den Platz gewiesen, an dem der Konvent errichtet werden sollte. Das erklärte den Namen: Chiaravalle war der italienische Name für Clairvaux, Colomba für die weiße Taube.

Auch die übrigen Mönche erhielten ihre Bücher. Der Kantor schnaufte, obwohl er immer nur zwei, höchstens drei der wertvollen Folianten herbeischleppte, doch vor allem die Holzdeckeleinbände machten das Tragen zu einer schweren Arbeit. Frater Angelo tauchte die Feder in die Tinte. Durch die schmale Tür, die das Skriptorium mit dem Kreuzgang verband, betrat der Prior den Raum. Er schaute den arbeitenden Mönchen eine Zeit lang zu, lächelte zufrieden und trat vor Angelos Pult.

»Bruder«, flüsterte er, »du hast Besuch.«

»Besuch?« Angelo schaute den Prior unsicher an. Seit elf Jahren lebte er im Konvent, und während dieser Zeit hatte niemand, der außerhalb des Klosters lebte, nach ihm verlangt. Wer auch? Er hatte keine Angehörigen, die Anteil an seinem Schicksal nahmen, seine Familie war den ständigen bewaffneten Auseinandersetzungen um den Kirchenstaat zum Opfer gefallen.

»Hoher Besuch«, flüsterte der Prior.

Der Mönch verschloss das Tintenfässchen, säuberte die Feder, legte sie neben das Pergament und stand auf. Der Prior verließ rasch das Skriptorium, Angelo folgte ihm. Sie durchquerten den Kreuzgang, von dessen Gewölbe ihre Schritte widerhallten, aber der Prior steuerte nicht das Besucherzimmer an, wie Angelo erwartet hatte, sondern er begab sich zur Abteikirche. Das bedeutete, dass der Gast ein Kleriker sein musste, der auch jenen Bereich des Klosters betreten durfte, der den Mönchen vorbehalten war. Eigentlich konnte es sich nur um einen Ordensbruder handeln. Angelo kannte außer den Zisterziensern seines Konvents allein den Abt von Cîteaux, zu dessen Filiation das norditalienische Kloster gehörte. Der Abt von Cîteaux musste den Konvent gelegentlich visitieren und prüfte dabei auch die Mönche. Es war vollkommen ausgeschlossen, dass sich der Abt von Cîteaux auf die weite und gefährliche Reise nach Chiaravalle della Colomba machte, nur um Bruder Angelo zu besuchen.

Plötzlich überlief es den Mönch heiß und kalt. Angelo war ein strenger Verfechter einer demutsvollen und besitzlosen Lebensweise aller Kleriker, und so hatte er mehrere Episteln gegen das sittenlose Leben des Avignoneser Papstes verfasst. Die Episteln hatte er dem Pontifex Bonifaz gewidmet, einerseits aus Überzeugung, andererseits auch, um seinem Kloster einen guten Ruf am Hof des Neapolitaners zu verschaffen. Vielleicht war der Abt von Cîteaux nach Chiaravalle della Colomba gekommen, um ihn dafür zu loben, vielleicht hatte man Großes mit ihm vor; es waren schon Mönche wegen ihrer Leistungen zu Bischöfen erhoben worden, zu Erzbischöfen oder gar zu Kardinälen.

Frater Angelo senkte beschämt den Blick und kämpfte den aufkommenden Stolz nieder. Der Prior wies zum Mönchsgestühl und bedeutete ihm, dort zu warten. Dann verschwand er hinter dem Lettner, der Mönchs- und Laienchor voneinander trennte.

Angelo setzte sich und schaute zum Altar. Gottes Sohn hing mit halb geschlossenen Lidern am Kreuz. Seine Blöße bedeckte ein Lendentuch, und das Blut aus den heiligen Wunden war erstarrt.

Der Mönch konnte den Blick nicht von dem leidenden und sterbenden Erlöser abwenden. In seinem Hirn wirbelten die Gedanken durcheinander. Angelo hatte sich vorbehaltlos zu Bonifaz IX. bekannt. Die Mutter aller Zisterzienserklöster jedoch, die Abtei von Cîteaux, befand sich auf dem Boden des Herzogtums Burgund. Auch wenn die Burgunder eine eigensinnige und eigennützige Politik verfolgten, änderte das nichts an der Tatsache, dass Burgund ein Lehen der französischen Krone war, und obendrein war Philipp von Burgund der Regent Frankreichs. Den Zwängen der Zeitumstände gehorchend standen die französischen Zisterzen auf der Avignoneser Linie. Kein Abt von Cîteaux würde einen ihm ansonsten unbekannten Mönch für Schriften loben, die sich gegen Avignon richteten.

Frater Angelo starrte immer noch angestrengt auf den Gekreuzigten. Plötzlich fuhr er zusammen. Er hatte den Eindruck, als würden die Lider des Gottessohnes zu flattern beginnen. Das Blut rann aus den Stigmata, es floss über den Leib des Herrn und über das Holz des Kreuzes, es tropfte auf den Altartisch, tränkte die Decke, stürzte wie ein Wasserfall zu Boden, kam als riesige Flutwelle auf den Mönch zu. Mit einem Schrei sprang Angelo auf.

»Aber, aber!«, sagte ein Mann. Angelo hatte dessen Kommen nicht bemerkt und schrie abermals laut auf. »Beruhige dich!«

Der Mann stand an der Chorschranke und nickte Angelo zu. Er trug das Gewand der Zisterzienser, aber Angelo erkannte sofort, dass es sich nicht um einen Ordensbruder handelte. Der Schmuck an der rechten Hand des Besuchers verriet ihn, denn Schmuck zu tragen war einem Zisterzienser nicht erlaubt.

»Wer ... wer?«, stammelte der erschrockene Mönch.

»Ein Freund.« Der Besucher trat näher, legte Angelo eine Hand auf die Schulter und drückte ihn sanft ins Chorgestühl zurück. Aus den Augenwinkeln bemerkte Angelo, dass Jesus wie eh und je unbeweglich an seinem Kreuz hing, die Lider halb geschlossen, das Blut längst getrocknete Farbe – das Werk eines Holzschnitzers und eines Fassmalers.

»Ihr seid ...?«

»Sinibaldo«, antwortete der Mann. »Der Heilige Vater schickt mich.«

»Der ... Heilige ... Vater?«, hauchte Angelo.

Der Mann nickte lächelnd.

»Ihre Heiligkeit dankt dir für deine ... erfrischenden Episteln. Sie sind ... nun, sie sind womöglich nicht sehr theologisch, aber sie zeigen, dass du das Herz auf dem rechten Fleck trägst. Deine Herzenseinfalt hat den Heiligen Vater zu Tränen gerührt.« Zu Lachtränen, dachte der päpstliche Abgesandte.

»Ihr seid nur gekommen, um mir das zu sagen?«

»Aber nein.« Sinibaldo bemühte sich um einen warmen, väterlichen Ton. Frater Angelo hatte als Jüngling Eltern und Geschwister verloren, er würde einen solchen Ton zu schätzen wissen. »Du hasst Benedikt, diesen anmaßenden und illegitimen Gegenpapst. In diesem Hass darfst du dich eins wissen mit Bonifatius. Der Hass des Pontifex ist natürlich ein heiliger Hass. In deinen Hass mischt sich etwas ... Wie soll ich sagen? Etwas sehr Irdisches.«

Frater Angelo schwieg. Er fühlte sich durchschaut, aber er wollte diesem falschen Mönch nicht zustimmen. Vor einigen Jahren hatte der Abt von Chiaravalle della Colomba, entsetzt über die wachsende Zahl ungebildeter Novizen, die im Kloster Zuflucht suchten, seinen Zögling Angelo zum Studium nach Montpellier geschickt. Novizenmeister sollte der Frater einmal werden. Die Wahl war nicht auf ihn gefallen, weil er ein *literatus* war, also ein Gelehrter, sondern weil er sich durch Wissbegier ausgezeichnet hatte, und unter Blinden war der Einäugige König. Angelo trug schwer an den großen Erwartungen, die sein Konvent in ihn setzte, und hatte sich mehr aus Selbstverleugnung denn aus wahrhaftiger Begeisterung auf die Theologie gestürzt. Er war ihr nicht gewachsen.

Sein wichtigster Lehrer war Pedro de Luna gewesen, seit drei Jahren der Papst in Avignon. Angst und Schrecken hatte Papa Luna am Kolleg von Montpellier verbreitet, nicht bei den begabteren Studenten, die aus besserem Hause stammten, aber bei Angelo. Dessen Familie hatte dem lombardischen Kleinadel angehört, als Knabe hatte er auf der Burg eines höhergestellten Grundherrn Pagendienste verrichten müssen, er war im Reiten, in der Jagd und im Turnierfechten unterwiesen worden, er konnte an der gräflichen Tafel bedienen und kannte sich in den höfischen Sitten aus, doch Lesen und Schreiben hatte er erst im Kloster gelernt, wobei er sich als anstellig erwiesen hatte. Er schrieb sehr schön, seine Buchstaben hatten Schwung und Charakter. Die Wissenschaft war ihm ein Buch mit sieben Siegeln. Die fünf Wege, die Thomas von Aquin zum Beweis der Existenz Gottes entwickelt hatte, waren für ihn unverständlich geblieben. Gott als die *causa prima non causata*, als die erste Ursache, die ohne Ursache ist – was konnte sich jemand wie Angelo darunter vorstellen, der nur das schlechte Küchenlatein unwissender Mönche beherrschte?

Angelo war in Montpellier gescheitert. Und Pedro de Luna hatte ihn bei jedem Disput spüren lassen, wie sehr er ihn verachtete.

Diese Verachtung hatte der Frater mit Hass beantwortet. Sein Hass, darin stimmte er mit Sinibaldo überein, war kleingeistig und voll Sünde. Angelo hatte versucht, ihn sich mit Tausenden von Rosenkränzen, mit Hungern und mit Selbstgeißelung auszutreiben. Es war ihm nicht gelungen: Der Hass war unsterblich wie seine vergiftete Seele. Er war in seine Episteln geflossen, ungefiltert und offenbar so klar zu erkennen, dass sogar der römische Papst beschlossen hatte, ihn zu bestrafen.

»Ich habe gebüßt«, sagte Angelo leise.

»Wofür?«

»Für meine unreinen Gedanken.«

»Unreine Gedanken?« Sinibaldo schaute den Mönch von der Seite an. Er schien nicht zu begreifen, was Angelo meinte. »Wovon sprichst du?«

»Wie Ihr sagtet: Ich hasse Pedro de Luna nicht nur aus Glaubensgründen.«

»Ah!« Die Miene des Gastes hellte sich auf. »Ich verstehe ... Nun, aber darum geht es nicht. Der Heilige Vater wünscht, dass du einen Auftrag für ihn erledigst.«

»Einen Auftrag?« Nun war es an Angelo, sein Unverständnis zu zeigen.

»Allerdings. In deiner Jugend warst du ja ein recht umtriebiger Geselle. Du weißt, was ich meine?«

»Aber ... Es ist lange her.«

»Mag sein. Vergessen ist es nicht.« Sinibaldo zog ein zusammengefaltetes Pergament aus dem Ärmel seiner Kutte und reichte es dem Mönch. »Du wirst das Kloster verlassen müssen.«

»Das geht nicht, Herr. Wir Mönche sind zur *stabilitas loci* verpflichtet. Nur auf ausdrücklichen Befehl des Abtes dürfen wir uns außerhalb der Klostermauern aufhalten.«

»Diesen Befehl kannst du getrost voraussetzen. Wenn du den Auftrag erledigt hast, erhältst du eine Ablassurkunde von Ihrer Heiligkeit persönlich. Nicht nur die bereits begangenen, auch alle deine künftigen Sünden werden dir verziehen.«

Angelo wagte einen weiteren Einwand. »Ich bin lange nicht außerhalb der Abtei gewesen, ich kenne die Welt nicht mehr.«

»Du warst in Montpellier«, sagte Sinibaldo. Frater Angelo fuhr zurück. »Und zuvor ... Hast du dich nicht nach dem Tod deiner Angehörigen nach Turin begeben?«

Bruder Angelo senkte den Blick und betrachtete den Steinfußboden zwischen den Reihen der Mönchsstühle. Sein Herz klopfte vor Angst so heftig, dass er fürchtete, der grässliche Besucher könnte es hören.

»Aber dort hat es dich nicht lange gehalten«, fuhr Sinibaldo unerbittlich fort. »Du bist mit ein paar jungen Männern in eines der schwer zugänglichen Waldensertäler geritten, wo sich ein letztes Häuflein von Anhängern der Irrlehren des Petrus Valdes verbirgt. Bei diesen Unbelehrbaren predigen Laien, nicht wahr? Sie lehnen Priester als Vermittler zwischen Gott und den Menschen ab, habe ich Recht? Wie dieser Wyclif! Schauderhaft!« Sinibaldo schüttelte sich demonstrativ.

»John Wyclif ist vor dreizehn Jahren gestorben«, entgegnete Angelo, »Valdes hingegen ist schon fast zweihundert Jahre tot.«

»Ach, das weißt du? Liest wohl heimlich ihre verbotenen Schriften, was? Oder stehst du sogar noch in Verbindung mit den Waldensern?«

»Nein!« Der gequälte Mönch sprang auf. Sinibaldo erhob sich betont langsam.

»Es sind Exkommunizierte, Angelo, oder täusche ich mich? Die Heilige Römische Inquisition verfolgt sie nach wie vor. Denn leider ist es nicht gelungen, alle mit Feuer und Schwert auszurotten.«

Frater Angelo schaute zu dem leidenden Gottessohn, der für die Sünden der Menschen gestorben war. Erneut gaukelten ihm seine überreizten Sinne vor, dass die Lider des Gesalbten flatterten. Blut tropfte auf die Altardecke. Normalerweise gehörte ein blutendes Kruzifix zu den Wundern, die einen Wallfahrtsort konstituierten. Angelo würde von seinen Beobachtungen niemandem erzählen können, ohne Zweifel an seinem Geisteszustand zu wecken, und wahrscheinlich entsprangen sie sowieso nur seiner Einbildung. Der Gesandte aus Rom war überraschend gut über ihn informiert. Dem Konvent hatte Angelo seine Vergangenheit verschwiegen, aber nun war sie wieder aus den Winkeln gekrochen wie eine todbringende Schlange. Die Vergangenheit verschwand einfach nicht, selbst wenn man die Erinnerung jeden Tag tötete und begrub.

»Der Heilige Vater hat Verständnis dafür, dass ein junger Mann Orientierung sucht und dabei auch einmal fehlgehen kann«, behauptete Sinibaldo in einem süßlichen Ton. »Wer aber einen Irrweg beschreitet und danach in den Schoß der einzigen und allein selig machenden Kirche zurückkehrt, muss sich bewähren. Also suche deine Jugendfreunde auf, Angelo. Einige von ihnen leben noch. Stell eine Schar mutiger Männer zusammen, die nichts mehr zu verlieren haben, und folge den Anweisungen des Pergaments. Was es auch kosten mag, Geld spielt keine Rolle.«

»Was soll ich denn tun?«

»Steht alles darin.« Sinibaldo tippte auf das Pergament. »Du hast eine Stunde Zeit, die Befehle auswendig zu lernen, dann gibst du es zurück. Und denke immer daran: Wir haben nicht vergessen, dass du Umgang mit Ketzern gepflegt hast. Nur dein Eintritt ins Kloster und deine Bußübungen haben dir das Leben gerettet. Doch die Akten sind nur geschlossen. Sie liegen noch immer im Geheimarchiv des Vatikans und können jederzeit geöffnet werden. Eine Stunde, Angelo! In einer Stunde erwarte ich deine Entscheidung – für oder gegen das irdische Leben. Aber ich weiß schon, wie du entscheiden wirst. Ich kenne dich.«

5

Hermann Holthusen musste sich sputen. Einer der zahllosen italienischen Moralschriftsteller namens Sassetti verlangte von einem vollkommenen Kaufmann, er solle eine freundliche, doch würdevolle Miene tragen, sich geschmackvoll kleiden und an seinem Auftreten und seinen Gebärden feilen, aber Holthusen mangelte es an Zeit. Der Kaufmann hatte sich, dem festlichen Anlass entsprechend, in seine besten Gewänder geworfen, doch nicht nur seine verkniffene Miene widersprach seiner Würde, sondern auch sein Gang. Abt Johannes und der Stadtschreiber Heinrich von Balsee vermochten ihm kaum zu folgen, als er die Mecklenburger Straße entlang zum Marktplatz hetzte.

»Du bist ein viel beschäftigter Mann, mein Freund«, stellte Abt Johannes außer Atem fest.

»Ich halte es mit Cicero«, entgegnete Holthusen mit einem angestrengten Lächeln. »Wie schrieb er? ›Arbeit schafft Hornhaut gegen den Kummer.‹«

»Habt Ihr denn Kummer?«, erkundigte sich der Notarius civitatis. Balsee war nicht nur Stadtschreiber, er gehörte auch dem geistlichen Stand an und betätigte sich als Chronist. Vor einigen Wochen hatte er in der Dominikanerkirche eine Kapelle zu Ehren der heiligen Maria und des heiligen Thomas von Aquin gestiftet, zum Dank hatte man ihn in die Bruderschaft der Dominikaner aufgenommen – darum hatte ihn der Ratzeburger Bischof Detlev von Parkentin zur Chorweihe ins Schwarze Kloster eingeladen. Das Jahr 1397 war außerordentlich reich an gesellschaftlichen Ereignissen. Am meisten bewegte die Bürger jedoch immer noch das Verbrechen im Klosterhof.

»Ihr nicht, Heinrich? Schmerzt Euch nicht der Verlust eines hervorragenden Ordensmannes, der in unserer Stadt sterben musste?«

»Durchaus«, erwiderte Balsee. »Ich schwanke zwischen dem Hochgefühl wegen meiner erfolgreichen Stiftung und dem Eingeständnis unendlicher menschlicher Schwäche, die jeder von uns ständig vor Augen hat.«

»Gregor der Große«, warf Abt Johannes ein. Die drei Männer hatten das Forum erreicht. Da sie von Mittag kamen, betraten sie zuerst den Pferdemarkt, der sich im südöstlichen Teil des großen Platzes befand. Die Marktfahne war eingeholt, die Krämer, Handwerker und Händler hatten ihre Geschäfte längst beendet. An der südlichen und der östlichen Seite lebten in großzügigen Häusern, deren Marktfront mit Giebeln verziert war, Angehörige der Oberschicht wie Fernkaufleute, Schiffer, Ratsherren und auch einige der Bürgermeister, während die westliche und die nördliche Seite von den zweistöckigen steinernen Buden eingenommen wurden, aus denen heraus die Handelsleute ihre Waren feilboten. Die Buden waren geschlossen, und auch die Bänke auf dem Forum, ebenfalls dem Verkauf dienend, waren verwaist.

»Welcher Georg?« Hermann Holthusen war mit seinen Gedanken nicht bei der Sache.

»Gregor! Notarius Balsee hat sich soeben auf Papst Gregor VII. berufen. Er hat in den Mittelpunkt einer christlichen Lebensweise die *contritio* gestellt, die Zerknirschung.«

»Mit Zerknirschung werden wir die Mörder nicht ausmitteln«, meinte Hermann.

»Ich musste an Gregors letzte Worte denken.« Heinrich von Balsee strich seinen vom Laufen verrutschten Mantel glatt. »Auf dem Sterbebett im Exil von Salerno, so ist überliefert, hat er gesagt: ›Ich habe die Gerechtigkeit geliebt und das Unrecht gehasst, deshalb sterbe ich in der Verbannung.‹«

»So weit wird es mit uns hoffentlich nicht kommen«, erwiderte Holthusen. »Da auch wir die Gerechtigkeit lieben und das Unrecht hassen …«

»Nein«, Balsee lachte, »die Verbannung haben wir nicht zu fürchten.«

Der Stadtschreiber verabschiedete sich hinter dem Rathaus. Sein Heimweg führte in die Altwismarstraße, während Holthusen und der Abt ihre Route durch die Altböterstraße fortsetzten, wo die Flickschuster ihrem Tagwerk nachgingen. Bald jedoch würden auch sie sich trennen. Johannes, den Untätigkeit ebenso quälte wie seinen Freund, wollte noch einmal den Klosterhof aufsuchen, obwohl er nicht viel Hoffnung hatte, dass den Brüdern noch etwas Wichtiges zum Mord an Abt Reinhard und dem Laien Gebhard einfiel. Ratsherr Holthusen wurde auf einer Festsitzung der Papagoiengesellschaft erwartet.

Nach der Chorweihe im Kloster der Dominikaner hatten Johannes und Hermann die Gelegenheit gehabt, mit dem Bischof von Ratzeburg ein paar Worte zu wechseln. Auch dessen Offizial, der zugleich Pfarrer von Sankt Nikolai war, war bei dem Gespräch dabei gewesen. Der Bischof war von dem Verbrechen im Stadthof sehr beunruhigt, hatte aber ebenso wenig eine Erklärung wie Holthusen, Abt Johannes, der Offizial, ja der gesamte Wismar'sche Rat und die Ratzeburger Domherren. Es fand sich einfach kein Motiv für die unerhörte Tat. Holthusen spürte, wie ihn diese Ungewissheit mehr und mehr zur Verzweiflung trieb. Seine Katastrophenstimmung fand auch hierin neue Nahrung.

Beim Franziskanerkonvent sagten sich die Freunde Adieu. Die Kirchglocken läuteten die sechste Nachmittagsstunde ein, und hinter den Klostermauern begann die Vesper. Abt Johannes plagte ein schlechtes Gewissen, weil er seine religiösen Pflichten vernachlässigte und er am Gebet zum frühen Abend nicht teilnahm. Holthusen durchquerte den Krönkenhagen. Die Minderbrüder sangen die Psalmen so laut, dass es in der engen Gasse zu hören war. Sie priesen Gott und die Jungfrau, und die Reaktion des Himmels blieb nicht aus. Bereits seit der Mittagszeit hingen schwere Wolken über der Stadt, nun regnete es.

Vom Krönkenhagen zweigte die Kywerwywerstraße ab, die Straße der keifenden Weiber. Sie endete bei der Faulen Grube, wo sich Holthusen nach links halten musste. An der Nikolaikirche gegenüber ruhte um diese Stunde der Bau.

Die Papagoiengesellschaft, in der sich die Oberschicht der Stadt zu geselliger Runde traf, hatte ihr Domizil in einem Haus bei der Waagebrücke. Kaufleute, Brauer, Schiffer und Wandschneider gehörten der Gesellschaft an, und bis vor zwanzig Jahren durften auch Handwerksmeister Mitglied werden. Das hatte man dann aber abgeschafft.

An diesem Freitag nach Pfingsten galt es, den neuen Schützenkönig zu feiern. Der Kaufmann Christian Klumpsülver hatte beim Papagoienschießen auf dem Rosengarten den Vogel abgeschossen, was ihm nicht nur viel Ehre einbrachte, sondern auch die Verpflichtung, der Gesellschaft eine Tonne Bier und zweierlei Konfekt zu spenden. Auch Hermann Holthusen hatte versucht, den Papagei von der Stange zu holen, aber er war ein schlechter Schütze und würde wohl nie Vogelkönig werden. Darauf legte er letztendlich auch keinen Wert. Die Teilnahme war entscheidend, und der Sieg verursachte bloß Kosten.

An der langen Tafel im Saal über der Diele hatten etliche der führenden Männer Wismars Platz genommen. Ihre Blicke richteten sich auf den eintretenden Hermann. Christian Klumpsülver, der einen stilisierten Papagei an einer Kette um den Hals trug, kam mit ausgebreiteten Armen auf Holthusen zu und gab ihm den Bruderkuss. Er schwitzte vor Aufregung, sein Gesicht war gerötet, die Augen blutunterlaufen. Holthusen musste an Sassetti denken: An Auftreten und Gebärde hatte Klumpsülver nicht gefeilt. Offenbar hatte man das Fass bereits angestochen und die Krüge und Becher mehrmals gefüllt.

Klumpsülver geleitete Hermann zu den Ratsherren, die das obere Ende der Tafel einnahmen. Ein leerer Stuhl zwischen Bürgermeister Markwart Bantzekow und Ratmann Johann Elmenhorst war dem Richteherrn bestimmt. Proconsul Bantzekow, in ein Gespräch mit dem neben ihm sitzenden Jacob van Strömekendorf vertieft, nickte Holthusen nur kurz zu, Johann Elmenhorst schob ihm einen Becher hin.

»Auf dein Wohl, Hermann«, sagte er. Holthusen nahm einen Schluck. Das Bier war nicht in Wismar gebraut worden. Es stammte aus Einbeck und wurde nur zu besonderen Anlässen ausgeschenkt.

»Natürlich habe ich die päpstliche Bulle gelesen«, hörte Hermann den Bürgermeister Bantzekow sagen.

»Und wie denkst du darüber?«, wollte van Strömekendorf wissen.

»Wie soll ich darüber denken?« Bantzekow zuckte die Schultern und schob seinen Bierkrug hin und her. »Wie jeder von uns, nehme ich an. Das ist die übliche päpstliche Politik von Zuckerbrot und Peitsche. Erinnerst du dich noch, dass Urban VI. im Jahre 1382 unsere Heimatstadt ausdrücklich für ihre Haltung im Schisma belobigt hat? Eine Anerkennung von höchst zweifelhaftem Wert, möchte ich meinen. Denn einerseits: Wie sollte sich Wismar anders verhalten als Herzog Albrecht? Der stand und steht nun einmal auf Seiten Roms. Und andererseits: Welche Folgen hatte das Lob? Urban, der bekanntlich unter Verfolgungswahn litt, schickte uns einen päpstlichen Legaten auf den Hals, den keiner haben wollte. Damit nicht genug, hat er auch noch die Marienkirche dem Ratzeburger Stift inkorporiert. Ich für meine Person sähe es lieber, wenn der Rat die Pfarrer aller Kirchspiele bestimmen könnte. Wir kennen unsere Stadt schließlich besser als Bischof und Domkapitel zu Ratzeburg. Aber nein, unsere Seelsorger werden von oben bestimmt, doch nicht von Ihm«, der Bürgermeister wies zur Decke, »sondern von dort.« Markwart Bantzekow zeigte in die Richtung, in der er Ratzeburg vermutete. Hermann Holthusen zupfte ihn behutsam am Ärmel, und der Proconsul wandte sich ihm zu.

»Was hat es mit dieser Bulle auf sich?«, wollte Holthusen wissen.

»Man befasst sich in Rom mit unseren Angelegenheiten«, sagte Bantzekow mit einem säuerlichen Lächeln. »Bonifaz IX. hat die Inkorporation der Marienkirche ins Ratzeburger Stift per Bulle bestätigt. Als hätte er nichts Besseres zu tun ...« Der Bürgermeister winkte ab.

»Ich habe heute mit dem Bischof gesprochen«, sagte Holthusen. Die Umsitzenden, die es hörten, unterbrachen ihre Gespräche. Vom Kopfende breitete sich die Stille an der gesamten Tafel aus, und ungewollt stand Holthusen im Mittelpunkt des Interesses.

»Worüber sprachst du mit ihm, Hermann?«, rief Ratsherr Johann Rampe über den Tisch. »Wolltest du ihm deinen Frankenwein andrehen?«

Holthusen fuhr zusammen, hatte er doch einen gehässigen Unterton bemerkt. Rampe saß ihm schräg gegenüber in einer Reihe von Consules, die alle Johann hießen: Johann Bantzekow, Johann Lischow, Johann Modwille und Johann Tückeswert. Unter anderen Umständen hätte er womöglich komisch gefunden, die unter dem Namenspatronat des Täufers oder des Evangelisten stehenden Männer wie Hühner auf der Stange aufgereiht zu sehen, aber er spürte, dass sich eine Stimmung gegen ihn aufbaute, die er nicht verstand.

»Über den Mord im Klosterhof«, entgegnete er.

»Ach, geh mir mit diesem unseligen Mord vom Leib«, sagte Tückeswert aufgebracht. Er gehörte dem ruhenden Drittel des Rates an, also zu jener Gruppe von Ratsherren, die zu Himmelfahrt nach zweijähriger Amtszeit ausgeschieden waren. Damit war er noch immer Consul, doch bis er wieder eintrat, ruhte sein Mandat; nur bei schwerwiegenden Angelegenheiten wurde das ruhende Drittel zu den Beratungen des sitzenden Rats hinzugezogen. Dieser Wechsel des Rats nach Dritteln – nach eintretenden, bleibenden und ausscheidenden Ratsherren – war eingeführt worden, damit sich die mit vielen Amtsgeschäften belasteten Consules einige Zeit ausschließlich ihrer Nahrung widmen konnten, hatte die Erfahrung doch gelehrt, dass sie ansonsten Gefahr liefen, ihr täglich Brot zu vernachlässigen. »Ich will von Morden, die alles durcheinander bringen, nichts mehr hören.«

»Ja, wisst Ihr es denn noch nicht?« Bürgermeister Hermann Meyer stand auf. Alle Blicke richteten sich nun auf ihn. »Die Mörder wurden gefasst.«

»Wie? Gefasst?« Holthusen traute seinen Ohren nicht.

»Ich prüfte gerade das Bräu«, berichtete Meyer. Holthusen wurde bewusst, dass auch der Vorname Hermann nicht eben selten vorkam. Wie die meisten Ratsherren ließ der derzeit worthabende Bürgermeister in seinem Hause Bier herstellen. »Mein Knecht Daniel störte mich dabei, indem er mir einen Gast aus Gadebusch meldete. Ich erwartete niemanden, vor allem nicht aus Gadebusch ... Es handelte sich um einen reitenden Boten aus der herzoglichen Residenz. Ein Herr Joachim Hahn von Basedow ließ mir und in meiner Person dem ehrwürdigen Rat mitteilen, man habe die Männer dingfest gemacht, die Abt Reinhard und den Konversen gemeuchelt haben. Vor allem dir, Hermann Holthusen, sollte ich es ausrichten.«

»Warum hast du es mir nicht sofort ...«

»Wir feiern heute. Einmal müssen wir doch die städtischen Angelegenheiten für ein paar Stunden ruhen lassen. Ich wollte an diesem Abend nicht über Mord und Totschlag sprechen. Ich nicht!«

»Na, Hermann«, Johann Rampe zwinkerte ihm zu, »da möchte man doch wissen, warum die Botschaft des Herrn Joachim ausgerechnet dir galt.«

»Ich bin der Vogelkönig«, rief unvermutet Christian Klumpsülver mit schwerer Zunge. Er saß am anderen Ende der Tafel bei den Kaufleuten, Schiffern und Lakenhändlern, die nicht dem Rat angehörten.

»Und wer tötete den Abt?«, fragte Johann Dargetzow, neben Johann Tückeswert Vorsteher des Hospitals zum Heiligen Geist.

»Drei Bauernlümmel aus der Gegend von Grevesmühlen.«

»Siehst du, Holthusen!«, krähte Johann Rampe. Sein Wams war verrutscht und voller Bierflecken. Unsere Würde, dachte Hermann, unsere Würde ist neben der Religion der letzte Rettungsanker in dieser verlorenen Welt. Wenn wir uns nicht aufrecht halten, wenn wir würdelos werden wie Rampe, gehen wir zugrunde. »Siehst du wohl? Dein Palaver mit dem Bischof, mit diesem Elenden, der glaubt, er hätte irgendetwas zu sagen …«

»Versündige dich nicht«, bat Proconsul Bantzekow.

»Er redet mit Bischöfen, unser feiner Herr Holthusen!« Ratsherr Rampe ließ sich nicht aufhalten. Hermann begriff immer noch nicht, woher dieser Hass rührte, und fuhr ihm in die Parade.

»Glaubt ihr wirklich, drei Bauernlümmel verkleiden sich als Mönche und töten einen Abt?«, fragte er laut.

»Wir glauben an Gott«, sagte Bernhard Buxtehude, ein Schiffer, dessen Bruder Priester und dessen Schwester Nonne geworden waren – er musste so reden. Hermann Holthusen ging darauf nicht ein.

»Warum sollten Bauern so etwas tun?«

»Weil sie jemand dafür bezahlt hat«, gab Johann Elmenhorst zu bedenken.

»Also hat man die wahren Mörder nicht gefunden«, sagte

Holthusen. Sogleich fragte er sich, ob er nicht nur deshalb so sicher war, weil er Joachim Hahn von Basedow verabscheute und weil er gegenüber dem Stadthauptmann Recht behalten wollte.

»Hermann!« Consul Rampe war aufgesprungen. Er schwankte und gestikulierte heftig. »Du hättest mit Bischof Detlev doch lieber ... Hättest du mit ihm nicht gern über verdorbenen Frankenwein gesprochen?«

Abermals kehrte Stille ein. Manche der Anwesenden senkten beschämt den Kopf. Johann Rampe allerdings sonnte sich in dem peinlichen Triumph, die Runde zum Schweigen gebracht zu haben. Allein der Schiffer Buxtehude, dessen Geist man allgemein für wenig regsam hielt, hatte noch etwas zu sagen.

»Warum sollte sich denn ein geistlicher Oberhirte mit verdorbenem Wein befassen?«, fragte er.

»Oh, heilige Einfalt!« Johann Rampe schaute demonstrativ zur Kassettendecke. Jedes Feld war von einem Wismaraner Meister mit Motiven der Heilsgeschichte ausgemalt worden. Die Papagoiengesellschaft hatte sich das Werk einiges kosten lassen, und doch beruhte es auf einer Lüge: Der anerkannte, aber trunksüchtige Meister hatte den Pinsel nicht ein Mal in die Hand genommen, sondern alles seinen Gesellen und Lehrjungen überlassen. Er aber erntete den Ruhm, während die Ausführenden Prügel bezogen hatten für jeden misslungenen Strich. Hermann Holthusen erinnerte sich daran, was der Stadtschreiber Balsee gesagt hatte, die letzten Worte von Papst Gregor dem Großen zitierend. Alle hatten sich so sehr an das Unrecht und an den Mangel an Gerechtigkeit gewöhnt, dass nur noch die Einfältigen verstört reagierten, wenn Unrecht geschah.

»Er ist doch verdorben, Hermann? Dein Frankenwein, Hermann? Ist er nicht sauer? Niemand will ihn mehr haben, nicht wahr?« Johann Rampe gab keine Ruhe und stichelte weiter. Holthusen wusste nun, woher der Wind wehte. Rampe war einer der Weinherren des Rates. Er führte die Aufsicht über den Ratsweinkeller, in dem Rheinwein ausgeschenkt wurde, er verwaltete die Weinstiftung von Heinrich dem Pilger, die der Landesherr aus Zeiten der Altvorderen im Jahre 1260 den Kirchen Wismars vermacht hatte, und ein seit langem umgehendes Gerücht besagte, dass er von dem Rebensaft einiges für sich abzweigte und an die Klöster Mecklenburgs und Pommerns verscherbelte. Rampe nutzte die Gelegenheit, Holthusen aus dem Geschäft zu drängen. Das war unüblich und unanständig, aber da Rampe Ratsherr war, wagte keine der anderen Krähen, ihm ein Auge auszuhacken. Hermann Holthusen war immer gern im Rat gewesen, nicht nur aus eitlen Gründen oder wegen der mit einem Ratssitz verbundenen Macht, sondern weil ihm die Geschicke seiner Stadt am Herzen lagen. An diesem Abend hatte er das Gefühl, unter Fremden zu sein. Eine ehrliche Haut hatte an der Spitze der Stadt nichts zu suchen.

»Nimm's nicht krumm, Hermann«, flüsterte Bürgermeister Bantzekow ihm zu. »Du siehst doch, dass er betrunken ist.«

»Nicht betrunken genug, dass ich ihm verzeihen könnte«, sagte Holthusen. »Er ist ein Betrüger.«

»Ich weiß es, Hermann Meyer weiß es, der Kämmerer weiß es sowieso«, sagte Markwart Bantzekow. »Aber liegt auf Wismar nicht eine ungeheure Last? Müssen wir uns nicht ständig zur Wehr setzen gegen äußere Feinde? Sie greifen uns nicht an mit Kriegsgerät ... Nein, so nicht. Sie haben feinere Methoden. Wir müssen zusammenhalten, Hermann. Wir brauchen jeden, auch diejenigen, die es mit Recht und Moral nicht so ernst nehmen wie du. Außerdem ... Wer ohne Sünde ist, werfe den ersten Stein.«

»Wie meinst du das?«

»Dein Kind ist in Sünde gezeugt, Hermann.«

Holthusen wurde blass. Alle an diesem Tisch waren offenbar sehr gut über ihn informiert.

»Der Teufel hat meinen Sohn dennoch nicht bekommen, Proconsul«, sagte Holthusen förmlich. »Er lebt, er ist getauft und er ist gesund.«

»Sein Frankenwein schmeckt wie Essig«, krähte Johann Rampe. »Er taugt nur einen Dreck!«

»Jetzt endlich weiß ich, was ich tun muss«, sagte Hermann Holthusen zu Markwart Bantzekow.

»Seid Ihr sicher?« Der Bürgermeister wurde ebenfalls formell.

»Sehr sicher, Proconsul.«

»Die Mörder sind gefasst, Consul.«

»Nicht allein darum geht es mir.« Holthusen, der eigentlich ein empfindsamer Mensch war, hatte einen Eisblock in der Brust. Und er wünschte sich, dass ihn diese klare Kälte nie mehr verließ.

6

»Die Sicherheit meiner Familie und meiner Nahrung steht an erster Stelle«, sagte Hermann Holthusen und strich den Knotenstock mit Rinderfett ein. »Dafür lebe ich, wie mein Vater, mein Großvater, wie alle meine männlichen Ahnen immer für ihre Familie und deren Auskommen gelebt haben. Das kann der heiligen Mutter Kirche nicht missfallen.«

»Das missfällt ihr auch nicht, Hermann, nur …« Abt Johannes suchte nach einem besseren Argument, fand aber keins.

Holthusen beabsichtigte, von dem Züchtigungsrecht Gebrauch zu machen, das ihm als Pater familias zustand und das er gegenüber seinen Kindern, seinem Gesinde und selbst gegenüber seiner Frau ausüben durfte. Elisabeth hatte er noch nie geschlagen, die Töchter nur selten und mäßig. Er tat es nicht gern, aber nun war es notwendig. Das Notwendige rechtzeitig zu tun, gehörte zu den Tugenden des Kaufmanns.

»Wenn es sich herumspricht, dass mein Wein nichts taugt, werden sich auch bald Zweifel an der Qualität meiner anderen Waren einstellen«, erklärte er dem Abt. »Sein Wein ist schlecht, wird man denken, vielleicht auch sein Bier? Ist Holthusens Hering faulig, schimmelt der Stockfisch? Am Ende lande ich am Bettelstab.«

»Jetzt übertreibt Ihr.«

Hermann Holthusen schüttelte den Kopf und trat einen

Schritt näher an den Knecht Lukas heran. Der junge Mann, dessen Vater bereits in Diensten der Familie gestanden hatte, war an einem Balken in der Diele festgebunden, seinen Rücken hatte man entblößt. Holthusen holte weit aus und ließ den Stock auf das nackte Fleisch niedersausen. Lukas wand sich vor Schmerz, unterdrückte aber einen Schrei und wimmerte bloß.

»Ich denke auch an den Wismaraner Kaufmannsstand, ehrwürdiger Vater«, sagte Holthusen und schlug abermals zu. Aus dem Wimmern wurde ein Jaulen. »Weil sich Wismar in dem Streit um die schwedische Königswürde zu sehr aus dem Fenster gelehnt hat, sind einige Handelsgesellschaften zugrunde gegangen. Ich übertreibe also nicht. Wie ein Damoklesschwert schwebt die Gefahr des Untergangs über jedem Haus und Hof.«

Holthusen schwang den Stock über den Kopf. Abt Johannes fiel ihm in den Arm.

»Lasst es gut sein, Hermann«, bat er.

»Erst wenn er zugibt, mich verraten zu haben.«

»Ich habe nichts gesagt, Herr«, jammerte Lukas. »Ich schwöre.«

»Ich schlag dich tot, wenn du lügst.«

»Das dürft Ihr nicht, Hermann«, sagte der Abt. »Auch Euer Züchtigungsrecht hat Grenzen. Ihr sollt es maßvoll anwenden.«

»Aber du bist in der Taverne *Der schweinsköpfige Mönch* gewesen, Lukas?«, fragte Holthusen. Der Knecht nickte. »Hast dort Bier getrunken mit einem Handlanger aus dem Hause des Ratmannes Rampe?« Lukas bestätigte es. »Viel Bier?«

»Ich vertrage viel, Herr«, sagte der Knecht.

»Und löste das Bier dir nicht die Zunge? Hast du Rampes Handlanger nicht von dem verdorbenen Wein aus Würzburg erzählt?«

»Niemals, Herr, das beschwöre ich.«

»So, so.« Holthusen starrte den Stock in seiner Hand an, dann den Rücken des Knechts. Zwei blutige Striemen liefen unter den Schulterblättern entlang. »Woher weiß Rampe von dem schlechten Wein?«

»Ich habe keine Erklärung«, erwiderte Lukas.

»Ich werde sie aus dir herausprügeln. Ja, das werde ich.« Doch der Kaufmann hob den Stock nicht noch einmal.

»Ich liebe Euch, Herr!«, versicherte der Knecht. »Gebt mir die schmutzigsten Arbeiten. Lasst mich die Latrine reinigen, aber schlagt mich nicht mehr.«

»Die Latrine reinigt bekanntlich der Heimlichkeitsfeger, dafür brauche ich dich nicht«, sagte der Hausherr und lehnte den Stock an ein Fass, das Pelzwerk enthielt. »Warum sollte ich dich bestrafen, wenn du nichts getan hast? Ehrwürdiger Vater, die Mönche in Doberan beziehen meinen Wein. Ob sie mit Rampe gesprochen haben?«

»Warum sollten sie? Mönche sind für gewöhnlich nicht schwatzhaft.«

»Für gewöhnlich, tja. So bleibt es also ein Geheimnis, woher mein ärgster Konkurrent Rampe seine Information bezog. Nun gut … Ehrwürdiger Vater, ich werde mit Euch reisen.« Der Hausherr löste dem Knecht die Fesseln. »Ich begleite Euch bis Würzburg.«

»Das freut mich zwar«, sagte der Abt, »aber bedenkt, dass Ihr allein schneller vorwärts kommen werdet. Ich muss mich erst in Amelungsborn einfinden und dort das Eintreffen der anderen Äbte abwarten. Dann erst geht es weiter nach Würzburg und Bronnbach.«

»Ihr habt es selbst gesagt, ehrwürdiger Vater.« Holthusens Entschluss war unumstößlich. »Es ist sicherer, wenn man in Begleitung reist.«

ZWEITER TEIL

Blutrausch

ERSTES KAPITEL

Der Tod ist die Ruhe des Wanderers

1

Der Würzburger Wein- und Getreidehändler Caspar Nürmperger war ein stolzer Mann, der nicht wie ein aufgescheuchtes Huhn durch seine Stadt zu rennen pflegte. An diesem Vormittag war es anders. Nürmperger hatte die Messe im Langhaus des Sankt-Andreas-Doms besucht, das als Pfarrkirche diente, während der Hochchor, abgeschirmt durch einen Lettner, den Stiftsgeistlichen vorbehalten war. Beinahe jeden Tag ging er nach der Morgensuppe in die Kirche, um für sein Seelenheil und das seiner Angehörigen zu beten, aber auch, um etwas gegen sein schlechtes Gewissen zu tun, das ihn seit dem Auftauchen des Wismaraners vor seinem Haus quälte. Etliche Wochen waren seitdem vergangen. Caspar Nürmperger hatte sich vom Geld zu einer schäbigen Tat verlocken lassen, und nun gab es, wie er fürchtete, kein Zurück mehr.

Nach dem Gottesdienst hatte sich der Kaufmann eigentlich zur öffentlichen Waage begeben wollen. Nürmperger handelte zwar vorwiegend mit Wein und Getreide, aber er bezog auch Mandeln, Feigen und Gewürze aus dem Orient, Tuche aus Speyer, Flandern und Frankreich, Glas aus Venedig sowie Hering aus dem Norden, und diese Waren wurden nach dem Eintreffen in der Stadt erst einmal bei der Waage gelagert. Doch kaum hatte Caspar den Dom verlassen, änderte er seine Pläne. Auf den Greden, den Domtreppen, wo normalerweise die Stiftsbäcker Wecken, Semmeln und Flecken feilboten, hatte sich viel unruhiges Volk versammelt. Nürmperger ließ der gewalttätige Pöbel passieren, weil er es auf Geistliche abgesehen hatte; der Kaufmann machte dennoch, dass er so rasch wie möglich aus seiner Reichweite gelangte. Auf dem Eiermarkt hörte er das Johlen des Mobs in seinem Rücken, und als er sich umwandte, sah er, wie die Menge ihre Jagd auf zwei Vikare und einen Domherrn begann. Die drei Männer liefen um ihr Leben, das Gesindel hetzte ihnen hinterdrein. Nürmperger wollte nur noch eins: sich in seinem Haus verschanzen. Vom Eiermarkt zu seinem Anwesen waren es nicht viel mehr als sechzig Gerten, und die Waage konnte warten. Er verließ also den Markt in Windeseile, lief durch die Sterngasse und die Straße Zu den Barfüßern entlang bis zum Franziskanerkloster; ihm gegenüber lebte und handelte der Kaufmann, hier zeugte er seinen Nachwuchs, hier erzog er seine Kinder. Im Moment erschien ihm das Haus wie eine Trutzburg, obwohl er wusste, dass er hinter den Mauern nicht viel sicherer war als auf der Straße. Wenn der Pöbel auf Plünderungen aus war, widerstand ihm das festeste Tor nicht.

Caspar Nürmperger stieß die Pforte auf, die in einen der Torflügel eingelassen war, und sprang in die Diele. Er warf die Pforte zu, legte den Riegel vor, hängte das große Vorhängeschloss ein und sicherte auf diese Weise Hab und Gut und Leben. Wie jeder Bürger war er verpflichtet, sich an der Scharwacht zu beteiligen und zu diesem Zweck Waffen im Haus zu haben, mit denen er im Fall des Falles sich und die Seinen verteidigen konnte. Einer Übermacht von rebellierenden Zunftbrüdern, Gesellen und Lehrjungen war er allerdings nicht gewachsen.

Um Atem zu schöpfen, lehnte sich Caspar Nürmperger an ein Fass mit Hafer, den er für die Pferde benötigte. Farbige Kreise rotierten vor seinen Augen, Schweiß tropfte von der Stirn. Nur mit Mühe gelang es ihm, das heftige Flattern seiner Lider unter Kontrolle zu bekommen.

Ausgebrochen war der Aufstand in der Pfingstwoche. Aber der Unmut und das Brodeln in der Bürgerschaft, vor allem in den Kreisen der Handwerker, hatten viel früher begonnen. Schuld waren der König und der fränkische Herzog, Bischof Gerhard Graf von Schwarzburg.

Der schwache König Wenzel hatte sich einmal nicht nur um die Vermehrung seiner Hausmacht gekümmert, die ihn von den Reichsangelegenheiten fern hielt, schließlich waren seine Stammlande Luxemburg und Böhmen. Caspar Nürmperger hatte nichts dagegen, dass sich die hohen Herren mit Ungarn, Schlesien oder der Walachei befassten, dann ließen sie seine Stadt, ihn und seine Geschäfte wenigstens in Ruhe. Doch im Februar hatte sich König Wenzel mit Würzburg beschäftigt, zweifellos auf Betreiben des Stadtherrn. Gerhard von Schwarzburg hatte nach seinem Amtsantritt Anno Domini 1372 von seinen Vorgängern eine enorme Schuldenlast geerbt, die er durch Kriege um die Macht im Hochstift ins Maßlose getrieben hatte – von mehreren Millionen Gulden wusste Fama zu berichten. König Wenzel hatte den Schwarzburger, den man nicht ohne Grund aus Naumburg vertrieben hatte, mit einem Ausfuhrzoll auf Würzburger Waren privilegiert. Seitdem kochte bei vielen Bürgern die Wut über.

Der Freitag vor dem Fest des Heiligen Geistes war im Jahre 1397 der achte Tag des Brachmonats. In diesem Juni brachen aber nicht nur die Landmänner den Boden um, es hatten sich auch die Städte des Hochstifts, die ein Jahr zuvor einen Friedensschutzbund gegründet hatten, in der Reichsstadt Schweinfurt mit dem Fürstbischof getroffen, um mit ihm über die Aufhebung der Sondersteuern zu verhandeln. Die Verhandlungen scheiterten, und Gerhard verhängte den Bann über Würzburg. Das war das Signal zum Aufstand, und der Pfaffenhass brach sich Bahn. Die Kleriker, von denen es in der Bischofsstadt mehr als genug gab, wurden nicht nur durch die Straßen gejagt, man inhaftierte etliche von ihnen im Marmelsteiner Hof, plünderte ihre Habe und riss ihre Häuser nieder. Auch gegen die Hand voll Juden, die wieder in der Stadt lebten, richtete sich die Gewalt. Immerhin genossen sie Vorrechte, die der Fürstbischof ihnen gewährt hatte, nachdem der König ihm das Judenregal verpfändet hatte; Gerhard brauchte sie und ihre Abgaben, und ohne Privilegien hätte sich wohl kein Jude nach dem Pogrom von 1349, das mit dem vollständigen Auslöschen der Gemeinde geendet hatte, erneut in Würzburg niedergelassen.

Die Übergriffe auf die Juden waren Nürmperger gleichgültig, schließlich handelte es sich bei ihnen um Wucherer und Brunnenvergifter. Die Attacken gegen die Geistlichkeit beunruhigten ihn, weil sie dem Stadtherrn einen Grund lieferten, Würzburg notfalls militärisch zur Räson zu bringen. Doch sollte es noch schlimmer kommen. Vor einigen Tagen hatten die Aufständischen die Ratsherren Ecko Fuchs und Ecko Daniel ermordet, weil sie als Vertraute des Bischofs galten. Der Zorn richtete sich also jetzt auch gegen Bürger, denen man Verrat an der städtischen Sache vorwarf.

Daher rührte die Gefahr für einen Mann wie Nürmperger. Seitdem Gerhard von Schwarzburg dazu übergegangen war, auch Bürgerliche zu seinen Vasallen zu machen, hatten etliche wohlhabende Kaufleute ein Lehen des Bischofs angenommen, das sie verpflichtete, dem Lehnsherrn mit Rat und Tat zur Seite zu stehen. Ein geschickter Schachzug des Stadtherrn, der sich nach dem Ausbruch der Revolte auf dem Marienberg eingeigelt hatte.

Caspar Nürmperger hatte sich mit einem Weinberg vor der südlichen Stadtmauer belehnen lassen. Wenn sich das unter der Meute herumsprach, würde man ihn womöglich nicht verschonen. Nürmperger hatte also allen Grund, Angst zu haben und verzweifelt zu sein.

Er hörte, wie eine Tür geöffnet wurde, dann trat der Hausknecht Cuntz in die Diele. Nürmperger stieß sich von dem Fass ab, richtete sich auf und ordnete seine Kleider. Der Knecht sollte nicht sehen, wie es um seinen Herrn bestellt war.

»Was gibt es, Cuntz?«

»Ihr habt Besuch«, entgegnete der Knecht. »Er erwartet Euch in der Schreibkammer.«

»Wie? Du hast ihn in mein Arbeitszimmer gelassen?«

»Auf Befehl der Frau. Der Gast meinte, er sei ein langjähriger treuer Geschäftspartner.«

Nürmperger spürte, dass seine Lider erneut zu zucken begannen. Mit einem mulmigen Gefühl in der Brust betrat er die

Kammer. An dem Tisch, an dem der Kaufmann seine Schreibarbeiten zu erledigen pflegte, saß wie selbstverständlich der Mann aus Wismar, als gehöre er zum Haus.

»Ich grüße Euch, Caspar«, sagte er und erhob sich. »Schön, Euch wohlbehalten anzutreffen ... in diesen gefährlichen Zeiten.«

»Habt Dank für den Gruß.« Nürmperger wollte sich keine Blöße geben, indem er die Gebote der Höflichkeit missachtete. »Was führt Euch zu mir?«

»Holthusen wird kommen«, sagte der Mann ohne Umschweife.

»Was?«

»Hermann Holthusen befindet sich auf dem Weg nach Würzburg und will Euch wegen Eures Weins zur Rede stellen. Ihr wisst, wie Ihr Euch zu verhalten habt?«

»Nun ja ...«

»Es wird Euer Schaden nicht sein.« Der Wismaraner Besucher löste eine Geldkatze von seinem Gürtel und legte sie auf den Tisch. »Wir haben eine Vereinbarung. Erfüllt sie!«

2

Eine Woche vor Fronleichnam, am 15. Juni des Jahres 1397, verließen der Kaufmann Hermann Holthusen, der Abt Johannes von Doberan und der Laienbruder Jürgen Wismar zu Pferde. Sie reisten auf der Straße nach Gadebusch, legten in der herzoglichen Residenzstadt eine Rast ein und wurden Zeugen der Hinrichtung der drei jungen Bauern, die Joachim Hahn von Basedow seinem Landesherrn als Reinhards Mörder vorgeführt hatte. Trotz Folter, so erzählten sich die Bürger hinter vorgehaltener Hand, hätten die Delinquenten ihre Schuld geleugnet. Dennoch ließ sich niemand das Spektakel auf dem Galgenberg entgehen, auch Frauen und Kinder nicht. Sogar der Ratzeburger Bischof war anwesend. Er verhehlte gegenüber Holthusen und Johannes seine Zweifel nicht, aber schließlich waren die Opfer nur gewöhnliche Landmänner, für die sich niemand einsetzte.

Bei der Straße, die durch Gadebusch führte, handelte es sich um einen Nebenweg der Salzstraße, auf dem Wismar das weiße Gold aus Lüneburg bezog. Auch das Kloster Doberan war mit der Stadt an der Ilmenau eng verbunden: Die Doberaner Mönche besaßen ebenso wie die Zisterzienser von Reinfeld, Scharnebeck, Amelungsborn, Marienrode, Neuenkamp und Walkenried einen Anteil an der Saline. Hermann Holthusen kaufte daher das Salz, das er zum Konservieren des schonischen Herings benötigte, bei den Doberanern.

Die Tage waren heiß und windstill, und um die Pferde, aber auch um sich selbst zu schonen, legten die drei Reisenden häufig Pausen ein. Dennoch erreichten sie am vierten Tag die Salzstraße, diesen wichtigen Heer- und Handelsweg, der Lüneburg und Lübeck verband und den Status einer Heiligen Römischen Kaiserlich Freien Straße innehatte, auch *via regia* genannt. Holthusen und seine Begleiter gelangten nach Lüneburg, das ebenso wie Wismar dem Wendischen Münzverein angehörte und wo sie eine Nacht verbrachten, um dann nach Süden weiterzuziehen. Ein Stück des Weges schlossen sich ihnen Pilger an, die nach Rom wallfahrten, wenig Vertrauen erweckende Gesellen, die sich zwar die Haare und die Fingernägel wachsen ließen, aber weder auf Fleischgenuss noch auf Wein verzichteten.

In Braunschweig, einer Hansestadt wie Wismar, trennten sich ihre Wege. Das nächste Ziel der Wallfahrer war die Hansestadt Goslar, während sich Holthusen und seine Begleiter nach Hildesheim hielten, das ebenfalls dem Städtebund angehörte. Dort residierte der Bischof, zu dessen Diözese das Kloster Sankt Marien in Amelungsborn gehörte.

Der Brachmonat neigte sich dem Ende zu, als die Reisenden die Mauern Hildesheims hinter sich ließen. Noch immer trübte kein Wölkchen den Sommerhimmel. Die Hitze und die ausgetrockneten Wege, auf denen die Hufe der Pferde tief im Staub versanken, waren bislang die einzigen Schwierigkeiten, die ihnen begegnet waren. Die Landschaft hatte sich verändert. Vor ihnen breiteten sich die Höhenzüge des Weserberglandes aus. In den tiefen, stillen Wäldern, auf den ebenfalls dicht bewaldeten Hochplateaus und in den engen Tälern der Flüsse und Bäche rechneten sie mit allerlei lichtscheuem Gesindel, was Hermann Holthusen veranlasste, den Zügel nur mit einer Hand zu halten und die andere auf dem Schwertknauf ruhen zu lassen, damit er sofort bereit war, wenn Räuber oder andere Geächtete sie angriffen. Nichts dergleichen geschah. Nur zwei Köhler begegneten ihnen, die im Wald lebten und schwarz waren wie der Teufel.

Bevor sie die Abtei sahen, hörten sie das Glockengeläut der Klosterkirche. Und schließlich lag es vor ihnen, nicht etwa in einem Tal, wie man es von einer Zisterze erwartete, sondern auf dem Born des Amelung, also in der Höhe: Sankt Marien, das Mutterkloster Doberans.

Die Glocke wollte nicht verstummen. Abt Johannes versuchte, sich am Stand der Sonne zu orientieren, und schätzte, dass sich die Mönche gerade zur Non versammelten. Jürgen wagte es, ihm zu widersprechen. Als Bauernsohn kannte er sich mit der Zeitbestimmung anhand natürlicher Gegebenheiten besser aus, und er beharrte darauf, dass es bereits drei Uhr am Nachmittag war. Um diese Stunde beteten die Mönche nicht, sondern sie arbeiteten.

»Das ist seltsam«, meinte Johannes. Sie näherten sich der Klosterpforte.

»Was, ehrwürdiger Vater?«

»Es klingt fast, als würde die Sturmglocke geläutet. Als wäre ein Feuer ausgebrochen, aber ich sehe keinen Rauch. Und dass Kriegsleute im Anmarsch sind, halte ich für unwahrscheinlich. Warum auch? Niemand führt hier Krieg.«

Jürgen sprang vom Pferd und schlug mit der Faust an die Pforte. Wenig später wurde das Guckloch geöffnet. Das von Tränen gezeichnete Gesicht eines Mönchs erschien, und als er Johannes an seiner Kleidung als Ordensbruder erkannte, schlug er das Guckloch wieder zu. Wenig später sperrte er das Tor auf. Auch Hermann Holthusen und Johannes saßen ab, nahmen ihre Pferde beim Zügel und führten sie zum Eingang.

»Ich bin Johannes von Doberan«, stellte sich der Abt vor. »Darf ich für mich, den Kaufmann Hermann und den Konversen Jürgen um Unterkunft bitten?«

»Oh, Vater!«, stöhnte der Portarius. »Unser Konvent ist in Not und Schrecken aufgelöst. Aber tretet ein. Wir haben schon viele Gäste ... Lothar! Wigbald!«, rief der Pförtner in den Hof. Sogleich eilten zwei Laien herbei. »Kümmert euch um die Tiere!«

Lothar und Wigbald nahmen den Besuchern die Pferde ab, um sie abzureiben, einzustallen und mit Futter zu versehen. Jürgen schloss sich ihnen an. Holthusen und Johannes betraten das Klostergelände. Noch immer rief die Glocke verzweifelt nach Hilfe. Da sich die Abtei abgeschieden von größeren Ortschaften befand, konnte nur Gottes Hilfe gemeint sein.

»Was ist denn geschehen?«, wollte Johannes wissen.

»Das Unglück nimmt kein Ende«, erwiderte der Bruder Pförtner. »Zuerst tötet man unseren Abt. Morgen wollten wir unseren Prior zum neuen Vorsteher wählen. Allerdings ... Ach, Bruder, Bruder!« Der Mönch wischte sich die Tränen mit dem Ärmel seiner Kutte ab.

»Allerdings?«

»Der Abt von Kamp, unser Vaterabt, ist mit der Wahl einverstanden. Aber von unserer Primarabtei, aus Morimond, kam ein Bote mit der Nachricht, dass man dort den Bruder Prior ablehnt und uns einen Franzosen schicken will. Einen sehr gebildeten Mann, heißt es, der in Montpellier studiert hat. Was für ein Durcheinander! So eine Aufregung! Die Brüder verstehen die Welt nicht mehr ... Und das gerade jetzt! Neun Äbte und ihren Anhang haben wir in Quartier. Ein Chaos, ehrwürdiger Vater, nein, so ein Chaos ...« Dem Portarius versagte die Stimme.

»Warum die Glocke?«, fragte Johannes.

Der Pförtner schüttelte bloß den Kopf. Etwas Unfassbares musste sich ereignet haben.

Offenbar hatten die Konversen Lothar und Wigbald den Mönchen die Ankunft weiterer Gäste angekündigt, denn aus dem Konventsgebäude neben der Kirche strömte eine Gruppe von Zisterziensern herbei. Johannes erkannte zwei Äbte, die ebenfalls auf dem Generalkapitel erwartet wurden, Dietrich von Reinfeld und Gottschalk von Dargun. Von ihnen erhoffte der Doberaner Auskunft zu erhalten über das, was dem Portarius die Sprache verschlagen hatte.

»Wir vermissten den Bruder Prior bereits zur Non«, erklärte Gottschalk.

»Man fürchtete, er könnte krank geworden sein«, sagte Dietrich. »Deshalb schauten wir nach ihm, aber wir fanden ihn nirgendwo. Zuerst jedenfalls nicht …«

»Er lag im Kornhaus«, ergänzte Gottschalk, »niedergeschlagen mit einer Hacke. Und tot.«

»Oh, nein!« Abt Johannes schüttelte den Kopf. Der Mord rief sogleich Hermann Holthusen auf den Plan, schließlich war er Gerichtsherr.

»Wer fand ihn denn?«

»Der Subcellerar«, antwortete ein weiterer Abt. »Er wollte die Vorräte prüfen, der vielen Gäste wegen.«

»Wir sind alle zutiefst erschüttert«, sagte Abt Dietrich. »Vor allem, weil Prior Bernhard nur von einem der Unsrigen getötet worden sein kann. Von einem Mönch, Johannes.«

»Schon wieder«, seufzte der Doberaner.

»Schon wieder?«

Johannes nickte. Hermann Holthusen übernahm die Erklärung.

»Auch die Mörder von Abt Reinhard sollen Mönche gewesen sein.«

»Unmöglich. Wir hörten, man habe drei Landmänner für die Tat hingerichtet«, sagte Gottschalk.

»Nur ein Bauernopfer, im wahrsten Sinne des Wortes«, meinte Holthusen.

»Was geschieht mit uns? Was ist bloß los?«, fragte einer der Ordensbrüder verwirrt. »Wenn wir damit beginnen, uns gegenseitig zu töten, ist das Ende der Welt nicht mehr weit.«

Niemand widersprach ihm. Die Äbte und Mönche, unter ihnen Johannes, machten sich auf den Weg in die Klausurgebäude, die von Hermann Holthusen nicht betreten werden durften. Ihn nahm der Gastmeister des Klosters in Empfang, der ihn in das Haus brachte, das weltlichen Besuchern vorbehalten war. Dort erhielt Holthusen ein Zimmer, das weit komfortabler eingerichtet war als das Schlafgemach der Mönche. Es gab nicht nur ein großes Bett mit Daunenkissen, sondern auch einen Tisch, einen Stuhl, zwei Truhen und ein Gestell mit einer Waschschüssel. Holthusen wurde sofort klar, dass man ihm ein Zimmer für durchreisende Standespersonen zubilligte; auch arme Pilger oder Wanderer bekamen jederzeit Unterkunft, aber nur in einem Massenquartier.

»Einer unserer Laienbrüder wird Euch das Abendessen bringen, wenn es an der Zeit ist«, sagte der Gastmeister. »Wenn Ihr Zwiesprache mit Gott halten wollt, dürft Ihr es im Konversenchor jederzeit tun. Auch zu den Messen seid Ihr willkommen. In drei Stunden ist Vesper.«

Der Gastmeister ließ Holthusen allein. Hermann setzte sich an den Tisch, stützte den Kopf auf beide Arme und grübelte über den neuen Mordfall. Abermals war ein Amelungsborner Mönch getötet worden, und das vermutlich von einem seiner Brüder, oder von mehreren. Nach dem Abt hatte es den Prior erwischt, den zweiten Mann an der Spitze des Konvents. Offenbar legte es jemand darauf an, das Kloster zu enthaupten. Aber aus welchem Grund? Was steckte dahinter? Und vor allem: wer?

Ein Satz ging Hermann Holthusen nicht aus dem Kopf. »Wenn wir damit beginnen, uns gegenseitig zu töten, ist das Ende der Welt nicht mehr weit«, hatte ein Frater gesagt. Bei Holthusen, der ja von Natur aus eher schwarz sah, fiel diese Weltuntergangsstimmung auf fruchtbaren Boden.

Aber er war auch ein Mann, der gewohnt war, sich am Riemen zu reißen und Entscheidungen zu fällen. Noch war die Welt nicht untergegangen, noch blies kein Erzengel die

Posaune. Hermann Holthusen stand auf. Er reinigte sich vom Staub der Reise, dann verließ er das Gästehaus.

3

Johannes von Doberan betrat die eigentliche Abtei von Westen, also von der Seite der Nacht und des Todes. Begleitet von Abt Gottschalk und Abt Dietrich, von Amelungsborner Mönchen sowie von Gästen des Konvents, schritt er den Durchlass zwischen Keller und Laienrefektorium entlang, kreuzte die Konversengasse und erreichte so den Kreuzgang. Im südlichen Flügel des Claustrum kamen ihm weitere Mönche entgegen. Ihr Anführer trug eine hölzerne Schüssel mit frischem Wasser, das die Brüder soeben im Brunnenhaus geschöpft hatten. Johannes wurde genötigt, zwischen zwei der Säulen Platz zu nehmen, die die Arkaden trugen. Der Mönch mit der Schüssel kniete vor ihm nieder. Es war der Kellermeister, nach dem Tod von Abt und Prior der erste Mann des Klosters.

Johannes hätte lieber keine Zeit verloren und sich gern sofort die Leiche des Priors angeschaut, aber die Mönche wollten offenbar trotz oder gerade wegen des Verbrechens die Ordensregeln hochhalten, und die Regula Benedicti verlangte, dass jedem Gast von allen Angehörigen des Konvents die Füße gewaschen wurden. Der Cellerar zog daher Johannes die Sandalen aus und benetzte dessen Füße mit dem kühlen Wasser. Nachdem er sich wieder erhoben hatte, folgten die übrigen Mönche seinem Beispiel. Die Abtei Sankt Marien war eine bedeutende Zisterze mit einem großen Konvent, die Zeremonie der Fußwaschung zog sich endlos hin. Abt Johannes wurde immer ungeduldiger, zeigte es aber nicht. Schließlich hatte sich auch der letzte Bruder vor ihm niedergebeugt. Der alte Mönch, dem das Leben und die Exerzitien den Rücken gekrümmt hatten, war nicht in der Lage, sich aus der demutsvollen Position auf den Knien aus eigener Kraft zu befreien, sodass Johannes ihn aufrichten musste. Endlich konnte er den Toten besichtigen.

Um ihn nicht bei Mäusen, Ratten und deren Erzfeinden, den

Katzen, im Kornhaus liegen zu lassen, hatten die Mönche ihren Prior in die Abtswohnung geschafft, die nach dem Willen des Konvents ohnehin dessen neues Domizil hatte werden sollen. Nun war der Tod zwischen die Wahl der Brüder, die Bestätigung aus Kamp und die Ablehnung aus Morimond getreten, genauer gesagt: Der von Menschenhand verursachte Tod hatte den Beschluss der Primarabtei unumkehrbar verwirklicht. Der Mönch, der da in blutbesudeltem Ordenskleid rücklings auf einem rohen, wackligen Tisch aufgebahrt war, würde überhaupt nichts mehr werden, weder Abt noch Bischof noch sonst irgendwas. Dafür war er auf dem Weg zum Endziel jedes Christen, Gottes Herrlichkeit zu schauen, einen gewaltigen Schritt vorangekommen.

Abt Johannes bat die Fratres, ihn mit dem Toten und dem Infirmarius allein zu lassen. Sein Wunsch wurde von allen respektiert, nur vom Kellermeister nicht. Dem Cellerar, der bis zur nächsten Abtswahl für die Geschicke des Klosters verantwortlich war, missfiel entschieden, dass sich der Besucher mir nichts, dir nichts in seine Kompetenzen einmischte: Die Untersuchung des Mordes war seine Aufgabe. Doch nicht nur Gottschalk von Dargun und Dietrich von Reinfeld, sondern auch die Äbte von Hude, Riddagshausen, Scharnebeck, Chorin und Zinna unterstützten den Doberaner Amtsbruder. In der Wismarer Curia seines Klosters waren Abt Reinhard und der Konverse Gebhard erstochen worden, und niemand bezweifelte einen Zusammenhang mit dem Mord in Amelungsborn.

»Du musst zugeben, Bruder Cellerar«, sagte der Vorsteher der Abtei Riddagshausen, die wie Doberan ein Tochterkloster von Amelungsborn war, »du musst zugeben, dass unserem Freund bei dem Leichnam so etwas wie das *ius primae noctis* zusteht.«

Der Abt von Riddagshausen war nicht nur für seine Strenge, er war auch für seinen Zynismus berühmt. Sofort erhob sich ein Protestgemurmel. Johannes wurde ob der gottlosen Sprache seines Amtsbruders rot, doch sie wirkte: Der Cellerar zuckte die Schultern, erteilte dem Bruder Arzt einen knappen Befehl und verließ den Raum. Alle übrigen Fratres folgten ihm.

Johannes und der Infirmarius traten näher an den Tisch. Der Spitalmeister hob den Kopf des Opfers. Über dessen Nacken klaffte eine große Wunde. Der Schädelknochen war zersplittert, der Haarkranz mit Blut, Gehirnmasse, Kot, Staub und Mehl verschmiert. Johannes wandte sich angewidert ab.

»Infirmarius?«

»Ja, ehrwürdiger Vater?«

»Hatte euer Prior Feinde im Konvent?«

»Feinde? Nicht, dass ich wüsste. Zum neuen Abt wurde er einstimmig gewählt.«

»Zuerst einmal«, sagte Johannes, »müssen wir herausfinden, wer sich zum Zeitpunkt des Mordes an welchem Ort befand.«

»Gewiss, ehrwürdiger Vater. Doch bedenkt, dass wir viele Gäste haben.«

»Beginnen wir mit dir.«

»Mit mir?« Der Spitalmeister wich einen Schritt zurück und schaute Abt Johannes an, als verberge sich in dessen Habit der Leibhaftige.

»Verstehe mich nicht falsch. Aber wenn der Mörder nicht von außen in das Kloster eingedrungen sein kann ...«

»Vielleicht hat der Portarius ihn heimlich eingelassen«, gab der Bruder Arzt zu bedenken.

»Das traust du ihm zu?«

»Man hat unseren Prior erschlagen, Vater. Wem kann man da noch vertrauen?«

4

Hermann Holthusen überquerte den großen staubigen Hof zwischen dem Gästehaus, der Klausur und der Abteikirche, die sein Ziel war. Der Wismaraner Kaufmann hatte vor, der Einladung des Gastmeisters Folge zu leisten und nicht mehr nur unter freiem Himmel oder in einer Herberge, sondern im Angesicht des Allerheiligsten zu beten. Noch immer war es sehr warm, und der Hof war menschenleer. Nur eine kleine, dünne und zerzauste Katze mit rot gestromtem Fell lag apathisch im Staub. Offenbar war sie zu schwach oder zu dumm, den reich gedeckten Tisch in den Scheuern des Klosters zu besuchen. Als Holthusen an ihr vorbeiging, hob sie den Kopf, doch sie miaute nicht, sie piepste. Den Kaufmann übermannte Mitleid mit Gottes armseliger Kreatur, doch er ließ das Tier liegen und steuerte das Portal der Kirche an.

Im Innern des Gotteshauses war es kühl und still. Holthusen wusste nicht, was Mönche und Konversen gerade trieben, aber in der Kirche befand sich keiner von ihnen. Der Wismaraner Gerichtsherr trat sehr vorsichtig auf, um die heilige Ruhe nicht zu stören. Dennoch erzeugte jeder Schritt einen Widerhall. Langsam näherte er sich dem Altar vor der Schranke, die Laien- und Mönchschor voneinander trennte. Über dem Opfertisch litt Jesus am Kreuz für den Sündenfall – wie in Hunderten anderer Kirchen auch. Das Kruzifix war eine naive Schnitzarbeit, dem Holzschneider war es nicht gelungen, der Miene des Gesalbten irgendeinen Ausdruck zu verleihen: Jesus sah weder menschlich noch göttlich, er sah wie ein Idiot aus. Holthusen sank zu Boden.

Eine Tür schlug zu. Holthusen zuckte zusammen. Er lauschte, aber weitere Geräusche hörte er nicht.

»Gütiger Herr«, flüsterte er, den Blick zu den Füßen des Erlösers erhoben. All seine Zweifel legte er in das Gebet. »Wenn du beschlossen hast, dass das Ende der Welt nun gekommen ist, dann lasse uns nicht ohne Antwort. Wir alle sehen die Zeichen der bevorstehenden Herrschaft des Antichristen. Ich bin nur ein Kaufmann, gütiger Herr, und deine Wege sind mir unerforschlicher als jenen, die sich Tag für Tag mit Deinem Wort befassen! Wir haben zwei Päpste, die um den Stuhl Petri streiten. Wer von diesen beiden ist das scharlachrote Tier mit den sieben Köpfen und den zehn Hörnern, auf dem die vom Blut der Heiligen berauschte Hure Babylon reitet? Ist es Bonifaz oder Benedikt? Bin ich es wert, dass du mir die Unsicherheit nimmst?«

Und der Herr sprach.

»So schnell wie möglich«, sagte jemand, nach der Stimme zu urteilen ein junger Mann. Holthusen blieb fast das Herz stehen. Er schaute dem hölzernen und bereits leicht wurmstichigen Christus ins Antlitz, senkte aber sofort wieder den Blick: Nicht der Himmel hatte gesprochen, sondern ein Mensch. »So schnell wie möglich«, das war nun wirklich keine Antwort auf die Frage, wer von den beiden Päpsten ein Vorläufer des Satans oder sogar der Antichrist selber war.

»Noch heute?«, wollte ein anderer Jemand wissen, auch er offenbar noch jung an Jahren.

»Ihr kennt den Plan«, sagte ein Dritter. Seine Stimme kratzte wie ein Fingernagel auf einer Schreibtafel. Holthusen vermutete, dass sich die drei hinter der Chorschranke befanden, und er hielt den Atem an.

»Also führen wir es heute zu Ende?«

»Heute«, bestätigte der Mann mit der rauen Stimme. Holthusen hörte, wie sich nackte Füße entfernten. Dann ging erneut eine Tür.

Der Kaufmann war verwirrt. Hatte ihm seine Einbildung einen Streich gespielt? Oder strafte ihn der Herr mit dem wahnhaften Hören von Stimmen, weil er das von einem Simpel erstellte Abbild seines Sohnes lächerlich gefunden hatte?

»Pater noster qui es in coelis«, begann der Kaufherr das Vaterunser. »Adveniat regnum tuum …« Dann schrie er auf.

Das Tier, die *bestia immunda*, biss in sein Bein.

5

»Fehlt jemand?«, erkundigte sich Abt Johannes. Auf sein Betreiben hatten sich die Mönche und ihre Gäste im Kapitelsaal versammelt. Der Bruder Kellermeister nickte. Noch immer war ihm anzusehen, dass er nicht erfreut darüber war, mit welcher Selbstverständlichkeit der Doberaner die Zügel in die Hand genommen hatte.

»Thitmar, Jacob und Georg haben noch in der Kirche zu

tun«, sagte er. »Es müssen neue Kerzen aufgesteckt werden. Und dann«, der Cellerar schaute in die Runde, »wo ist Bruder Martin?«

»Im Spital«, sagte der Infirmarius. »Dort liegt seit Tagen Bruder Eberhard mit einem Leberleiden«, erklärte er Abt Johannes. »Übrigens hielt auch ich mich im Krankensaal auf, als dieses ... als ... als das Unfassbare geschah, und gab Eberhard einen Kräutersud gegen die Schmerzen.«

»Ich hatte dich nie in Verdacht, Bruder Arzt«, sagte Johannes. »Aber du verstehst ...«

»Ich verstehe«, erwiderte der Infirmarius kühl.

»Mit Thitmar, Jacob, Georg und Martin können wir später sprechen«, meinte Johannes. »Liebe Brüder, auch wenn ihr noch erschüttert seid, ich habe ein paar Fragen an euch. Vor allem interessiert mich, an welchem Ort im Kloster ihr euch befandet, als der Prior erschlagen wurde.«

»Wir waren im Kreuzgang«, sagte Abt Gottschalk. »In schweren Zeiten braucht man Lektüre, die einen aufrichtet und die den Glauben stärkt.«

»Was last ihr? Und wer ist wir?«

»Wir studierten Bernhards Abhandlung *De gradibus humilitatis et superbiae* und diskutierten sie. Über die Stufen der Demut und des Hochmuts sollte man täglich nachdenken.«

»Wie soll ich das verstehen, Gottschalk? Hältst du mich für hochmütig, weil ich Licht ins Dunkel bringen will?«

»Vielleicht solltest du es Gott überlassen, die Mörder zu strafen.«

»Vielleicht sollte ich ... Wer war nicht im Kreuzgang?«

»Es war eine sehr angeregte und anregende Debatte, Johannes«, sagte der Abt von Chorin. »Natürlich können wir dir keine Namensliste liefern ... Der Bruder Infirmarius und sein Patient waren, wie du weißt, im Spital. Dann ...«

»Ich befand mich beim Bursar«, sagte der Kellermeister. »Mit ihm und dem Subcellerar haben wir die Pachtzahlungen unserer Bauern überprüft.«

»Und ich war in der Küche«, meldete sich der Koch zu Wort. »Nicht allein, sondern mit meinen Gehilfen und allen Mönchen, die der Kellermeister zum Küchendienst eingeteilt hatte. An den Töpfen und Pfannen wird derzeit jede freie Hand gebraucht.«

»Wir hielten uns im Gemüsegarten auf«, sagte ein älterer Mönch und wies auf die beiden Männer, die neben ihm saßen.

»Der Bruder Bursar ist auch nicht da!«, rief plötzlich jemand.

»Tatsächlich.« Der Kellermeister fuhr auf. »Das wundert mich. Er war ein enger Freund des Priors, gerade ihm müsste daran gelegen sein ...« Weiter kam er nicht. Vom Kreuzgang her drangen eilige Schritte und lautes Rufen in den Kapitelsaal.

»Bruder Infirmarius! Bitte, helft! Brüder! Helft alle!«

Der Arzt stürzte sofort zur Tür. Auch die Mönche sprangen auf und schlossen sich ihm an, einerseits weil sie neues Unheil befürchteten, andererseits aus bloßer Neugierde. An der Tür entstand ein großes Gedränge. Abt Johannes wurde ins Claustrum geschoben und erhielt einen Stoß in den Rücken, sodass er strauchelte und beinahe zu Boden gestürzt wäre. Mit beiden Armen rudernd, fing er sich.

Vom südlichen Teil des Kreuzgangs kam ein junger Mönch herbeigelaufen. Er hatte eine Sandale verloren, schien das aber gar nicht zu bemerken. Sein Gesicht war weiß wie eine gekalkte Wand, Tränen liefen über seine Wangen.

»Martin!«, rief der Arzt. »Um Gottes willen, was ist denn nun wieder los?«

»Bruder Eberhard ... Bruder Eberhard«, stammelte der Jüngling.

»Was ist mit ihm?«, wollte der Kellermeister wissen.

»Er ist tot!«, erwiderte der Jüngling. Die Mönche hielten sofort in jeder Bewegung inne. Abt Johannes spürte, dass seine Finger eiskalt wurden.

»Aber er hatte doch nur eine Leberreizung«, sagte der Infirmarius erschrocken.

»Man hat ihm die Kehle durchgeschnitten, Vater!«

6

Hermann Holthusen schämte sich. Nicht das Ungeheuer der Apokalypse, sondern der räudige Kater mit dem rot gestromten Fell hatte an seinem Bein geknabbert. Offenbar hatte er das Kirchentor nicht sorgfältig genug geschlossen, und das hungrige Tier war ihm in Erwartung einer Speise in die Kirche gefolgt. Es hatte ihn auf dem Boden liegend vorgefunden und seine Aufmerksamkeit erregen wollen. Holthusen lächelte und rieb Zeigefinger und Daumen aneinander. Sofort kam die Katze angesprungen.

»Du musst Mäuse fangen«, sagte Holthusen. »Das ist deine Aufgabe. Wo, wenn nicht in einem Kloster, wird eine Katze fett?«

Das Tier stieß mit dem Kopf gegen Holthusens ausgestreckte Hand. Hinter sich vernahm der Kaufmann Schritte. Er wandte sich um und sah den Saum eines Ordensgewands. Dann traf ihn ein fürchterlicher Schlag auf die Stirn. Bevor ihm schwarz vor Augen wurde, hörte er ein böses Fauchen.

7

Abt Johannes hatte in den letzten Tagen und Wochen zu viel Blut sehen müssen; als er das Spital betrat und den Leichnam auf dem Boden neben der Lagerstatt ausgestreckt liegen sah, fiel er einfach um. Nicht nur der Anblick der Halswunde, die wie ein grotesk verzerrtes Maul wirkte, und nicht allein der Blutsee unter dem Kopf des Toten raubten ihm das Bewusstsein, es war vor allem dieser süßliche, alles durchdringende Geruch, dem Johannes nicht mehr gewachsen war.

Gottschalk, der Choriner Abt und der Cellerar fingen ihn auf und trugen ihn zu einem Bett. Bereits als sie ihn niederlegten, kam er wieder zu sich. Der Infirmarius, der offenbar über eine erstklassige Apotheke verfügte, war mit einem Stärkungstrank zur Stelle, der allerdings Zeit zum Wirken brauchte. Johannes sah alles noch etwas verschwommen, als er sich umschaute. Erst allmählich lichtete sich der Nebel und er erblickte die vielen Mönche am Eingang des Krankensaales, die schockiert, ängstlich, verwirrt und schweigend dastanden und nicht wussten, was zu tun war. Niemand wagte sich dem Toten zu nähern.

Abt Johannes hatte das Gefühl, dass der süßliche Geruch immer stärker und stärker wurde. Auch kam es ihm vor, als wäre alles um ihn blutüberströmt, die Wände, die Gewölbe, die Fenster. Der Doberaner Klostervorsteher hatte sich immer für einen starken und entschlussfreudigen Menschen gehalten, aber nun kam ihn eine tiefe Verzweiflung an. Seine Amelungsborner Brüder hatten innerhalb kurzer Zeit ihren Abt, ihren Prior, einen Laien und nun auch noch einen ganz gewöhnlichen Mönch verloren. Wollte etwa jemand den gesamten Konvent auslöschen? Der Abt und der Prior gehörten zur Leitung des Klosters, aber dieser Bruder Eberhard hatte vermutlich nichts weiter getan als das, was alle Mönche taten: Er hatte seine Zeit mit Gebeten, Lektüre, Fasten und Arbeit verbracht. Abt Johannes konnte nicht begreifen, in welch teuflisches Spiel er und seine Mitbrüder geraten waren. Nur ahnte er, dass viel auf dem Spiel stand, wenn er zögerte. Langsam erhob er sich von der Liegestatt.

»Niemand darf das Kloster verlassen«, sagte er zum Cellerar.

»Du hast Recht, Johannes.« Dem Kellermeister missfiel es nun nicht mehr, dass ihn der Doberaner mit seinen Bitten und Anweisungen von großer Verantwortung entlastete. »Ich gebe sofort Befehl, die Tore zu verriegeln und zu bewachen.«

8

Hermann Holthusen kroch auf allen vieren zum Westhaus der Klosterkirche. Sein Kopf war schwer wie Blei und schmerzte, und er hatte nicht die geringste Ahnung, wie lange er bewusstlos auf den kalten Fliesen gelegen hatte. Ihn fröstelte, aber der Grund dafür konnte auch die Angst sein. Jemand, der ein Ordensgewand trug, hatte ihn niedergeschlagen, womöglich sogar in der Absicht, ihn zu töten. Mit seinem Schrei hatte sich Holthusen verraten. Er hatte sich nichts eingebildet, sondern ein

Gespräch im Mönchschor belauscht, das er nicht hatte hören sollen.

Der Kaufmann wollte nur eines, er wollte so schnell wie möglich ins Freie. Das war einfacher gewünscht als getan; er war dermaßen schwach, dass er sich nicht aufzurichten vermochte. Also kroch er und gelangte auf diese Weise schließlich zum Tor. Es stand tatsächlich einen Spalt breit offen. Von dem roten Kater war nichts zu sehen.

Mit aller Kraft lehnte sich Holthusen gegen den rechten Torflügel. Er war schwer, gab aber nach. Draußen hatte bereits die Dämmerung eingesetzt, aber es war immer noch heiß. Der Kaufherr war in Schweiß geraten und atmete stoßweise. Keine Menschenseele ließ sich blicken. Gerade jetzt hätte Hermann einer helfenden Hand bedurft. Er fühlte sich nicht in der Lage, den Hof zu überqueren, weder aufrecht noch auf Händen und Füßen.

Er hatte jedoch keine Wahl, wollte er nicht bis zur nächsten Messe vor dem Tor liegen bleiben. Unter größter Anstrengung robbte er durch den Sand. Immer wieder ließ er sich fallen, um eine Pause einzulegen und neue Kraft zu schöpfen.

Der Weg erschien endlos. Holthusen wünschte nichts sehnlicher, als dass endlich jemand auftauchte, der ihn durch den Schmutz kriechend entdeckte. Es kam niemand. Holthusen blieb nicht erspart, sich mühsam bis zur Pforte zu bewegen. Dort endlich nahm der entsetzte Portarius den über und über mit Schweiß und Staub bedeckten Mann in Empfang.

9

»Mein Vater ist ein Graf«, erklärte Lothar und schlug sich in die Brust. Gemeinsam mit dem Laienmönch Wigbald hatte er Jürgen die Nebengebäude des Klosters St. Marien gezeigt. Nun befanden sich die drei Jungen auf dem Weg zum Brauhaus.

»Das träumst du nur«, meinte Wigbald und zwickte den Aufschneider in den Arm. »Wenn dein Vater Graf ist, dann ist meiner Kaiser.«

»Kaiser von China, was? Es gibt keinen Kaiser, du Dummkopf.«

»Und ob. In Konstantinopel gibt es einen.«

»Hast du das gehört, Jürgen.« Lothar legte einen Arm um dessen Schulter. »Du musst dich vor ihm in den Staub werfen, denn er ist der Sohn des Kaisers von Byzanz.«

Jürgen fühlte sich wohl bei seinen neu gewonnenen Freunden, wenn er auch ahnte, dass die beiden nicht gerade die Lieblinge des Konversenmeisters waren. Sie hatten behauptet, einen geheimen Zugang zum Brauhaus zu kennen, und da ihnen langweilig war, wollten sie Jürgen zu einem Umtrunk einladen. Diebstahl nannte man, was sie vorhatten. Der Konversenmeister würde ihnen die Kutte straff ziehen und den Stock auf ihren Rücken tanzen lassen, wenn man sie erwischte. Jürgen klopfte das Herz nicht nur bis zum Hals, sondern bis in die Fingerspitzen, aber ihn lockten auch das kleine Abenteuer und die verbotenen Früchte.

»Die ehrwürdigen Väter brauen dort auch Starkbier«, lockte Wigbald. »Das trinken sie aber nicht selbst, das verkaufen sie. So soll es jedenfalls sein.« Der Konverse kicherte. »Der Bruder Braumeister exportiert das gute Bier vor allem in seinen Bauch.«

Das Brauhaus war abseits von Konvent und Kirche an der Klostermauer gelegen. Die Jungen schlichen am Kornspeicher entlang, in dem der Prior sein Leben ausgehaucht hatte. Die Nähe des Todes wirkte beklemmend, und die bisher so redseligen Amelungsborner Laienmönche wurden still. Auch Jürgen schwieg.

»Halt!«, flüsterte Wigbald, der die kleine Schar anführte. Jürgen zuckte zusammen. Wigbald hatte das Ende des Kornspeichers erreicht und einen Blick um die Ecke zum Brauhaus geworfen. Er winkte seine Begleiter heran und bedeutete ihnen zugleich, sich zu ducken.

Die Mauer des Klosters war sehr hoch. Zwischen Korn- und Brauhaus war eine Pforte eingelassen, die unmittelbar in den Wald führte; vielleicht diente sie den Mönchen, die Holz und

Reisig sammeln wollten, um rasch und ohne den Umweg über das Haupttor an ihren Arbeitsplatz zu gelangen. Oder sie hatte überhaupt keine Funktion mehr, war nur ein Erbe aus vergangenen Zeiten.

Doch an der Pforte machten sich drei Männer zu schaffen. Jürgen sah sie von hinten, ihre Gesichter waren nicht auszumachen. Einer von ihnen war groß und wirkte ungewöhnlich hager.

»Ist das nicht Thitmar?«, flüsterte Wigbald seinem Freund Lothar zu.

»Woher soll ich das wissen? Ich sehe nur die Rücken.«

»Thitmar ist lang wie eine Bohnenstange«, sagte Wigbald zu Jürgen. Der dachte darüber nach, wann er bereits von einem hageren Mönch gehört hatte.

»Was machen die da bloß?«, wollte Lothar wissen.

»Das siehst du doch.« Wigbald schüttelte den Kopf. »Sie machen sich davon.«

Die Mönche schlüpften durch die Maueröffnung. Jürgen biss sich in die Hand, um nicht laut aufzuschreien: Ein großer und hagerer Mann sollte den Abt Reinhard und den Laien Gebhard in Wismar getötet haben.

»Dieser Thitmar«, wandte er sich an Wigbald, »hat er tief in den Höhlen liegende Augen?«

»Woher weißt du das?«, fragte Wigbald verwundert.

Jürgen antwortete nicht. Er sprang auf, nahm die Beine in die Hand, lief am Kornhaus und den anderen Wirtschaftsgebäuden vorbei und stürzte über den Hof der Klausur entgegen.

10

Der Bruder Koch und seine Gehilfen hatten alle Register ihrer Kunst gezogen. Er hatte etliche Gänse und sogar ein paar Schwäne geschlachtet, sie mit Äpfeln und Pflaumen gefüllt und die Haut beim Braten ständig mit einer Kräutersoße bestrichen, deren Zusammensetzung sein Geheimnis war – so wurde die Haut zart und knusprig. Außerdem ließ er gedünstete Bachforelle auftischen, gebratenen Zander, gekochte fette Karpfen, Oliven, Feigen und Nüsse. An den Höfen des Adels wurde nicht oft so festlich getafelt, aber immerhin hatte man Männer mit Macht und Einfluss im Orden zu Gast, da wollte der Koch beweisen, dass man ihre Anwesenheit in Amelungsborn zu schätzen wusste.

Doch niemand schätzte seine Anstrengungen.

Das Abendessen im Remter verlief nicht nur schweigend, weil die Regula es verlangte, sondern weil jeder mit sich und seinen Gedanken beschäftigt war. Die Fratres stocherten in den Schüsseln und aßen ohne Appetit. Wie üblich war nur die Stimme des Vorlesers zu hören.

»Mors est quies viatoris – finis est omnis laboris«, zitierte er: »Der Tod ist die Ruhe des Wanderers – er ist das Ende aller Mühsal.« Das war wohl als Trost gemeint.

Abt Johannes musste sich sehr anstrengen, um den Mönch zu verstehen. Wegen der gedrückten Stimmung im Saal las er sehr leise. Plötzlich scharrten Stuhlbeine über den Boden, dann stürzte ein Stuhl um. Jedermann erschrak, und alle Blicke richteten sich auf den Kellermeister.

»Unser Bursar!«, sagte der Cellerar, der aussah, als wäre er aus einem Traum, einem Alptraum erwacht. Nach den gedämpften Tönen der Lesung wirkte seine Stimme wie ein Donnerschlag. »Er war am Nachmittag nicht im Kapitelsaal, er war nicht bei der Vesper, er ist nicht hier! Wo ist der Bruder Bursar?«

11

Der Mönch, der die Gelder der Abtei verwaltete, genoss das Privileg, nicht mit den anderen im Dormitorium schlafen zu müssen. Er nannte eine Kammer sein Eigen, zu der nun Johannes, der Kellermeister, Dietrich von Reinfeld und Gottschalk von Dargun unterwegs waren. Um ein Durcheinander zu vermeiden, hatte der Cellerar den übrigen Mönchen befohlen und die Gäste gebeten, die weitere Entwicklung im Remter abzuwarten.

Vor der Zimmertür ließ Johannes dem Cellerar den Vortritt, der sich allerdings weigerte, die Kammer als Erster zu betreten. Auch Gottschalk und Dietrich hoben abwehrend die Hände. Johannes hatte sich freiwillig die Robe des Richters übergestreift, nun sollte er auch tun, was des Richters Aufgabe war.

Der Doberaner Abt öffnete die Tür mit zittrigen Händen. Er schob sie vorsichtig auf und schloss erst einmal die Augen. So verharrte er einige Lidschläge, atmete tief ein und zwang sich, die Augen aufzureißen.

Er wich zurück.

Der Bursar saß und lag zugleich. Er saß auf einem Schemel und lag mit ausgebreiteten Armen auf dem Tisch. In seinem Schädel, dort, wo einst die Tonsur gewesen war, steckte ein Beil.

»Ich kann nicht mehr«, flüsterte der Cellerar, der hinter Johannes die Kammer betreten hatte. Sie war einfach eingerichtet mit den wenigen Dingen, die ein Mensch wirklich brauchte: Stuhl und Tisch, Bett und Truhe sowie einem Kruzifix. Der Kellermeister machte auf dem Absatz kehrt.

Johannes zögerte. Der Kopf des Bursars war auf ein aufgeschlagenes Buch gesunken, und zu gern hätte der Abt gewusst, was der Finanzverwalter des Klosters gelesen hatte, als man ihm den Schädel spaltete.

Mit größter Überwindung und auf Zehenspitzen, als wollte er die Totenruhe nicht stören, ging er zum Tisch. Mit der linken Hand hielt er sich die Nase zu, mit der rechten zog er das Buch unter dem Kopf des Opfers hervor und schaute sich die Seiten an. Über und über waren sie mit Blut bespritzt, dennoch vermochte er zu erkennen, dass sich der Bursar in die Lektüre des Vergil vertieft hatte. Der berühmte Notker der Großlippige, wegen seiner Verdienste um die Volkssprache auch Teutonicus genannt, hatte den römischen Dichter ins Deutsche übertragen.

»Abt Johannes?«

Der Angesprochene wandte sich zur Tür. Der Cellerar steckte seinen Kopf herein, wagte aber nicht, zum Tisch zu schauen. Sein Blick war an Johannes vorbei auf das Kruzifix gerichtet.

»Ich glaube zu wissen, was die Morde bedeuten«, sagte der Kellermeister. Johannes trat sofort zu ihm.

»*Was* glaubst du?«

»Du weißt ... Ihr wisst, dass die päpstliche Bulle *Fulgens sicut Stella Matutina* für unseren Orden auch vorschreibt, wer die vier Schlüssel der Klosterkasse zu verwalten hat: der Abt, der Prior, der Bursar und ein gewöhnlicher Mönch. Bei uns ist es natürlich auch so geregelt, wie Benedikt XII. im Jahr des Herrn 1335 befahl. Bruder Eberhard hatte den vierten Schlüssel. Alle Schlüsselgewaltigen sind tot.«

»Du meinst, man hat es auf die Kasse abgesehen?«, fragte Gottschalk, der die Kammer nicht betreten hatte, das Gespräch vom Gang aus aber mithören konnte.

»Wo befindet sie sich?«, fragte Johannes.

»Dort, wohin sie gehört, nehme ich an. Im Abtshaus.«

Die Männer machten sich sofort auf den Weg. In dem langen, verwinkelten Gang kam ihnen hinter einer Biegung Fußgetrappel entgegen; den ganzen Tag schon gab es ein großes Rennen im Konvent, in dem man sich eigentlich gemessen zu bewegen hatte. Das Schicksal, so schien es, arbeitete an der Aufhebung der Regula.

Davon, dass dies so war, konnte sich Johannes überzeugen, als die Mönche die Biegung erreichten. Es war nicht allein der Portarius, der ihnen entgegenhetzte, sondern ihm voraus lief der Laienbruder Jürgen, der die jüngeren Beine hatte. Für einen Konversen war der Klausurbereich tabu. Die Umstände setzten alle Klosterzucht außer Kraft.

»Drei Mönche ...«, sprudelte Jürgen hervor.

»Euer Freund, Vater Johannes, der Kaufmann ...«, keuchte der Pförtner im Stakkato.

»Durch die Mauer ...«

»Niedergeschlagen, in der Kirche, oh mein Gott!«

»In den Wald ...«

»Er ist verletzt.«

Niemand wurde aus dem Gestammel schlau. Abt Johannes

bat die beiden Boten, sich erst einmal zu beruhigen, der Cellerar schaute über Jürgens Regelverstoß hinweg. Vielleicht bemerkte er ihn in der Aufregung nicht einmal. Den Äbten aus Dargun und Reinfeld entging er nicht.

»Dein ungeweihter Begleiter«, begann Gottschalk, »macht sich eines strafwürdigen Verhaltens schuldig«, setzte Dietrich fort.

Johannes winkte ab. Zwar war es gut, dass jemand an die Ordnung erinnerte, aber im Moment war das vollkommen fehl am Platze.

Erst nach und nach wurde klar, was der Pförtner und Jürgen zu berichten hatten. Es war beunruhigend, und wenn es noch eines letzten Beweises bedurfte, dass im Kloster Sankt Marien der Untergang aller Werte und Normen begonnen hatte, so war er hiermit erbracht. Hermann Holthusen hatte in der Kirche die Zwiesprache mit Gott gesucht und war dabei bewusstlos geschlagen worden, ein unerhörtes Sakrileg. Nun lag er, vom Portarius notdürftig versorgt, in seinem Gästezimmer. Jürgen hatte beobachtet, wie drei Mönche unerlaubt das Kloster verlassen hatten, und er gab die Vermutung des Konversen Wigbald wieder, es müsse sich bei einem von ihnen um Thitmar handeln, jenen Bruder also, der angeblich mit den Fratres Jacob und Georg im Mönchschor neue Kerzen aufgesteckt hatte, als man sich im Kapitelsaal versammelte. Abt Johannes zweifelte nicht, dass es sich bei den Geflohenen um die Mörder von Prior und Bursar handelte. Als Jürgen obendrein berichtete, Thitmar sei ein großer, hagerer Mann mit tief in den Höhlen liegenden Augen, gab es keine Ungewissheit mehr: Die drei Amelungsborner Mönche hatten auch Abt Reinhard und den Laien Gebhard auf dem Gewissen.

Das Motiv ihrer Taten war im Augenblick zweitrangig. Erst einmal musste rasch eine Vielzahl von Maßnahmen getroffen werden.

Johannes forderte den Portarius und Jürgen auf, die Klausur zu verlassen und sich bis zum Eintreffen des Arztes um Holthusen zu kümmern. Gottschalk und Dietrich begaben sich unverzüglich zum Refektorium, wo der Konvent und die Gäste warteten. Sie würden den Infirmarius zu Hermann Holthusen schicken und eine Suchmannschaft zusammenstellen, die den flüchtigen Mönchen nachstellen und sie zurück ins Kloster bringen sollte, damit man sie inquirieren konnte. Johannes selbst und der Cellerar suchten das Abtshaus auf.

Die Wohnung des Abtes war der komfortabelste Ort des Klosters. In den frühen Zeiten des Ordens von Cîteaux war Bequemlichkeit auch für den Vorsteher einer Abtei nicht vorgesehen, doch wegen der enormen Verantwortung, die auf dem Primus inter pares lastete, aber auch wegen seiner Funktion als geistlicher Oberhirte des Konvents hatten die Kapitel und die Päpste den Äbten einige Vorrechte eingeräumt. Zu ihnen gehörte das Recht auf eine eigene repräsentative Wohnung, in der man auch hoch gestellte und vornehme Besucher empfangen und bewirten konnte, adlige Stifter von Pfründen beispielsweise, päpstliche Legaten und visitierende Vateräbte.

Das Haus von Abt Reinhard war ein unheimlicher Ort. Es war die Behausung eines Menschen, der einst Messen gelesen, Weihen erteilt, die Beichte abgenommen, Strafen ausgesprochen und den Klosterbetrieb geleitet hatte. Nun stand es leer. Sein Bewohner war tot – eines unnatürlichen Todes gestorben.

Die Stille in den Räumen war unerträglich. Johannes kam es vor, als spräche diese Stille, als sprächen die Wände, die Decken, der Estrich, die Möbel und vor allem die sakralen Gegenstände von Schuld und Sühne und von den Zweifeln, ob es zumindest auf Erden wirkliche Sühne gab.

»Ich bekomme hier Beklemmungen«, bekannte der Cellerar.

»Mir geht es genauso.« Johannes öffnete die Tür zum Arbeitszimmer.

Die Kasse der Abtei Sankt Marien war eine Truhe, die vier Arme in der Länge und zwei Arme in der Breite maß. Sie stand unter dem Fenster an der Wand, und der Deckel und die Schauseite waren mit wunderbaren Schnitzarbeiten verziert, mit

Motiven aus der Marienlegende; Johannes nahm an, weil die allerheiligste Maria die Namenspatronin des Klosters war und man von ihr Schutz und Segen auch für die weltlichen Güter erhoffte. In der Truhe befanden sich nämlich nicht nur die Gelder der Abtei, sondern auch ihre wichtigsten Urkunden, darunter die Pacht-, die Erbzins- und die Kreditverträge.

Wie in der Bulle *Fulgens sicut Stella Matutina* vorgesehen, sicherten vier große Schlösser die Kasse vor unerlaubtem Zugriff. Die Schlösser waren unbeschädigt und verriegelt. Auf den ersten Blick sah es aus, als hätte sich niemand an der Truhe zu schaffen gemacht.

»Wir werden den Bruder Schmied holen müssen«, meinte der Cellerar. Johannes nickte, und der Kellermeister verließ Arbeitszimmer und Haus.

Johannes setzte sich auf den mit hellem Sand bestreuten Boden, er hatte zu viel Respekt vor dem Stuhl, auf dem sein Vaterabt bei der Erledigung seiner Amtsgeschäfte gesessen hatte. Lange hielt er die Untätigkeit nicht aus. Obwohl es sich nicht gehörte, stöberte er ein wenig in den Papieren auf dem Arbeitstisch. Ein Pergament ließ ihn innehalten.

Reinhard von Amelungsborn hatte einen Aufsatz begonnen, in dem er sich mit dem konziliaren Gedanken auseinander setzte, wie er unter anderem von den Theologen der Universität von Paris verfochten wurde. Um das Schisma zu beenden, forderten die Lehrer der bedeutendsten hohen Schule der Christenwelt die Einberufung eines Konzils, an dem sowohl geistliche als auch weltliche Würdenträger teilnehmen sollten: Äbte, Bischöfe, Erzbischöfe und Kardinäle, Fürsten und Könige. Auf diesem Konzil sollte nicht etwa einer der Päpste in seiner Funktion bestätigt, der andere entlassen werden, nein, die Pariser Theologen wollten die Neuwahl eines römischen Papstes durch die Vertreter der gesamten Christenheit, was das Aus sowohl für Bonifaz als auch für Benedikt bedeutete; beide sollten ihren Stuhl räumen.

Abt Reinhard schrieb, dass er diese Überlegungen nicht nur

für bedenkenswert hielt, sondern dass er in ihnen die Lösung für die Spaltung der Kirche sah. Aber er hatte auch begriffen, dass weder der Pontifex in Rom noch der in Avignon dieser Lösung jemals zustimmen würden. »Der Geist«, hatte er notiert, »der diese Vision durchweht, widerspricht der Suprematie des Papstes. Der Papst erhebt den Anspruch, zwischen Mensch und Gott zu stehen, weniger zu sein als Gott, jedoch mehr als der Mensch. Aber zwischen Mensch und Gott steht nichts. Der Glaube ist der Regenbogen, auf dem der Mensch dem Herrn entgegentritt, und der tiefe, uneigennützige Glaube kann von keinem …«

Damit brach das Manuskript ab. Abt Johannes brach in Tränen aus. Sein Vaterabt hatte diese Schrift nicht zu Ende führen können. Eine Tragödie.

»Ihr weint, Johannes?« Der Cellerar war mit dem Bruder Schmied, einem seiner harten Arbeit widersprechend sehr schmalgliedrigen Mann, zurückgekehrt.

»Sollte ich nicht?«

»Doch, Ihr sollt. Natürlich. Wer weint, hat ein Herz.«

Der Bruder Schmied nickte. Dann ergriff er sein Werkzeug und brach die Truhe auf.

»Hn, hn, hn«, sagte er.

»Was?« Johannes wischte sich die Tränen ab.

»Unser Bruder Schmied kann nicht sprechen. Abenteuernde Ritter haben ihm die Zunge rausgeschnitten.«

»Warum denn das?«

»Aus purer Lust, Vater Johannes. Sie haben den Knaben geschändet, und damit er nicht berichten kann …«

»Aber wie könnt Ihr es dann wissen?«

»Sagt ruhig weiter du zu mir, Vater … Wir wissen es, seitdem wir versuchten, ihm das Schreiben beizubringen. Das war sinnlos. Der Bruder Schmied kann mit Worten nichts anfangen. Aber er kann malen. Nachdem wir ihn fanden und bei uns aufnahmen, ihn, ein verzweifeltes und lebensunfrohes Kind … Wir wissen es!«

»Wir leben in einer gewalttätigen und unmenschlichen Welt«, sagte Abt Johannes.

»Hn, hn, hn«, sagte der Schmied und öffnete den Truhendeckel. Er strahlte vor Stolz.

Im Inneren des Deckels befand sich ein Gemälde: Christus als Weltenrichter. Der Künstler, der es geschaffen hatte, war kein großer Meister, aber er hatte seine Version vom Jüngsten Gericht dargestellt, und Johannes lief es eiskalt über den Rücken.

Christus thronte auf dem Richterstuhl, und aus seinen Ohren wuchsen Schwerter. Das erfüllte die Vorgaben. Auch dass Maria und Johannes der Täufer zu Füßen des Gesalbten um Milde für die Verurteilten baten, war nicht neu. Aber es gab keine Erlösten, kein Paradies. Alle Seelen mussten in die Hölle, und Christus, dessen Züge denen des Schmieds ähnelten, lächelte dazu.

»Es ist ein Werk des Bruders Schmied«, bestätigte der Kellermeister, was Abt Johannes bereits geahnt hatte.

»Hn, hn, hn«, sagte der Schmied und lachte.

»Geh zu deinen Pferden«, befahl der Cellerar. Der Mönch gehorchte.

»Er lebt für unsere Pferde«, erklärte der Kellermeister dem Abt Johannes. »Er schläft bei ihnen und ist glücklich. Alle, die arm im Geiste sind oder verzweifelt ob ihrer körperlichen Unzulänglichkeit, lieben Tiere. Und die Tiere lieben sie. Es muss einen Grund geben, warum Gott es so eingerichtet hat.«

»Weil er die Schwachen mag«, erwiderte Johannes. »Und nun lass uns nachschauen.«

Die Truhe war leer. Alle Barmittel des Klosters und alle Urkunden, die seine Privilegien bestätigten, waren verschwunden. Die Abtei Amelungsborn war ruiniert.

12

Der Infirmarius hatte die Wunde auf Hermann Holthusens Stirn gesäubert, mit einer Kräutersalbe bestrichen und den Kopf verbunden. Der Kaufmann, der, ein Kissen im Rücken, halb aufgerichtet auf dem Bett lag, sah wie ein Muselmann aus. Auf seinem Schoß ruhte zum Halbmond eingerollt der kleine rot gestromte Kater. Ab und zu blinzelte er die Krankenbesucher an, dann schloss er die Augen wieder mit einem zufriedenen Seufzen. Ein Napf am Boden verriet, dass Hermann seine Mahlzeit mit dem Tier geteilt hatte.

»Ich habe es begriffen«, sagte Holthusen. »Thitmar ist groß und hager, seine Augen liegen in tiefen Höhlen. Jacob und Georg sind jünger als er. Jacob hat ein blatternarbiges Gesicht, Georg hat überhaupt keine besonderen Merkmale. Was wir immer wussten, die drei Bauernburschen, die auf Betreiben eines Hahn von Basedow auf dem Galgenberg bei Gadebusch ihr Leben verloren, waren nicht die Mörder von Reinhard und Gebhard. Die Mörder heißen Thitmar, Jacob und Georg. Sie sind Mönche.«

»Das vor allem ist das Furchtbare«, sagte Abt Gottschalk. »Ordensbrüder haben Ordensbrüder umgebracht.«

»Wobei das Motiv klar sein dürfte«, meinte Abt Dietrich. »Sie hatten es auf die Gelder der Abtei abgesehen.«

»Seid Ihr sicher? Warum haben sie dann alle Urkunden und Verträge mitgenommen?«

»Weil sie das Kloster schädigen wollten«, sagte der Cellerar.

»Und warum? Aus Hass?«, fragte Johannes. »Haben sie einen Grund, ihre Mitbrüder dermaßen zu hassen, dass sie ihnen sogar die Bestätigung der Klosterprivilegien rauben?«

»Nicht, dass ich wüsste.«

»Amelungsborn ist doch, soweit ich verstanden habe, eine bedeutende Zisterze?«, erkundigte sich Hermann Holthusen.

»Oh ja«, bestätigte der Kellermeister.

»Und es wirkt über seine Tochtergründungen weit in den Osten?«

»Allerdings.«

»Wer eine solche Abtei enthauptet«, überlegte der Wismaraner Richteherr, »dem geht es um mehr als schnöden Mammon.«

»Ihr vermutet andere Motive als Gewinnsucht?«, fragte Abt Gottschalk. Holthusen nickte.

»Mir wäre es am liebsten, wenn wir die Mordbrüder selbst nach ihren Beweggründen fragen könnten«, sagte Abt Dietrich.

»Werft einen Blick aus dem Fenster und Ihr werdet sehen, dass es bereits dunkel ist«, sagte der Cellerar. »Vielleicht halten sich Thitmar und seine Genossen gar nicht weit vom Kloster entfernt im dichten Unterholz auf und lachen sich ins Fäustchen, weil niemand sie mehr finden kann.«

»Stattet die Fratres mit Fackeln aus«, verlangte Gottschalk.

»Das geht nicht. Es ist schon zu viel in Unordnung geraten, ich werde meine Brüder nicht auch noch von der Teilnahme an der Komplet suspendieren. Nein, ich habe nach unseren Pächtern schicken lassen. Sie werden die Suche fortführen. Mit Fackeln, wie Ihr sagtet.«

»Wer von Euch wird denn nun eigentlich zum Generalkapitel nach Wien reisen?«, fragte Holthusen.

Der Cellerar zuckte die Schultern.

»Darüber habe ich mir noch keine Gedanken gemacht«, sagte er schuldbewusst. »Vielleicht wählen wir rasch einen neuen Abt und warten dessen Bestätigung durch Kamp nicht ab. Vielleicht ... Aber uns fehlt ohnehin das Geld für die Reise.«

»Ja«, sagte Holthusen nur. Nachdenklich strich er der Katze über den Rücken.

»Wie meint Ihr, Kaufmann?«

»Nach Reinhards Tod wolltet Ihr den Prior zum Abt wählen?«

»Allerdings.«

»Der Abt von Kamp unterstützte die Wahl?«

»Richtig.«

»Aber Morimond lehnte sie ab? Von dort wollte man Euch einen Franzosen aufzwingen?«

»So ist es.«

»Warum?«

Diese Frage konnte keiner der Anwesenden beantworten. Ratlos schwiegen sie.

13

»Mors est quies viatoris – finis est omnis laboris«, sagte einer der Kardinäle, die Papst Bonfatius am liebsten zum Teufel geschickt hätte, weil ihr Unterhalt so teuer war. Nicht einmal die Hölle, so fürchtete der römische Pontifex, würde diesen Würdenträger haben wollen. Irgendwie war der Papst mit ihm verwandt. Die Pfründe einer der wichtigsten Titelkirchen Roms, von Sankt Paul vor den Mauern, hatte Bonifaz IX. diesem Neffen, Großneffen, Großcousin oder Tantenschwesterschwagerbrudersohn zugeschanzt. Es handelte sich also um eine wichtige Persönlichkeit am päpstlichen Hof: verschwenderisch, unfähig, dumm und vorlaut.

Bonifaz IX. lächelte hintergründig. Er war betrunken.

»Du beherrschst Latein, Kardinal?«

»Ich habe studiert, Heiligkeit.«

Studiert hatte er also, nun ja. Vermutlich hatte er während seiner Studienzeit vor allem gesoffen und gehurt und gestohlen, was nicht niet- und nagelfest war.

»Der Tod ist die Ruhe des Wanderers – er ist das Ende aller Mühsal«, wiederholte der Papst auf Neapolitanisch, »das ist Poesie, nicht wahr?«

Der mit einer Titularkirchenpfründe bedachte Dummkopf nickte.

»Eure Heiligkeit sind sehr weise«, sagte er, obwohl Bonifaz keinen Beweis seiner Weisheit abgelegt hatte, sondern nur einen Beweis dafür, dass er vom Lateinischen in die Volkssprache seiner Heimatstadt zu übersetzen vermochte. Man sollte ihn foltern, dachte der Papst. So wie Urban VI., genannt der Verrückte, mehrere Kardinäle hatte foltern und hinrichten lassen. Hatten sie ihren Schmerz und ihre Todesangst auf Latein herausgeschrien?, fragte sich der Pontifex und machte aus seinem Lächeln ein Grinsen. Vermutlich hatten sie nur tierische Laute von sich gegeben, als das Feuer ihre Greisenhaut versengte.

»Mein herzallerliebster Verwandter«, sagte der Papst, »was bin ich?«

»Wie Innozenz III. verfügte: weniger als Gott, aber mehr als der Mensch.«

»Und du, Kardinal? Bist du menschlich?«

»Ich bin Euer Diener.« Der überbezahlte Erfüllungsgehilfe ging auf die Knie. Er hatte Angst vor Bonifaz, was diesem ausnehmend gut gefiel. Solche Leute brauchte er. Er bedurfte der verzagten Speichellecker, um Politik zu machen. Dieser Wurm war abhängig von seiner Gnade. Bonifaz IX. schaute generös darüber hinweg, dass sich der Kardinal an Kirchengut bereicherte. Eine Akte hatte er natürlich anlegen lassen. Im Geheimarchiv des Vatikans schlummerten die Beweise, die ausreichten, den ungeliebten Verwandten einen Kopf kürzer zu machen. Bonifaz verachtete die Würdenträger, die Dreck am Stecken hatten. Aber er benutzte sie.

»Mors est quies viatoris«, wiederholte er mit leiser Stimme. Der Kardinal spitzte die Ohren, denn jedes Wort des Pontifex war eine Offenbarung. Zumindest tat er, als wäre es so – das gehörte zu den Spielregeln. »Mir sterben derzeit zu viele Wanderer, von denen ich nicht annehme, dass sie die Ruhe wünschen, denn sie stehen auf Unserer Seite. Uns mit großem U, du verstehst?«

»Aber ja, Heiligkeit.«

»Sie sterben nicht, weil Gott es beschlossen hat, sie sterben durch Messer, Hacken und Beile. Beinahe die gesamte Führungsspitze des Klosters Amelungsborn ist ausgelöscht. Was hat es mit diesem Kaufmann auf sich, der mit dem Abt von Doberan durch die Lande reist?«

»Er stammt aus Wismar, Heiligkeit. Er ist wohlhabend und Gerichtsherr des dortigen Rats.«

»Wismar? Das sagt mir was.« Bonifaz IX. hatte großen Durst, wollte sich aber vor dem Kriechtier keine Blöße geben.

»Ihr habt dieses Jahr eine Bulle erlassen, Heiligkeit, die Inkorporation der Wismarer Marienkirche in das Stift Ratzeburg betreffend.«

»Du kennst dich ja mit Unseren Erlassen gut aus«, bemerkte der Papst. Der ironische Unterton entging dem Würdenträger.

»Ich lese ... ich studiere jedes Eurer teuren Worte.«

»Nun, wenn du so gut unterrichtet bist, sage mir: Was unternehmen wir in diesen Angelegenheiten?«

»Den Wismar'schen?«, fragte der Kardinal überrascht.

»Unsinn! Wir haben keine Wismar'schen Angelegenheiten, wenn man vom Mord an Abt Reinhard absieht. Diese Morde, von denen spreche ich.«

»Ich, äh, Heiliger Vater ...«

»Das bin ich.«

»Ich weiß nicht, was wir tun sollen.«

»Wir? Welches Wir meinst du?«

»Euch, Heiliger Vater, und die Kurie.«

»Haben die Kurialen eine Antwort?«

»Nein, Heiligkeit. Sie trachten nur nach Eurem Stuhl.«

»Wenn sie nüchtern oder wenn sie betrunken sind?«

»Immer, Heiligkeit.«

»Und wen von ihnen, liebster Freund, hältst du für fähig, meinen Posten auszufüllen?« Das war eine rhetorische Frage, Bonifaz kannte die Antwort.

»Keinen.«

»Nicht einmal dich?«

»Ich bitte Euch, Heiligkeit!«

»Wir haben einen Plan«, sagte der Papst. »Der Plan ist einfach, aber ich werde ihn dir nicht enthüllen. Beschaffe Geld!«

»Heiligkeit, wie ...?«

»Zweitausend.«

»Heiligkeit!«

»Ich sehe schon die glühenden Eisen, die deinen Leib malträtieren.«

»Aber Heiliger Vater ...«

»Aus deinem Diebesgut. Zweitausend, hörst du? Bis morgen. Du bist entlassen.«

»Ja, Heiliger Vater.« Der Kardinal kroch auf Knien zur Tür.

»Sinibaldo soll kommen«, befahl der Papst.

ZWEITES KAPITEL

Herbipolis sola iudicat ense et stola

1

Der Brachmonat ging zu Ende. Einen Tag vor dem Fest Peter und Paul, das die Christenheit am 29. Juni feierte, stieg der Kaufmann Caspar Nürmperger nach der Morgensuppe in seinen Weinkeller hinab. Er nahm ein Licht mit, das er bereits in der Schreibkammer entzündete. Als er den Hof überquerte, geriet er ins Schwitzen. Seit Tagen war es schon am Vormittag so heiß, dass jedermann danach trachtete, nicht nur überflüssige, sondern Bewegungen ganz zu vermeiden. Dem Aufstand gegen den Stadtherrn tat die Hitze keinen Abbruch. Womöglich stachelte sie den Hass der Bürger auf den unnachgiebigen Grafen von Schwarzburg sogar an.

Im Weinkeller war es dunkel und kühl. Nürmperger leuchtete die Reihen der Fässer ab, die eine seiner Lebensgrundlagen bildeten und auf die er stolz war, schließlich schlummerte in ihnen ein bis nach Dänemark gefragter Saft. In den nächsten Tagen, so hatte er in Erfahrung gebracht, sollte Hermann Holthusen in Würzburg eintreffen. Natürlich würde Nürmperger seinem unzufriedenen Geschäftspartner auch den Weinkeller zeigen und ihn zu einer Kostprobe einladen. Die Weine aus dem Jahr 1395 versprachen, ausgezeichnete Tropfen zu werden.

Nicht um sich davon zu überzeugen war der Händler in den Keller gestiegen. Am Ende eines der drei Gewölbe, in denen der Rebsaft seiner großen Zukunft harrte, standen vier besondere Fässer. Sie unterschieden sich weder in Form noch Größe von den anderen, aber ihr Inhalt war von zweifelhafter Güte. Genauer gesagt, er war verdorben.

Nürmperger hatte die Fässer gekennzeichnet. In die Dauben hatte er die Initialen *H. H.* geritzt. Sollte der Wismaraner Kaufmann sie zufällig entdecken, so würde er nur eins und eins addieren müssen, um zu wissen, was das Kürzel bedeutete. Wenn er eine Probe aus einem dieser Fässer verlangte, wäre Caspar Nürmperger als Betrüger entlarvt.

Um das zu verhindern, begab sich Nürmperger in ein Nebengelass, in dem er die Gerätschaften verwahrte, die zum Abstich des Weines und zum Ausschwefeln der Fässer benötigt wurden. Am Vorabend hatte er zwei Hausknechte beauftragt, eine große Plane in das Gelass zu schaffen, die normalerweise zum Abdecken von Getreide diente. Eine Erklärung hatte er nicht gegeben. Die Knechte hatten ihn zwar seltsam angeblickt, aber keine Fragen gestellt.

Die Plane war schwer. Nürmperger hatte Mühe, sie aus dem Nebengelass zu zerren, und obwohl es kühl war in den Gewölben, brach ihm erneut der Schweiß aus.

»Was macht Ihr da, Vater?«

Caspar Nürmperger ließ die Plane fallen und fuhr auf. An eines der Fässer mit dem guten Wein gelehnt, schaute der älteste Sohn Kasimir seinem Treiben zu. Auf seiner Miene spiegelten sich Neugierde und Widerwillen.

»Frag nicht, hilf mir!«

»Was tut Ihr, Vater?«

»Ich ernähre meine Familie«, erwiderte Nürmperger und wischte sich mit dem Handrücken den Schweiß von der Stirn.

»Habt Ihr etwas zu verbergen?«

Nürmperger spürte, wie ihm die Wut Brust und Kehle zuschnürte. Der neunmalkluge Sohn sollte sich gefälligst mit seinen Büchern beschäftigen und nicht seinem Vater nachspionieren. Kasimir besuchte noch die Schule am Kollegiatsstift Neumünster, aber es war sein letztes Jahr. Entgegen den Wünschen des Vaters, der von ihm verlangte, Kaufmann zu werden und später das Geschäft zu übernehmen, wollte Kasimir in Erfurt ausgerechnet Theologie studieren. Nicht dass es von Schaden war, einen Kleriker in der Familie zu haben, und die Erfurter Universität war weiß Gott eine der besten; vom erstgeborenen Sohn durfte man jedoch erwarten, dass er in die Fußstapfen des Vaters trat.

Indessen, Kasimir war ein durchsetzungsfähiger Bursche. Nach endlosen Auseinandersetzungen, bei denen Nürmperger auch zu körperlicher Gewalt gegriffen hatte, hatte er sich schließlich dem Willen des Sohnes gebeugt, vor allem auch, weil er eingesehen hatte, dass der Jüngling für das Geschäft nicht taugte. Was Caspars Großvater und Vater aufgebaut, was er fortgeführt und nach Kräften gegen die Widerstände der Zeit erweitert hatte, durfte nicht in den Händen eines unfähigen Nachfolgers zugrunde gehen.

»Du kennst den Spruch, Kasimir: ›Was das Auge nicht sieht, ficht das Herz nicht an‹!«

»Ihr seid ein windiger Geschäftsmann, Vater«, meinte der Junge.

»Was sagst du?« Nürmperger trat einen Schritt auf seinen Sohn zu. »Werd nicht frech!«

»Für ein bisschen Silber betrügt Ihr Euren Partner, für einen Weinberg lasst Ihr Euch mit dem Fürstbischof ein.«

»Was wirfst du mir vor, du respektloses Kind? Die Erträge unseres Lehens ernähren auch dich. Und sie ermöglichen deine Ausbildung. Denkst du etwa, mir gefällt, was derzeit in Würzburg geschieht? Nein, es ekelt mich. Mich widert Gerhards Starrsinn an. Ich bin gegen den Kirchenbann, den er gegen unsere Stadt verkündet hat, weil die Verhandlungen in Schweinfurt gescheitert sind. Mich ekelt aber auch der Hass der Bürger gegen die Pfaffen. Und die Mordlust des Mobs. Die beiden Ratmannen Ecko Fuchs und Ecko Daniel wurden nur deshalb getötet, weil man sie für Vertraute des Schwarzburgers hielt. Sieh dich um, Kasimir! In den Straßen Würzburgs wird gemordet und geplündert. Die Welt ist aus den Fugen.«

»Ihr seid doch sonst nicht so moralisch, Vater«, bemerkte Kasimir schnippisch.

»Es geht nicht um Moral ...«

»Nein, die Rebellion stört Eure Geschäfte.«

»Genug! Ich ... ich ...« Caspar Nürmperger griff nach der Leuchte und schleuderte sie nach dem Sohn. Der wich zur Seite aus, war aber nicht schnell genug. Die eiserne Lampe streifte seine Wange. Klirrend ging sie zu Boden, aber die Flamme erlosch nicht. Kasimir blutete.

»Ich gehe«, sagte er und wandte sich um. Nürmperger liebte ihn von allen seinen Kindern am heftigsten. Eigentlich liebte er nur ihn. Der Geist des Widerspruchs, der den Fünfzehnjährigen beherrschte, bildete einen so großen Kontrast zu Nürmpergers Feigheit, er musste den Kerl einfach lieben.

»Wohin?«

»Ich gehe zu den Aufständischen, die den Marienberg belagern, Vater«, sagte Kasimir. »Denn mir bedeutet der Bürgerstolz etwas, während Ihr Euren Stolz verkauft habt.«

Caspar Nürmperger hielt seinen Erstgeborenen nicht zurück. Er hörte dessen Schritte auf der Treppe und schlug die Hände vors Gesicht.

2

Der Heumonat war acht Tage alt, als Hermann Holthusen, von Fulda kommend, die Bischofsstadt Würzburg in Reichweite vor sich liegen sah. Er war nicht allein gereist, sondern in einer großen Gruppe von fünfzehn Äbten und einundzwanzig sie begleitenden Konversen und Novizen.

Nachdem sich Holthusen von seiner Verletzung erholt hatte, war man vor einer Woche von Amelungsborn aufgebrochen. Die drei Mörder hatte man nicht fassen können. Der Kaufmann und Gerichtsherr nahm an, dass sie Vertraute außerhalb des Klosters hatten, die sie mit Pferden versorgten. Als sich der Konvent entschied, die Verfolgung ebenfalls zu Pferde aufzunehmen, war es zu spät. Wohin auch immer sie sich gewandt haben mochten und wo immer sie sich aufhielten, sie waren dem Zugriff der irdischen Gerechtigkeit entzogen.

Zu seiner großen Überraschung hatte Holthusen feststellen müssen, wie schwer ihm der Abschied ausgerechnet von dem roten Kater fiel, der während seiner Krankheit ein treuer Gast gewesen war. Offenbar war die unbeseelte Kreatur zu mehr Mitleid und Dankbarkeit fähig als mancher Mensch. Doch war es unmöglich, den Kater mitzunehmen, und so hatte Hermann dem Portarius das Versprechen abgenommen, sich um das zur Mäusejagd unfähige Tier zu kümmern. Sogar etwas Geld hatte er dem Pförtner dagelassen.

Holthusen, Abt Johannes und die übrigen Männer betrachteten die in einer Ebene am Main ausgebreitete Stadt Würzburg von einer Anhöhe aus und gerieten angesichts der vielen Türme, Tore und Mauern in Entzücken. Auch die über dem Fluss auf dem Marienberg gelegene bischöfliche Burg versetzte sie in Erstaunen. Eine bedeutende Metropole erwartete sie.

»Das also ist der Ort, an dem Albertus Magnus nach seinem Verzicht auf das Bistum Regensburg mehrere Jahre lebte und wertvolle Schriften schuf«, sagte Abt Johannes. »Es erfüllt mich mit tiefer Freude, bald jene Stadt zu betreten, die die glänzendste Sonne aller Philosophen der ganzen Christenheit beherbergt hat.«

»Vor allem ist es die Stadt des heiligen Kilian, des Apostels der Franken, und seiner Gefährten«, sagte der ehemalige Cellerar, der vom Konvent zum Abt gewählt worden war und sich nun Engelhard II. von Amelungsborn nannte. Noch fühlte er sich etwas unbehaglich in der neuen Würde. »Hier erlitten sie ihr Martyrium, hier werden ihre Reliquien aufbewahrt und verehrt. Die berühmten Schädelreliquien im *novum monasterium* will ich unbedingt berühren.«

»Das Wasser des Kilianbrunnens soll Augenleiden heilen«, ergänzte der Choriner Abt.

»Heute feiern wir übrigens das Fest der heiligen Kilian, Totnan und Kolonat«, erinnerte Gottschalk von Dargun. »Die Franken natürlich an erster Stelle ...«

»Ist nicht der große Minnesänger Walther von der Vogelweide in Würzburg beerdigt?«, fragte Hermann Holthusen. »Ich hab mein Lehen, alle Welt! Ich hab mein Lehen!«, zitierte er.

»Nun fürcht ich nimmer mehr den Frost an den Zehen, / nun ich im Sommer Frische, im Winter Wärme hab; / die Nachbarn schaun mich jetzt mit andern Augen an.«

»Na ja«, meinte Abt Gottschalk skeptisch, »das hat er wohl mehr im Überschwang und aus Enthusiasmus für Friedrich II. gedichtet. Ein Lehen wird es kaum gewesen sein.«

»Nein«, bestätigte Abt Dietrich, »eher ein Almosen. Aber ihr wisst ja, im Streit zwischen Papst und Hohenstaufen hat Walther die Partei des Kaisers ergriffen. Um Friedrich zu feiern, wandelte er das Almosen im Gedicht flugs in ein Lehen um. Berechnung eben.«

»Hatte doch aber auch Vorteile für den alten Mann«, sagte der Vorsteher der Zisterze Loccum, der Vaterabt von Reinfeld. Er war erst zwei Tage vor der Abreise in Amelungsborn eingetroffen. »So war er dem Kaiser zwar zu Dank, aber nicht zu Rat und Beistand verpflichtet.«

Unter solchen Reden näherte sich die Schar dem Stift Sankt Johannes zu Haug, das sich auf einem Hügel vor der äußeren Stadtmauer ausbreitete. Das Stift war durch eine eigene Mauer gegen Überfälle gesichert, und an das Stiftsgelände schloss sich eine Klostersiedlung mit Pfarrkirche an. Hoch am dunstig-blauen Himmel lobten die Lerchen den Herrn, der sie ohne Arbeit ernährte, aber wenn man von den leisen Gesprächen der Reiter und vom Hufschlag der Pferde absah, war es sehr still. Ungewöhnlich still, wie Abt Johannes fand; zumindest die Pächter des Stifts sollten doch ihrem Tagwerk nachgehen, lachen und sich durch Zuruf verständigen. Kein Mensch war zu sehen.

Die Gespräche verstummten, als die Reiterschar das Tor des Stifts erreicht hatte. Es stand sperrangelweit offen. Ein Blick genügte, um zu sehen, warum das so war. Irgendjemand war auf das Stiftsgelände gedrungen, und zwar in böser Absicht: Die Kirche war verwüstet, die Häuser der Stiftsherren ebenso. Alles lag verlassen da, aber ein umgestürzter Wagen und zurückgelassene Habe kündeten von einer eiligen Flucht.

Im Hals von Abt Johannes bildete sich sogleich ein Kloß.

Gemeinsam mit Hermann Holthusen und Eberhard II. ritt er durch das Tor. Die anderen Reisenden blieben zurück, um darauf aufzupassen, ob die Räuber, oder wer immer diesen Ort geistlicher Tätigkeit geplündert hatte, an die Stätte ihres Wütens zurückkehrten.

Es befanden sich doch Menschen auf dem Hof, zwei Männer in bäuerlicher Kleidung, die im Schutt stocherten, sicher weil sie Wertvolles zu finden hofften. Sie erschraken, als sie den Kaufmann und die beiden Reiter in den weißen Ordenskleidern sahen, doch bevor sie die Beine in die Hand nehmen konnten, verstellte ihnen Holthusen den Weg.

»Was ist hier geschehen?«, wollte er wissen. »Es sieht ja wie im Krieg aus.«

»Ja, Herr, es ist wohl Krieg«, sagte der kleinere und ältere der Bauern. Er ging vor Hermann auf die Knie. Sein jüngerer Kompagnon folgte seinem Beispiel. »Aufgebrachte Städter sind das gewesen, Herr. Bitte schont uns!«

»Und die Chorherren?«, fragte Eberhard II.

»Sie sind fort, ehrwürdiger Vater. Nach Ochsenfurt. Dort sind sie in Sicherheit.«

»Ich verstehe gar nichts«, räumte Johannes ein. »Wohin sind wir geraten?«

3

Die Hochstimmung war verflogen. Die Äbte, Novizen und Konversen sowie der Kaufmann Holthusen hatten das Stift Haug hinter sich gelassen und waren zum Äußeren Hauger Tor gelangt, das auch das Pfaffentor genannt wurde. Hier war von kriegerischen Auseinandersetzungen nichts zu bemerken, im Gegenteil, es herrschte ein großer Andrang. Ochsenkarren, beladen mit Heu, Getreide und Fässern, Frauen und Kinder, die Kiepen auf dem Rücken trugen, ein Edelmann mit einer Koppel Pferde und viele andere begehrten Einlass. Ein paar Schafe blökten, Kühe schnaubten, Hühner gackerten in Körben, Enten und Gänse veranstalteten einen ohrenbetäubenden

Lärm, Hunde tollten herum. Heimarbeiterinnen brachten Leinenballen, die sie auf dem Kopf trugen, angetrunkene junge Männer stolzierten einher, Bettler umschwirrten die Wartenden, Pilger klopften sich den Staub von den Hüten. Am Straßenrand säugte eine Frau ihr Kind, bewacht von ihrem Mann. Die Stadtwache hatte alle Hände voll zu tun, also fassten sich die Neuankömmlinge in Geduld.

Die vielen Männer im Habit der Zisterzienser erregten zwar Aufmerksamkeit, und es war eine seltsame, zwielichtige Stimmung, die ihnen entgegenschlug. Holthusen hatte den Eindruck, als würden einige aus dem bunten Handelsvolk zu den Mönchen auf Distanz gehen, während andere nicht zu wissen schienen, wie sie sich zu den Ordensgeistlichen stellen sollten. Nur eine Hand voll Männer und Frauen wagten, die Äbte um deren Segen zu bitten.

Auch die Torwächter begegneten ihnen mit kaum verhohlenem Misstrauen. Sie stellten die Fragen, die sie an jeden Reisenden richteten: »Wer seid ihr? Woher kommt ihr? Wohin wollt ihr?« Abt Johannes erklärte ihnen, dass man auf dem Weg zum Generalkapitel nach Wien sei, in Würzburg auf Äbte anderer deutscher Konvente warten wolle und nach einigen Tagen weiterziehen werde. Die verunsicherten Wächter ließen nach ihrem Hauptmann rufen. Dieser, ein Mann mit verkniffenem Gesicht, der sich aufführte, als wäre er Petrus, behauptete, er müsse erst den Rat um Erlaubnis bitten. Nur Holthusen, der glaubhaft machen konnte, dass er einen Geschäftsfreund in der Stadt besuchen wollte, durfte ungehindert passieren.

Hermann band sein Pferd an der Stadtseite des Pfaffentores an einen Haken und hielt einen kleinen Gassenjungen an, der durch die Gegend flitzte, scheinbar aus purer Lebenslust, ohne Ziel. Er erkundigte sich, was die in die Stadt strömende Menschenmenge zu bedeuten habe. Der Junge sah ihn höchst verwundert an.

»Aber wisst Ihr das denn nicht, fremder Herr? Woher kommt Ihr? Etwa vom Rande der Welt?«

»Das nun nicht gerade«, erwiderte Holthusen lächelnd.

»Heute ist das Fest von Sankt Kilian. Damit beginnt …« Plötzlich fiel dem Jungen etwas ein, und er streckte die Hand aus. »Einen Würzburger Pfennig!«

»Du Rotznase! Ich kann jeden anderen fragen.«

»Einen Halbpfennig!«

»Gut.« Holthusen nestelte an seiner Geldkatze. »Ich habe aber nur lübsche Münze bei mir. Die tauscht dir jeder Kaufmann ein.«

»Mir? Die Kaufleute jagen mich fort, wenn ich ihnen zu nahe komme. Gebt her!« Im Handumdrehen war die dargebotene Münze im schmutzigen Kittel des Knaben verschwunden. »Mit dem Fest beginnt auch die Kiliani-Oktav. Und die Kilianimesse. Danke, Herr!« In Windeseile war der Bengel in einer Gasse der Hauger Vorstadt verschwunden.

Ob nun ein Vertreter des Rats tatsächlich höchstselbst entschieden hatte oder der Hauptmann nur eine Weile seine Macht genießen wollte, jedenfalls durften schließlich auch die Zisterzienser in die Stadt. Wie es vorgeschrieben war, gingen sie zu Fuß und führten ihre Pferde am Zügel. Holthusen band seinen Hengst los, und gemeinsam schoben sie sich durch das Gewühl auf den Straßen zur inneren Mauer.

Am Inneren Hauger Tor waren der Zustrom von Reisenden und Handel Treibenden und das Gedränge und Geschiebe noch größer als am Pfaffentor. Hier begegneten sich die Ankommenden aus dem Norden mit dem von Schweinfurt durch die Semmlergasse flutenden Verkehr und die über Galgenberg und Rennweg aus Nürnberg und Regensburg eintreffenden Gäste. Das Tor war ein wahres Nadelöhr für die vielen, vielen Menschen, aber schließlich gelang es den Mönchen und ihrem Freund, auch diese Hürde zu nehmen. Nun endlich befanden sie sich in jenem Teil Würzburgs, der nicht ausschließlich, aber vorwiegend von den Wohlhabenden und den Mächtigen bewohnt wurde und den man wegen seiner Form gern mit einer Bischofsmütze verglich. Hier hatten die Kaufleute, die Münzer und die reichen Handwerker ihr Domizil sowie der Klerus und die Domherren, die in ihren großen, zur Straße hin abgeschotteten Kurien ein Leben führten, das Missgunst und Hass erregte.

Wenige Schritte hinter dem Tor nahm Hermann Holthusen Abschied von seinen Mitreisenden. Auch die Gruppe der Mönche, Novizen und Konversen teilte sich: Eine Hälfte sollte im Stadthof des Klosters Bronnbach, die andere in der Curia der Abtei Ebrach Unterkunft finden.

Holthusen musste sich ein Quartier suchen. Zweifellos würde er bei Caspar Nürmperger aufgenommen werden, der von seiner Anwesenheit noch nichts wusste, aber der Gedanke gefiel ihm nicht, immerhin hatte er nicht vor, mit dem Würzburger Freundschaft zu schließen. Also machte er sich auf den Weg, ein geeignetes Gasthaus zu finden.

Das war nicht schwer. Er hielt auf der Gasse einfach einen Mann an, der die Kleidung eines Kaufmannes trug, und fragte nach einem Logis. Der Mann empfahl das Wirtshaus *Grüner Baum* in der Nähe des Rathauses Grafeneckart, und nicht nur, dass er den Weg beschrieb, nein, er war auch so freundlich, Holthusen ein Stück zu begleiten.

Freundlich war auch der Wirt. Er redete ohne Unterlass von der Sonne, der Hitze, dem Jahrmarkt und der großen Ehre, die Holthusens Besuch für ihn bedeute, erwähnte aber mit keinem Wort den Krieg. Ein Knecht schaffte das Gepäck in das Zimmer, während der Wirt seine Küche lobte. Sieben Betten standen in dem länglichen Raum über der Gaststube, alle waren belegt. Der Wismaraner Kaufmann würde sich eine Lagerstatt mit einem ihm vollkommen fremden Mann teilen müssen, aber das war nichts Ungewöhnliches. Wie hieß es doch in einem alten Bibelwort, das jedem Reisenden geläufig war? »Wenn man zu zweit schläft, kommt die Wärme; aber allein, wie soll einem da warm werden?« Allerdings stand eine kalte Nacht kaum zu befürchten.

Nachdem er sich am Brunnen erfrischt hatte, stellte Holthusen die fränkische Küche auf die Probe. Er entschied sich für einen Schweinsbraten und bestellte einen Krug Bier. Das Schankmädchen, das ihn bediente, blickte ihn verständnislos an.

»Einen Krug Bier«, wiederholte Hermann. »Gehopftes zur Feier des Tages.«

»Ja, Herr?« Das Mädchen verschwand in der Küche. Wenig später kehrte es mit dem Wirt zurück.

»Ich bedaure, Herr, ich bedaure unendlich ... Aber in Würzburg ... Wir haben kein Bier. In Franken wird Wein getrunken.«

Auch Wein ließ Holthusen sich gefallen. Der Wirt brachte einen großen, bauchigen Krug.

»Mein Herr«, sagte er, »Ihr kennt vielleicht das Sprichwort: ›Wo der beste Wein wächst, trinkt man den schlechtesten.‹ Nun, für den Pöbel mag das wohl zutreffen ... Doch für Gäste wie Euch, mein Herr, verberge ich im dunkelsten Winkel meines Kellers einen Tropfen, der Eurem Gaumen schmeicheln wird. Einen Steinwein von einem der Güter des Bürgerspitals zum Heiligen Geist, welches der hoch angesehene Bürger unserer Stadt – Gott sei seiner Seele gnädig! –, welches der Bürger Johannes von Steren im Jahr des Herrn 1319 für arme alte Würzburger gestiftet hat.«

Der Krüger füllte Holthusens Becher. Der Wismaraner nahm einen Schluck und war sprachlos. Der Wein schmeckte ihm, aber er verstand wenig vom Rebsaft und wusste nicht, wie er seinem Wohlgefallen Ausdruck verleihen sollte.

»Ein blitzblanker Wein von edlem Charakter«, lobte der Wirt seine Offerte.

»Blitzblank?« Hermann zuckte hilflos die Schultern.

»Ich meine die Klarheit, mein Herr.«

Die Klarheit des Weines entzog sich Holthusens Beurteilung, da er ihn aus einem Steingutbecher trank – so vornehm, ihn in Gläsern auszuschenken, war man auch in diesem Gasthof nicht. Der Kaufmann hob erneut das Trinkgefäß. Der Wein war kräftig und hatte eine schwach erdige Note.

»Nun, mein Herr?«

»Er ist … kräftig?«

»Ja, das ist er.« Die Augen des Krügers glänzten.

»Und … wie soll ich sagen …« Hermann Holthusen zögerte. Er wollte unter keinen Umständen als Laie dastehen oder gar missverstanden werden. »Ein wenig schmeckt er nach Erde.«

»Das muss er, mein Herr«, rief der Wirt begeistert. »Ein wenig erdig, nicht wahr?«

»Ja.«

»Wie lautet also Euer Urteil?«

»Dieser Wein ist ein Gedicht.«

»Oh, das habt Ihr schön gesagt. Ein Gedicht. Da fällt mir noch ein Spruch ein: ›Ein Dichten ist auch das Weingenießen … ‹«

»›Nur dass die Verse nach innen fließen‹«, vollendete Holthusen lachend.

Auf dem anstrengenden Ritt von Amelungsborn nach Würzburg hatte der Kaufmann auf Zwiesprache mit Gott nicht verzichten müssen, beten konnte man schließlich überall. Außerdem war er zusammen mit Geistlichen gereist, die Gebetsformeln beherrschten, die er nur vom Hörensagen kannte. Hier in der Stadt jedoch wollte er wieder einmal eine Kirche besuchen und an einer Messe teilnehmen, und zwar im berühmten Dom Sankt Andreas. Da er auf seiner Route vom Inneren Hauger Tor durch die Stadt zum Gasthaus bereits am Dom vorbeigekommen war, glaubte er ihn ohne Schwierigkeiten wiederzufinden, zumal die Türme sichtbar alle Dächer überragten. Bevor er den Gasthof verließ, verabschiedete er sich vom Wirt und teilte ihm mit, was er vorhatte. Der Wirt schaute ihn seltsam an, sagte aber nichts.

Hermann Holthusen ging auf der Langen Gasse zum Platz Beim Grafeneckart, und als er nach links blickte, sah er schon die beiden schlanken Türme, die das Westhaus der Bischofskirche flankierten. Die Domstraße entlang, wo zu beiden Seiten eingeschossige Buden standen, aus denen Krämer und Handwerker ihre Waren feilboten, schritt er zügig dem Gotteshaus entgegen. Er überquerte den frisch gepflasterten Eiermarkt, auf dem gerade ein Brunnen angelegt wurde, stieg die Domtreppen hinauf, wo die Stiftsbäcker ihre Semmeln anpriesen, und schon hatte er das Portal erreicht.

Die Tür war geschlossen. Holthusen schaute sich ratlos um. Einer der Bäcker winkte ihn zu sich.

»Ihr seid fremd, mein Herr?«

»Aus Wismar, mein Freund.«

»Wismar? Wo liegt das?«

»Im Norden. Am Mare balticum.«

»Dann seid Ihr ja weit gereist ...« Der Bäcker schüttelte den Kopf. »So könnt Ihr natürlich nicht wissen ... Nun, unser Stadtherr, der Bischof von Würzburg und Herzog von Franken, hat unsere Stadt mit dem Bann belegt. Es gibt also weder öffentliche Gottesdienste noch kirchliche Begräbnisse noch werden Sakramente gespendet.«

»Wie schrecklich!«

»Ach, was!« Der Stiftsbäcker zuckte gleichgültig die Schultern. »Wisst Ihr, der Streit zwischen Stadt und Stadtherrn ist so alt, der Bann wurde so oft ausgesprochen, dieses Schwert des Herrn Bischof ist mittlerweile schartig und stumpf.«

»Aber was ist denn geschehen?«, wollte Holthusen wissen. Nach der Verwüstung des Stifts Haug war dies die zweite böse Überraschung, die er in Würzburg erlebte. Nun musste er wohl mit weiteren rechnen.

»Das Übliche«, meinte der Bäcker nur. »Man hat mal wieder dem Klerus den Hintern versohlt. Das geht schon seit mehr als hundert Jahren so.«

»Heißt das, auch die Feste zu Ehren des heiligen Kilian fallen aus?«

»Nun, Fremder, *wir* werden schon feiern und uns vergnügen. Aber die Kirchen werden leer bleiben. Ihr seht ja, der Dom ist nicht geschmückt, wie es der Brauch ist, und die geistlichen Herren haben die Stadt verlassen.«

»Um Gottes willen!«, rief Holthusen erschrocken aus. »Was ist mit den Stadthöfen der Klöster?«

»Macht Euch keine Sorgen, die wurden verschont.«

4

Die Curia der Zisterze Bronnbach lag im Nordwesten der Stadt, dort, wo die innere Mauer die Vorstadt Pleich abtrennte. Die Konversen, die den Hof betrieben, hatten es nicht weit zum Inneren Pleicher oder Ochsentor, wie es auch genannt wurde. Ebenso nah befanden sich der Main und der Hafen, beide ebenfalls mit einer schützenden Mauer von den Häusern und Höfen der Stadt geschieden. Durch zwei Tore, die Kohlpforte und das Holztor, erreichte man den Hafen. Die Namen der Tore sprachen eine beredte Sprache, waren sie doch nach den wichtigsten Gütern benannt, die auf dem Fluss in die Stadt gelangten: Bau- und Brennholz, aber auch Holz zur Herstellung der Weinfässer und für die Stäbe, die im Weinberg Verwendung fanden, sowie Holzkohle für die Schmieden und Münzen.

Zur Stunde der Non kamen die Äbte Johannes, Gottschalk, Eberhard II., Dietrich und ihre Begleiter, unter ihnen der Laienbruder Jürgen, beim Klosterhof an. Der Procurator curiae nahm sie in Empfang. Er, ebenfalls ein Konverse, wirkte übernächtigt und abgehärmt. Seine Hände und Lippen zitterten. Der Hofmeister sah aus, als würde er jeden Moment in Tränen ausbrechen, aber er weinte nicht; das Zittern war offenbar nur eine Folge seiner Erschöpfung. Um erschöpft zu sein, hatte er allen Grund.

Die Kurie quoll über von Besuchern. In den letzten Tagen waren mehr als ein Dutzend Äbte mit Gefolge im Bronnbacher Stadthof eingetroffen, Klostervorsteher aus Sittichenbach, Walkenried und Altzella, aus Arnsburg, Bildhausen und Langheim, aus Haina, Waldsassen und aus wer weiß welchen Winkeln und Enden des Heiligen Römischen Reiches noch. Der Hofmeister wusste nicht, wo ihm der Kopf stand. Aber damit nicht genug, hatte der Fürstbischof Würzburg mit dem Interdikt belegt, und die Bürger wetzten die Messer. Zumindest musste man es fürchten.

Weil er erst einmal überlegen musste, wo er sie unterbringen konnte, führte der Prokurator die Neuankömmlinge in die Kapelle, in der die Angehörigen der Curia ihre Gottesdienste feierten. Abt Johannes, der ihm unmittelbar auf dem Fuße folgte, und sein Konverse Jürgen betraten die Kapelle zuerst. Drei großformatige Gemälde empfingen sie zu beiden Seiten des Eingangs. Auf der linken Leinwand waren die drei heiligen Gründerväter von Cîteaux, der Mutterabtei aller Zisterzen, abgebildet. Robert von Molesme, Abt Alberich und Stephan Harding beteten, angetan mit der schwarzen Benediktinerkukulle, auf Knien das Lamm Gottes an. Rechts stellten gleich zwei Gemälde den heiligen Bernhard dar. Das erste zeigte ihn, wie er vor einer unüberschaubaren Menge eine Kreuzzugspredigt hielt, offensichtlich eine flammende Rede, denn die Könige, Fürsten, Ritter, Landmänner, Pilger, Frauen und Kinder befanden sich in einem Zustand der Verzückung.

Das Bild daneben war weniger prätentiös. Es zeigte Bernhard von Clairvaux bei seinem Besuch der Stadt Würzburg im Jahre 1146. Mit der Burg auf dem Berg Unserer Lieben Frau im Hintergrund, verneigte sich der Heilige, barfuß und im Büßergewand, vor den Schädelreliquien des Frankenapostels und seiner Gehilfen. Über seiner Schulter hielten zwei Engel ein Spruchband. *Sanctis martyribus Chiliano et sociis patriae patronis*, war dort zu lesen, »den heiligen Blutzeugen Kilian und seinen Gefährten, den Patronen des Vaterlands«. Gestiftet hatten das Gemälde ein Würzburger Bürger namens Wendel Bauchspieß, der mit seinen fünf Söhnen links neben den Füßen des Heiligen kniete, und seine Gattin Walpurga, die mit den drei Töchtern rechts von dessen Füßen kniete. Allesamt waren nicht größer als eine Fledermaus. Sie alle beteten mit strengem Antlitz Bernhard an, aber nicht ganz ohne Eigennutz; Wendels Rechte ruhte auf seinem, Walpurgas Linke auf ihrem Familienwappen, die so gleichsam in den Vordergrund geschoben wurden. Die Familie Bauchspieß hatte sich das Seelenheil mehrerer Bauchspieß-Generationen einiges kosten lassen.

»Was steht dort, ehrwürdiger Vater?«, wollte Jürgen wissen. Nach und nach drängten auch die anderen Äbte, Novizen und Konversen in die Kapelle.

»Ach, mein Sohn, die stets gleichen Widmungen zur Erlangung des stets gleichen, nicht käuflichen Ziels«, seufzte Johannes. »Du musst es nicht erfahren.«

»Ich will aber!«

»Zu wollen hast du gar nichts. Doch wenn du es unbedingt wissen willst ... Da steht: Herr, wie viel kostet es, Deine Herrlichkeit zu schauen?«

»Aber ist das nicht der heilige Bernhard?«, fragte Jürgen voll Stolz, den Dargestellten erkannt zu haben.

»Na, und? Sie fragen es alle, auch ihn.«

5

»Was wünscht Ihr, Herr?« Ein Knecht, denn nichts anderes konnte er sein, hatte Holthusen das Tor zum Hof des Caspar Nürmperger in der Straße Zu den Barfüßern geöffnet.

»Ich möchte den Kaufmann Nürmperger sprechen.«

»Wer seid Ihr, Herr?«

»Wer bist du?«

»Man ruft mich Cuntz.«

»Ich bin Hermann Holthusen, Kaufmann und Ratsherr aus Wismar.«

»Ja, dann ...« Der Knecht Cuntz war unschlüssig. »Wir haben gerade einen Ratsherrn zu Gast ... Werdet Ihr erwartet?«

»Melde mich einfach!«

Cuntz kratzte sich am Kopf – weil er nachdachte, nicht wegen der Läuse.

»Tretet ein, Herr.«

»Ich danke dir.«

Der Knecht führte Hermann Holthusen durch die Tordurchfahrt in den Hof und dann nach links eine Treppe hinauf in ein

Vorzimmer. Er bat Holthusen, ein paar Lidschläge zu warten, und verschwand durch eine Tür, die mit erhabenen Schnitzarbeiten verziert war. Der Bildschnitzer hatte versucht, der *Passio sancti Kiliani* Ausdruck zu verleihen. Vier Türfelder hatten ihm dafür zur Verfügung gestanden. Nur die Berufung des irischen Wanderpredigers, der schon Bischof gewesen war, bevor er zur Bekehrung der Franken aufbrach, fand Holthusen gelungen.

»Beim heiligen Kilian!« Der Kaufmann Nürmperger kam ihm mit ausgebreiteten Armen entgegen. »Ihr, liebster Hermann, seid in Würzburg? Ich freue mich.«

Es war unvermeidlich, nach einer solchen Begrüßung Friedensküsse auszutauschen. Holthusen küsste Nürmperger, Nürmperger küsste Holthusen. Dann folgte die Einladung zum gemeinsamen Mahl.

»Ich habe eine sehr wichtige Person zu Gast«, sagte Nürmperger. Seine Augenlider zuckten. »Meinen Freund Hans Weibeler, Ratmann wie Ihr und Schultheiß am Brückengericht, vor dem die Kapitalverbrechen verhandelt werden.«

Der Würzburger ergriff Holthusen am Arm und geleitete ihn in das Esszimmer. Dem Gast wurden die Anwesenden, er den Anwesenden vorgestellt, als da waren: der bereits angekündigte Schultheiß Weibeler, die Gattin Nürmpergers, seine Töchter und seine Söhne, unter ihnen der Erstgeborene Kasimir. Der Knecht Cuntz brachte einen Stuhl, die Magd Teller und Messer. Holthusen setzte sich.

»Ihr habt es sicher schon mitbekommen«, sagte Nürmperger und gab sich aufgeräumt, »die Zeiten stehen schlecht. Seit einem Monat haben wir Unruhen in der Stadt.«

»Der Bürgerstolz ...«, begann der älteste Sohn.

»Du rede nur, wenn du gefragt wirst«, fuhr ihm der Vater in die Parade. »Gretlin«, wandte er sich an die Magd. »Richte das Gästezimmer für meinen Freund Holthusen!«

»Das ist nicht nötig«, wehrte Hermann ab. »Ich bin im *Grünen Baum* gut untergekommen.«

»Unsinn! Ihr könnt mir nicht abschlagen, dass ich Euch als meinen Gast behandle. Selbstverständlich wohnt Ihr während Eurer Anwesenheit in Würzburg in meinem Haus. Gretlin!«

»Sehr wohl, gnädiger Herr.« Die Magd verließ den Raum.

»Und nun greift zu, Hermann Holthusen. Die Kutteln sind sehr scharf gewürzt.«

»Ja, weil sie alt sind«, mäkelte Kasimir.

»Habe ich dich etwas gefragt?«

Der Junge bekam rote Ohren und schüttelte den Kopf. Er senkte den Blick und befasste sich mit dem Rinderbraten auf seinem Teller. Nürmperger schaute zufrieden in dic Runde.

»Was führt Euch in unsere schöne, wenn auch unruhige Stadt, Hermann?«

Holthusen bediente sich aus einer Schüssel, die gebratene Ochsenzunge enthielt.

»Der Wein …«

»Ja, das dachte ich mir. Ich habe Eure Briefe bekommen. Ehrlich gesagt, Hermann, ich verstehe es nicht.«

»Ich schon«, sagte Kasimir mit vollem Mund.

»Kasimir!«

»Sag nichts mehr«, versprach der Sohn leise.

»Liegt es womöglich am Transport, dass Euch nur verdorbene Ware erreicht?«

»Wenig wahrscheinlich«, erwiderte Holthusen und bedachte den ältesten Sohn mit einem Blick. Kasimir schaute an ihm vorbei zu dem Gemälde hinter Holthusen, das die heilige Anna zeigte, und kaute auf dem offenbar zähen Fleisch herum.

»Die Weine meines Freundes Nürmperger sind auserlesen«, behauptete Ratsherr Hans Weibeler. »Es gibt nur selten einen besseren Tropfen.«

»Wir können uns nach dem Essen davon überzeugen«, sagte Caspar. Seine Lider flatterten.

»Ja, lasst uns eine Weinverkostung machen«, sagte Weibeler begeistert.

6

Charles de Montpellier, der Heimlichkeitsfeger von Papst Benedikt XIII., und seine Mannschaft trafen am Abend des achten Juli 1397 in Würzburg ein. Den Tag und die Nacht zuvor hatte Charles beim Grafen von Rhieneck verbracht, der nicht wissen wollte, mit wem er es zu tun hatte, wenn er in einem adligen Gast einen ausgelassenen Saufkumpanen fand. Charles hatte ausgiebig mitgehalten. Was der Rhienecker nicht wusste: Jedes zweite Glas hatte Charles auf den Boden geschüttet.

Der Graf von Rhieneck war ein großer Gauner, mit dem sich sogar der Fürstbischof Gerhard von Schwarzburg hatte beschäftigen müssen. Um jeden Fingerbreit Holz betrog er seine Partner. Die Weinbergspfähle, die er den Würzburgern verkaufte, waren seit Jahren zu kurz.

Charles de Montpellier hatte wenig gesagt und keine Frage beantwortet. Man musste geduldig sein. Nach dem zweiten, dritten oder vierten Krug Wein redete jedes Gegenüber.

Der Graf von Rhieneck hatte nach dem zweiten Krug begonnen. Er hatte geprahlt wie ein balzender Hirsch. Sogar eine vor acht Jahren vom Fürstbischof verfasste Schrift hatte er bringen lassen, um mit ihr anzugeben. Sie trug den Titel »Wie die Rineckischen schifleute zu kurtze pfale und holtz gein Wirtzburg bracht und darümb gebust worden sind«. Der bischöfliche Oberrat, der für die Gewerbeangelegenheiten in Diözese und Herzogtum zuständig war, hatte einen Sendbrief an den Rhienecker geschrieben, der mit den devoten Worten begann: »Unsere freundlich willigen Dienste zuvor, wohlgeborener lieber Herr …«

Der Graf war stolz darauf wie auf eine wohl geratene Tochter oder einen gebildeten Sohn. Charles de Montpellier hatte gelächelt. Der Graf von Rhieneck war für ihn ein eingebildeter Tölpel mit primitiven Leidenschaften. Aber er wusste nun, wie er in Würzburg auftreten würde: als burgundischer Händler, der Weinbergspfähle im Angebot hatte.

»Wer seid ihr? Woher kommt ihr? Wohin wollt ihr?«, erkundigten sich die Wächter des Sander Tores.

»Ich bin Charles, Kaufmann aus Dijon. Ich und meine Leute wollen auf der Kilianimesse unsere Weinbergspfähle verkaufen. Du weißt, Frankreich ist das Land des Weines. Unsere Pfähle sind nicht zu kurz ... wie die rhieneckischen!«

»Ihr habt aber keine Fracht dabei«, sagte einer der Wächter. Charles nickte.

»Sie wird morgen oder übermorgen geliefert.«

»Wenn Ihr nur Weinbergspfähle verkaufen wollt, mein Herr, warum habt Ihr dann zwölf Mann Begleitung dabei?«

»Auch sie sind Kaufleute.«

»Sprechen Sie unsere Sprache so wie Ihr?«

»Nein.«

»Ihr müsst sieben Pfennig Torgeld erlegen.«

»Das mache ich gern.« Charles gab zehn.

7

»Nicht übel, nicht übel, nicht übel«, lallte Hermann Holthusen. Er saß auf einer Plane, die irgendwelche Fässer bedeckte, und hob den Becher. »Alle ... alle Eure ... Caspar, Eure Weine sind phantastisch!«

»Ihr kennt sie doch noch gar nicht«, meinte Schultheiß Weibeler.

»Genau«, bestätigte Nürmperger und reichte Holthusen ein Glas. Es war eine ausgesprochen kostbare venezianische Arbeit. »Den müsst Ihr auch kosten.«

»Ein ... ein Roter?«

»Ja, lasst uns die Rotweine probieren!«, schlug Weibeler vor.

»Unbedingt«, sagte Nürmperger und füllte den Becher des Schultheißen.

»Exklusiv«, meinte Weibeler, bevor er getrunken hatte.

»Ich habe Euch wohl unrecht getan, Freund Caspar«, sagte Holthusen euphorisch. »Wir Nordlichter sind nun einmal keine Weinkenner wie ihr. Es wachsen zwar auch Reben bei uns ...

Nicht an der Küste, sondern tiefer im Land ... Aber der Wein, den man daraus keltert ... Puh! Der zieht einem die Schuhe aus, sauer, wie er ist.«

»Tja!« Nürmperger lächelte nur.

»Aber klärt mich auf, liebster Freund. Öffnet mir die Augen. Wie macht man Wein?«

»Das ist mit ein, zwei Sätzen nicht zu beantworten«, sagte der Schultheiß.

»Ich versuch's«, erbot sich Nürmperger. »Also ... Wenn die Trauben voll ausgereift sind, wird geherbstet.«

»So nennt der Volksmund die Weinlese«, erklärte Weibeler.

»Zwischen September und November werden, je nach Rebsorte, die Trauben geerntet«, fuhr Caspar fort. »Wichtig ist, dass es trocken ist; bei Regen kann das Herbsten nicht stattfinden. Bei der Lese haben die Weingärtner einen Leseeimer oder einen hölzernen Gelden vor sich auf dem Boden stehen, darin sie die Trauben sammeln. Sind Eimer oder Gelden voll, werden sie zu einem Träger gebracht, der eine hölzerne Butte auf dem Rücken trägt.«

»Die Butte heißt auch Loge«, sagte Weibeler.

»Ja, doch!« Nürmperger winkte unwirsch ab. »Unten am Weinberg steht auf einem befahrbaren Weg ein Wagen, auf diesem Wagen ein Zuber. Die Träger leeren die Logen in den Zuber, und ist er voll, wird er in die Kellerei gefahren. Dort werden die Trauben zu Maische verarbeitet. Das heißt, sie werden zu einem Brei zerquetscht. Bei Weißwein muss die Maische sofort in der Kelter abgepresst werden, bei Rotwein lässt man Most oder Maische erst einmal gären; erst dann kommen sie in die Spindelpresse. Der abgepresste Saft wird in die Weinfässer gefüllt, und dann muss man ihn erst einmal ruhen lassen. Es ist wie beim Menschen: Der Wein möchte während der Gärung ebenso wenig gestört werden wie ein Mensch bei der Arbeit.«

»Um die Weihnachtszeit herum erfolgt dann der erste Abstich«, nahm Schultheiß Weibeler den Faden auf. »Das ist nötig, um den Wein von der Hefe zu trennen. Auf diese Weise erhält der Rebsaft seine Klarheit.«

»Blitzblank«, murmelte Holthusen.

»Was?«

»Der Wein wird blitzblank.«

»Ja«, Nürmperger lachte, »wenn es ein guter Wein ist.«

»Der zweite Abstich erfolgt vor dem Rebschnitt, also im neuen Jahr, der dritte vor der Traubenblüte und der vierte vor der neuen Lese. Noch ein Jahr später, im Frühling, kann der Wein dann abgefüllt und verkauft werden.«

»Mein Gott«, rief Holthusen, »das ist ja eine Wissenschaft!«

»Wahr gesprochen«, bestätigte Nürmperger.

»Eine Wissenschaft, die durstig macht.« Holthusen leerte das Glas mit dem Roten in einem Zuge. Caspar schenkte nach.

»Beherrscht Ihr Französisch, Freund Hermann?«, erkundigte sich Weibeler.

»Ein wenig.«

»So werdet Ihr das alte französische Bauernsprichwort wohl verstehen: ›Trois choses sont, ce dist ly sage, / Que l'homme boutent du cotage / Par fine force et par destresce: Ce sont fumee et goute eauage / Mais plus encore fait le rage / Du male femme tenceresse.‹ Auf Euer Wohl, Hermann!«

»Ich verstehe es«, entgegnete Holthusen und trank. »Mit Verlaub, es ist nicht französisch, sondern normannisch.«

»Aber Ihr habt es doch kapiert?«, fragte Nürmperger. »Natürlich. ›Drei Dinge, so sagt der Weise, / können einen Mann / mit Gewalt und Gram aus dem Haus jagen: Das ist der Rauch und das tropfende Wasser / aber noch wütender macht den Mann ein zänkisches Weib.‹ A votre santé!«

»A santé!« Weibeler prostete Hermann zu. »Was stören uns Rauch, tropfendes Wasser und zänkische Weiber, wenn wir genug Wein haben?«

»Wir haben mehr als genug«, sagte Nürmperger, und seine Lider flatterten wie Banner im Wind.

8

»Wir wollen doch mal ehrlich sein«, sagte Abt Johannes und nahm den Hofmeister beiseite. Jürgen folgte ihnen. Seine Jugend entschuldigte seine Neugierde. »Es ist uns nicht entgangen, dass in Würzburg etwas nicht in Ordnung ist. Aufständische Städter haben das Stift Haug überfallen. Was ist los?«

»Ehrwürdiger Vater, ich will es gar nicht wissen«, antwortete der Procurator curiae.

»Aber du weißt es.«

»Ja, und es macht mir Angst. Man muss ja nur die Augen offen halten ... Die Bürger haben sich gegen den Fürstbischof erhoben, wieder einmal ... Sie haben den Marienberg belagert, aber Günther von Schwarzburg, der Bruder des Stadtherrn, hat ihn befreit. Gestern, so hört man, hat sich der Fürstbischof mit Heinrich XI. von Henneberg-Schleusingen verbündet. Sie werden gegen die unbotmäßigen fränkischen Städte ziehen ...«

»Aber die Klosterhöfe haben die Aufständischen verschont?«

»Bislang, ehrwürdiger Vater, bislang. Vor genau hundert Jahren war das anders. Als 1297 der Sturm gegen die Klöster losbrach, wurden auch die Kurien nicht verschont. Die Plünderung der Stadthöfe wurde sogar als alleiniger Grund für die Verhängung des Interdikts genannt.«

»Und worum ging es?«

»Damals? Der Auslöser war die Steuerfreiheit des Klerus. Da sie vom Weinungeld befreit waren, konnten die Geistlichen Wein billiger ausschenken als die Bürger. Und auch diesmal dreht es sich wieder um zu hohe Steuern und Zölle.« Der Hofmeister senkte die Stimme. »Wisst Ihr, ehrwürdiger Vater, seit den Zeiten von Kaiser Friedrich Barbarossa tragen die Herren vom Marienberg nicht nur den Bischofsstab, sondern auch das Schwert als Zeichen ihrer weltlichen Herrschaft. Unser Abt sagt stets, dass geistliche Herren keine weltliche Macht haben sollen. Der Fürstbischof übt die gesamte Gerichtsbarkeit im Bistum aus, also ebenfalls über die Stadt Würzburg. Auch deshalb liegen Stadt und Stadtherr oft im Zwist.

›Herbipolis sola iudicat ense et stola‹, steht auf dem bischöflichen Siegel.«

»Würzburg allein urteilt mit Schwert und Stola?«

»Genau so«, sagte der Hofmeister. »Vielleicht ist es nur vernünftig, wenn Würzburg endlich Reichsstadt wird, wie es die Bürger schon seit langem wünschen. Es heißt, dass man den Bürger Fritz Schade zu König Wenzel schicken will, damit er um die Reichsunmittelbarkeit bittet. Wenzel ist wohl gar nicht abgeneigt ... Würzburg wäre dann nur dem König untertan, und der Bischof kann die Bestrebungen nach mehr Selbstverwaltung und städtischen Rechten nicht mehr unterdrücken.«

»Da haben wir uns aber einen schlechten Zeitpunkt ausgesucht, euch hier zu besuchen«, meinte Johannes nachdenklich.

»Ach, ehrwürdiger Vater, die Zeiten sind doch überhaupt schlecht. Wenn ich an die Kirchenspaltung denke ...«

»Auf welcher Seite stehen die Würzburger?«

»Im Schisma?«

»Ja.«

»Als das Schisma 1378 damit begann, dass Urban VI. in Rom einzog, suchten die Bürger Unterstützung bei dem neuen Avignoneser Pontifex, also bei Clemens VII. Aber sie taten es wohl nur, weil der Bischof sich nach einigem Schwanken auf Urbans Seite schlug. Ihr versteht? Die Städter machen am liebsten das Gegenteil von dem, was der Fürstbischof tut. Seinerzeit, also 1378, war es übrigens schon Gerhard von Schwarzburg. Zehn Jahre lang war Graf Gerhard Bischof von Naumburg, aber als er Besitztümer des Hochstifts ohne Zustimmung des Domkapitels verkaufte, musste er seinen Stuhl räumen. So kam er denn 1372 nach Würzburg, als Favorit des Papstes, denn eine Minderheit von Domkapitularen hatte eigentlich Albrecht von Hessberg durchgesetzt. Gerhards Herrschaft begann also mit Krieg. Und Kriege blieben sein liebstes Steckenpferd. So hat er die hohen Schulden, die er von seinen Vorgängern übernahm, ins Gigantische getrieben. Ich sage Euch, Ehrwürdiger Vater, der Mann ist ein Unglück für uns alle.«

DRITTES KAPITEL

Das Morden geht weiter

1

Als er am Morgen oder wann immer zu sich kam, befand sich Hermann Holthusen in einer unbekannten Umgebung. Da man die Fensterläden geschlossen hatte, war es dunkel in dem Raum, aber es drang genügend Sonnenlicht durch die Ritzen, dass Holthusen erkennen konnte, dass er nicht im *Grünen Baum* genächtigt hatte.

Dem Kaufmann und Richteherrn ging es schlecht. Der Kopf schmerzte, der Magen schmerzte, alle Glieder taten weh, und als er den Kopf zu heben versuchte, begann sich das Zimmer um ihn zu drehen. Erschöpft ließ er sich wieder fallen.

Allmählich kehrte die Erinnerung zurück. Er hatte mit Caspar Nürmperger und einem Schultheißen namens Weib, nein, namens Weibeler im Keller gesessen und die Weine des Würzburger Handelsherrn durchprobiert. Dieser Weibeler saß dem Schöffengericht auf der Brücke vor, war also bischöflicher Amtsträger und zugleich Ratmann der Stadt. Das städtische Leben in diesem Würzburg war ganz anders organisiert als im heimischen Wismar, wo der Rat alle Angelegenheiten selbständig entschied und der Herzog nur ein geduldeter Gast war, der sich im Fürstenhof aufhalten durfte. Der Würzburger Landesherr thronte auf der linken Mainseite hoch über der Stadt, sein Hof war mit Mauern umwehrt, er konnte von dort oben auf die Stadt schießen lassen und hatte es auch schon getan. Er hatte viel Macht, ja, er hielt fast die gesamte weltliche Gewalt in seinen Händen; dem Rat, wenn er ihn nicht ganz verbot, gab er nur ein kleines Stück von der Macht ab. Ohne den Fürstbischof ging in Würzburg nichts. In einer solchen Stadt wollte ein Holthusen nicht leben müssen.

Hermann versuchte noch einmal, den Kopf zu heben. Jetzt

ging es bereits besser, das Zimmer drehte sich nicht mehr. Mühsam und ächzend kroch er aus dem Bett. Auf dem Boden standen die großen Satteltaschen, in denen er Kleidung und Reiseutensilien verwahrte. Ein Hausknecht musste sie auf Weisung Nürmpergers aus dem *Grünen Baum* geholt haben.

Die Weine, die der Handelsherr kredenzt hatte, waren samt und sonders hervorragend gewesen, jedenfalls nahm Holthusen es an; nach dem vierten oder fünften Glas hatte ihn der Geschmackssinn verlassen. Sein Misstrauen war dennoch nicht besänftigt. Es war nur natürlich, dass Nürmperger ihm die besten Tropfen vorgesetzt hatte, wollte er sich doch nicht ins eigene Fleisch schneiden und Holthusen als Kunden verlieren. Doch dessen Entscheidung war ins Wanken geraten. Sollte er sich nun einen neuen Lieferanten suchen oder nicht? Mit dieser Absicht war er nach Würzburg aufgebrochen. Nun war er sich nicht mehr sicher.

Vielleicht würde ihm frische Luft helfen, sein Kopf musste dringend ausgelüftet werden. Holthusen stieß die Fensterläden auf. Von frischer Luft konnte keine Rede sein. Wieder war es sehr heiß, doch als er einen Blick zum Himmel warf, entdeckte er, dass sich ein paar Wolken am Firmament zeigten. Womöglich würde es am Abend ein Gewitter geben.

Der Wismaraner Kaufmann kleidete sich an. Das war keine anstrengende Tätigkeit, aber an diesem Morgen fiel jede Bewegung schwer. Nur in Maßen genossen war der Wein ein Freund; nahm man Unmengen zu sich, beeinträchtigte er nicht nur das Urteilsvermögen, er zerstörte auch den folgenden Tag.

Holthusen stieg die Treppe hinab und begab sich schnurstracks zum Esszimmer. Dort hielt sich Caspar Nürmperger auf; er war allein und hatte offenkundig längst gegessen. Der Würzburger wirkte aufgeräumt und munter.

»Ich hoffe, liebster Freund, Ihr nehmt mir nicht übel, dass ich Euch ausschlafen ließ«, sagte er lächelnd.

»Wie spät ist es?«

»Es geht auf die zwölfte Stunde zu.«

»Herrjemine!« Holthusen schüttelte den Kopf. Das hätte er nicht tun sollen, sofort setzte wieder der Schmerz ein.

»Setzt Euch zu mir und stärkt Euch«, riet Nürmperger. »Die Weinsuppe wird Euch wieder auf die Beine bringen.«

»Weinsuppe? Da sei Gott vor!« Doch Hermann nahm Platz.

»Es gibt kein besseres Stärkungsmittel«, behauptete Caspar. »Ich habe drei Teller voll gegessen, und wie sehe ich aus?«

»Blendend.«

»Und so fühle ich mich auch.«

»Ihr habt gestern auch weniger getrunken«, sagte Holthusen nicht ohne Vorwurf.

»Ihr solltet eben alle meine Weine kosten. Und Ihr schient zufrieden gewesen zu sein.«

»Das war ich wohl ... Könnte ich nicht statt der Wein- eine Brotsuppe bekommen?«

»Aber selbstverständlich.« Nürmperger stand auf und eilte geschäftig zur Tür, wo er nach der Magd rief. Sie kam sofort, und Caspar befahl ihr, eine Brotsuppe zu bereiten und die vom Vortag übrig gebliebenen Kutteln als Fleischgrundlage zu verwenden. Holthusen wurde umgehend übel, als er dies hörte.

»Was habt Ihr heute vor, Hermann?«, erkundigte sich sein Gastgeber.

»Ich werde ausreiten und die Umgebung der Stadt erkunden. Die Weinberge.«

»Ja, so haltet Euch nach Süden. Wenn Ihr die Sandervorstadt verlasst, beginnen die Weinberge gleich hinter der Stadtmauer. Einer von ihnen gehört mir. Reitet bis nach Randersacker. Dort haben die Mönche von Heilsbronn einen Hof. Sie werden Euch sicher gern empfangen.« Nürmperger lächelte. »Und sie werden Euch von ihrem Wein zu trinken geben. Dann könnt Ihr vergleichen.«

»Keinen Tropfen rühre ich heute an«, gelobte Holthusen sich selbst. »Ich werde nur Wasser saufen wie ein durstiger Gaul.«

2

Wasser hatte Holthusen in Hülle und Fülle bekommen, sein Gastgeber hatte es frisch aus dem Brunnen schöpfen lassen. Die Brotsuppe mit den Kutteln schmeckte nicht, aber sie füllte und beruhigte den Magen – geschmeckt hätte Holthusen wohl nicht einmal ein Wildbraten oder ein anderes edles Gericht. Einigermaßen wiederhergestellt, setzte er seinen Plan in die Tat um. Er verließ die Stadt, wie von Nürmperger empfohlen, durch das Sander Tor und befand sich inmitten der Rebflächen. Hier gediehen die Trauben, deren Schicksal sich in den Weinfässern und den Mägen der Weintrinker erfüllte. Darüber hinaus brachten sie die Geldbeutel der Weinhändler zum Klingen. Die Männer, Frauen und Kinder, die in den Weingärten arbeiteten, hatten kaum etwas davon.

Jetzt im Juli war die Zeit der Traubenblüte. Die Weinbauern und ihre Familien waren damit beschäftigt, die Schädlinge zu bekämpfen, die sich in den Blüten und den winzigen Trauben eingenistet hatten und sie von innen zerfraßen. Man hielt die Schädlinge für das Werk von Dämonen oder für eine Strafe Gottes, aber ob nun von bösen Geistern oder vom Herrn verursacht, vernichtet werden mussten sie, ansonsten war die Ernte in Gefahr. Hermann Holthusen schaute den Weingärtnern eine Zeit lang bei der Arbeit zu. Sie sammelten den Mehltau, die Würmer und die Raupenlarven von den Reben, bei dieser Hitze zweifellos eine qualvolle Beschäftigung.

Schließlich setzte der Kaufmann seinen Weg gen Mittag fort. Nach nicht einmal einer Stunde erreichte er das bischöfliche Dorf Randersacker, das von Weinbergen umgeben war. Die Idee, die ihm von Caspar eingepflanzt worden war, den Wein der Mönche zu kosten und ihn mit Nürmpergers Tropfen zu vergleichen, missfiel ihm nun nicht mehr, so weit hatte er sich erholt. Wenn er Nürmperger den Laufpass gab, wozu er sich noch immer nicht durchgerungen hatte, würde er womöglich in den Betreibern des Mönchshofs neue Geschäftspartner finden. Von ihnen erwartete er auf jeden Fall mehr Redlichkeit.

3

Mit Schwierigkeiten bei der Quartiernahme hatte Charles de Montpellier nicht gerechnet. Mittlerweile jedoch waren die Gasthäuser wegen der Kilianimesse bis unter die Dächer belegt. Nicht dass sich keine angemessene Unterkunft für einen einzelnen Mann gefunden hätte, aber Charles hatte immerhin mehrere Begleiter dabei. Sie waren allesamt bewaffnet, hatten ihre Dolche unter der Kleidung versteckt.

Da er als Dijoner Kaufherr auftrat, hoffte er nun für ein paar Tage bei einem Würzburger Standesgenossen Unterschlupf zu finden, zumal er fürstlich dafür bezahlen konnte und wollte. Der Wirt einer Herberge, die den merkwürdigen Namen *Zum Mohren* trug, obwohl es Mohren in der Stadt gar nicht gab, erteilte ihm den Rat, es doch in der Nachbarschaft bei einem gewissen Simon Mittenzwey zu versuchen, der besäße einen großen Hof mit viel Platz für Gäste und sei ein weltoffener Mann, wie man es von einem Handelsmann mit weit reichenden Verbindungen wohl erwarten dürfe. Einem Kaufherrn aus Burgund und seinem Gefolge werde er den Wunsch nach Unterkunft kaum abschlagen, und auf gutes Geld sei er immer scharf.

Der Herbergsvater behielt Recht. Simon Mittenzwey, ein Mann in den besten Jahren und Weinhändler wie so viele Würzburger Kaufleute, schien sogar hocherfreut, einen so wichtigen Gast aus dem fernen Dijon behausen und bewirten zu dürfen. Als er obendrein erfuhr, Charles würde mit Weinbergspfählen handeln, kannte seine Freude keine Grenzen mehr, und als sie ihm mit etlichen Livres versilbert wurde, verwandelte sie sich in Überschwang.

Charles erwartete, seine Mission innerhalb einer Woche erfüllen zu können. Länger wollte er unter keinen Umständen bleiben, denn irgendwann würde es Misstrauen erregen, dass die von ihm angekündigte Lieferung der Pfähle nicht eintreffen wollte. Dafür konnte man natürlich einige Erklärungen aus dem Ärmel zaubern, Diebstahl oder den Verlust des Schiffes. Räuber gab es überall, und Schiffe gingen manchmal unter. Er würde aber Nachforschungen anstellen müssen, und nach und nach würde die Maskerade auffliegen. Eine Woche lang würden Mittenzwey und dessen Angehörige keine Zweifel befallen, dessen war Charles gewiss.

Nachdem die Pferde untergestellt und die Taschen abgeladen waren, bat der Hausherr zum Mahl. Von den Pfundmünzen in seiner Truhe inspiriert, ließ er auftragen, was die Speisekammern hergaben. Das Gesinde brachte Schüsseln mit Schinken und Rinderbraten, Senf und Oliven, gesottenen Rehrücken, geschnittenes Schaffleisch mit Gewürzpulver, gebratene Rinderherzen, Gebäck, Butter, Käse, Äpfel, Aniskonfekt und Nüsse. Zu jeder Tracht gab es natürlich fränkischen Wein, der dem Rebentrunk aus den heimatlichen Gefilden der Gäste in nichts nachstand.

Da das Französisch Simon Mittenzweys gerade ausreichte, einen Trinkspruch anzubringen, Charles aus Dijon jedoch der deutschen Zunge einigermaßen mächtig war, bestritt er das Gespräch allein; seine Männer aßen und schwiegen. Es ging um das übliche Geplänkel, das Woher und Wohin, um den Wein und die Schönheit der französischen Frauen. Charles hatte sich vorher Antworten auf alle nur denkbaren Fragen zurechtgelegt, die er nun abspulte. Der Kaufmann Mittenzwey war es zufrieden. Und die Männer, die alle ohne Zieren zugriffen, wurden mehr als satt.

4

Die Mönche von Heilsbronn gehörten ebenfalls dem Zisterzienserorden an. Bischof Otto I. von Bamberg hatte die Abtei gegründet, dann war sie von Ebrach aus besiedelt worden.

Der Klosterhof in Randersacker wurde wie üblich von Laienbrüdern unterhalten, an ihrer Spitze stand jedoch ein Mönch: Bruder Laurentius. Er empfing den Kaufmann aus dem fernen Wismar mit allen Ehren, führte ihn durch die Curia und zeigte ihm die Kelterei und den Weinkeller. In den Fässern reiften mehrere Jahrgänge, deren Trauben auf den umliegenden Rebflächen geerntet worden waren.

Der Wein des Vorjahres war unmittelbar vor der Traubenblüte zum dritten Mal abgeschöpft und umgefüllt worden. Da nach jedem Abstich die Fässer gereinigt werden mussten, waren zahlreiche Konversen damit beschäftigt, das Innere der Behälter zu schrubben. Mönch Laurentius ermahnte sie, bei der Arbeit gründlich vorzugehen und nicht den geringsten Rest Hefe zurückzulassen, dann bat er seinen Gast zur Weinprobe.

Hermann Holthusen war ein Genießer, kein Kenner. Es fiel ihm schwer, einen Unterschied zwischen den klösterlichen und den Weinen des Caspar Nürmperger festzustellen. Keiner erschien ihm besser oder schlechter, er hielt alle Sorten für gleich gut. Das erleichterte seine Entscheidung nicht gerade.

»Diesen hier solltet Ihr noch kosten«, meinte Laurentius und schöpfte Rebsaft in den kleinen Becher. »Aber nehmt erst ein Stück Weißbrot ... Es neutralisiert den Geschmack.«

Holthusen folgte bereitwillig der Aufforderung. Er kaute bedächtig das weiße Brot, schluckte es hinunter und ergriff den Becher. Soweit er es in dem irdenen Gefäß erkennen konnte, hatte ihm der Mönch eine Flüssigkeit von einem mittleren Rot eingeschenkt. Hermann spitzte die Lippen, nahm einen winzigen Schluck und ließ ihn auf Zunge und Gaumen wirken. Was immer der Mönch ihm kredenzt hatte, dass es sich um einen auserlesenen Tropfen handelte, konnte sogar Holthausen erkennen.

Der Wismaraner leerte den Becher. Sein Eindruck, es mit einem Wein besonderer Güte zu tun zu haben, verfestigte sich. Doch es half ihm nicht. Nach wie vor blieb er unentschlossen: Sollte er nun den Lieferanten wechseln oder nicht?

»Lasst Euch Zeit«, empfahl Laurentius. »Die Sonne steht über den Bergen, und wir haben Wein in Hülle und Fülle.«

5

Vor einigen Tagen hatten die Würzburger die Belagerung des Marienbergs aufgegeben, schließlich war der Herr der Burg nicht mehr da. Dank der Truppen seines Bruders hatte sich Gerhard von Schwarzburg absetzen können, aber er dachte nicht daran, klein beizugeben. Im Gegenteil. Dutzende Äbte aus vielen Teilen des Reichs hielten sich in seiner Stadt Würzburg auf, und der Bischof plante, ihnen einen fürstlichen Empfang zu bereiten, so als herrsche eitel Sonnenschein in seinem Herzogtum und als müsse man einen Krieg nicht fürchten. Dass sich seine Soldaten darauf vorbereiteten, gegen Gerolzhofen, Königshofen und andere aufmüpfige Städte des Hochstifts ins Feld zu ziehen, musste niemand wissen.

Allein zu dem Zweck, die Äbte zu einem Gastmahl einzuladen, kehrte der Schwarzburger unter starker Bewachung in seine Residenz zurück. Die Nachricht von dem Empfang überraschte Abt Johannes und die anderen Klostervorsteher in der Bronnbacher Kurie nach der Sext. Sie verbreitete sich auch in der Stadt, aber dort wollte sie niemand so recht glauben. Man traute dem Fürstbischof weiß Gott allerhand zu, aber das nun doch nicht.

Der Bote, der die Einladung überbrachte, teilte den erstaunten Mönchen mit, der Graf von Schwarzburg wünsche nicht, dass die ehrwürdigen Herren Geistlichen seinetwegen gegen die Ordensregeln verstoßen müssten, er bäte sie daher, sich nach der Non auf dem Marienberg einzufinden. Bis zur Vesper bliebe dann genug Zeit für ein bescheidenes Essen, das man ihm, also dem Bischof, nicht abschlagen dürfe, sei es doch ein Zeichen seiner Ehrerbietung für die wackeren Glaubensmänner, die eine weite Reise auf sich nähmen für Gott, das Christentum und den hoch geschätzten Orden von Cistercium.

Obgleich ihnen unwohl war bei dem Gedanken, sich vor den Augen der Stadtbürger zur Bischofsresidenz begeben zu müssen, die Äbte wussten, was sich gehörte. Gerhard von Schwarzburg war der höchste geistliche und weltliche Würdenträger des Hochstifts, seiner Bitte nicht Folge zu leisten, wäre nicht nur unhöflich, sondern ein Affront gewesen. Womöglich würde es den Eindruck erwecken, die Gäste sympathisierten mit den aufständischen Bürgern, zumindest aber seien sie gegen die Politik

Gerhards eingenommen. Selbst wenn sie es waren, zeigen durften sie es nicht. Der fränkische Herzog würde sie zwar nicht der Stadt verweisen, aber er konnte sich über ihr Verhalten beim Generalkapitel und beim Papst beschweren, und dann würde in Wien der eigentliche Anlass der Zusammenkunft, nämlich das Schisma, in den Hintergrund rücken, weil man sich erst einmal mit dem Brief des Episcopus Herbipolensis auseinander setzen musste. Schon aus diplomatischen Erwägungen war es klug, die Einladung anzunehmen. Mit einer positiven Nachricht wurde der Bote zur Burg zurückgeschickt.

Johannes, Gottschalk, Dietrich, Eberhard II. und die übrigen Klostervorsteher verließen nach dem Gebet zur Non mit einem äußerst mulmigen Gefühl im Magen die Bronnbacher Kurie. Sie hielten sich nahe beieinander, als sie auf der Fleischbankgasse gen Mittag schritten. Im südlichen Abschnitt der Gasse, zwischen Rückermain- und Domstraße, standen die Fleischbänke, die ihr den Namen gegeben hatten. Hier verkauften die Metzger ihre Waren, und inmitten der Bänke befand sich der Kornbaum, das städtische Eichmaß für Getreide. Die Schlachter, ihre Gehilfen und ihre Kunden warfen den Männern im weißen Habit teils misstrauische, teils hasserfüllte, aber auch gleichgültige Blicke zu. Abt Johannes, von der Ablehnung peinlich berührt, schaute in den Straßenstaub. Die Würzburger, so schien es, duldeten die Ordensbrüder zwar, waren über ihre Anwesenheit jedoch alles andere als erfreut. Niemand vermochte zu sagen, ob nicht ein geringfügiger Anlass genügte, damit die stillschweigende Duldung in einen offenen Angriff umschlug.

Bereits in der Salzgasse, wo die Salzkästner Salz und Heringe anboten, änderte sich die Stimmung.

»Na, ihr Pfaffensäcke!«, rief ihnen ein Händler zu. »Eure Füße beschmutzen das Pflaster.«

Von einem Pflaster konnte keine Rede sein. Die Gasse Unter den Salzkästen, wie sie auch genannt wurde, war unbefestigt. Ein Regenguss genügte, um den Staub in Schlamm zu verwandeln.

»Machen die Pfaffen eine Prozession oder was?«, keifte ein

Weib mit schmutziger Schürze. »Man hat uns mit dem Bann belegt«, erklärte sie beinahe stolz. »Wenn ihr für Sankt Kilian einen Umzug machen wollt, so tut es *im* Main!«

Die Äbte machten, dass sie davonkamen. Sie liefen zwar nicht, denn das wäre als ein allzu deutliches Zeichen von Furcht erschienen, aber sie beschleunigten ihre Schritte. Als sie unbeschadet das Innere Brückentor erreicht hatten, hatten sie die erste Hürde hinter sich.

Sie überquerten die Mainbrücke, gingen vorbei an der Gotthardkapelle, passierten das Äußere Brückentor und befanden sich im linksmainischen Teil der Stadt. In diesem Viertel lebten vor allem die Mainfischer, aber es gab auch geistliche Einrichtungen wie das Benediktinerkloster St. Burkard und das Haus der Deutschordensritter oder das Schottenkloster Sankt Jacob, dieses allerdings vor der nördlichen Stadtmauer gelegen.

Die Fischer beachteten den Zug der Mönche nicht. Sie hatten genug damit zu tun, ihren Fang an Land zu bringen, ihn zu verladen und Netze zu flicken; sie hatten keinen Sinn für Kleriker, die durch die Gassen spazierten, aus welchem Grund auch immer. Unbehelligt konnten sich Johannes und seine Gefährten an den beschwerlichen Aufstieg zur Burg machen.

Fürstbischof Gerhard von Schwarzburg, aus einem thüringischen Grafengeschlecht stammend, hatte acht Geschwister, die alle etwas geworden waren. Seine Schwester Mechthild war Äbtissin in Stadtilm gewesen, bevor sie 1383 gestorben war. Die zweite Schwester, Margarethe, war Priorin, ebenfalls in Stadtilm. Doch sie waren nur Weiber. Wichtiger waren dem Schwarzburger seine Brüder.

Heinrich der Ältere war Domkapitular zu Würzburg gewesen; ihm hatte Gerhard den Domherrenhof Katzenwickler an der östlichen inneren Stadtmauer verkauft. Seit Heinrichs Tod im Jahre 1394 besaß Heinrich der Jüngere die Domkurie, Gerhards Neffe.

Der Halbbruder des Fürstbischofs, Heinrich XV., war ein Nachkomme aus der zweiten Ehe seines Vaters, Heinrich IX.

Graf von Schwarzburg, mit Helene, Tochter des Burggrafen Friedrich IV. von Nürnberg, die der neunte Heinrich nach dem Tod der Helene von Schauenburg geheiratet hatte. Die Schauenburgerin hatte den fränkischen Herzog Gerhard zur Welt gebracht. Im Jahr des Herrn 1341 war sie gestorben. Auch der Vater war längst tot.

Der fünfzehnte der Heinriche hatte die gräfliche Nebenlinie Schwarzburg-Leutenberg gestiftet. Er lebte noch.

Um die Familienverhältnisse für Außenstehende noch verzwickter zu gestalten, waren vier der Brüder Gerhards auf den Namen Günther getauft worden. Sie unterschieden sich durch ihre Nummerierung, aber auch durch ihre vielfältigen Talente. Günther XXII. war 1382 ins Himmelreich eingegangen, Günther XXIII. war Ritter des Deutschen Ordens geworden, Günther XXIV. Domherr zu Regensburg. Der da an der Spitze eines Trupps bewaffneter Reiter den Mönchen entgegenkam, um sie auf den letzten Klaftern unter seine Fittiche zu nehmen, war Günther XXVII. von Schwarzburg, des Bischofs jüngster Bruder.

Schutz hätten die Fratres früher gebrauchen können, unten in der Stadt und nicht hier, wo keine Gefahr mehr drohte. Allerdings wäre eine bischöfliche Eskorte ein zweischneidiges Schwert gewesen: Einerseits hätte wohl kein Bürger gewagt, die berittenen Wächter und den Bruder des Stadtherrn anzugreifen, aber das Misstrauen gegen die Mönche, die sich einem solchen Beistand anvertrauten, wäre nur gewachsen. Nun, sie hatten den Marienberg sicher erreicht. An den Rückweg mochte keiner denken.

Graf Günther stieg von seinem mit einer bestickten Schabracke und mit versilbertem Zaumzeug ausgestatteten Falben und kniete vor den Äbten nieder. Er hieß sie willkommen und führte sie zu Fuß vor das Burgtor. Die Zugbrücke war niedergelassen, aber die Torflügel wurden erst auf seinen Zuruf geöffnet. Unter allerlei Ehrenbezeugungen wurden die Brüder in den Hof geleitet, aus dessen Mitte ein hoher Wachturm ragte. Der Mittlere oder Wartturm war aus Bruchsteinen gemauert, er war über hundert Fuß hoch und rund wie ein Kreis. Ein hölzerner Wehrgang umlief ihn in der Höhe, über ihm öffneten sich schlitzartige Schießscharten im Mauerwerk. Zwei Turmwächter schauten auf die Mönche herab.

Hinter den Äbten wurde das Tor geschlossen. Nun waren sie Gäste und Gefangene des Burgherrn.

6

Als Hermann Holthusen dem Mönchhof von Randersacker den Rücken kehrte, gab es keine Sonne mehr. Schwere dunkle Wolken hatten sie verschluckt. Schwere dunkle Wolken verdüsterten auch das Hirn des Kaufmannes. Keinen Schluck Wein hatte er an diesem Tag trinken wollen. Mehrere Becher waren es geworden.

Während er am Mainufer entlang gen Norden ritt, wünschte er sich, nicht nur so standhaft zu sein wie der heilige Makarius, sondern auch ein Wunder wie der erste Abt des Schottenklosters bewirken zu können. Makarius, einer der Würzburger Stadtpatrone, war ein großer Asket gewesen, der niemals Wein trank. Einmal war ihm ein Becher mit dem Rebentrunk angeboten worden, doch bevor der Heilige ihn zu den Lippen führte, hatte sich der Wein in Wasser verwandelt. Dass ihn die Würzburger bei Fieber und Kopfleiden anriefen, war nur zu verständlich, ging übermäßiger Weingenuss doch mit Gliederschmerzen und Kopfweh einher.

Holthusen musste nicht viel tun, er musste sich nur im Sattel halten. Alles andere konnte er getrost seinem Hengst überlassen. Das kluge Tier wusste, dass es dem Stall entgegenging, und Stall, das bedeutete Hafer und Wasser, Streu und Schlaf. Selbst in der Fremde fand der Gaul den Ort, an dem es ihm wohl erging, wo man ihn fütterte und pflegte. Menschen fanden die Orte ihrer Freude nicht so leicht. Sie waren aber auch anspruchsvoller und allein mit Striegel und Hafersack nicht zufrieden.

Unter solcherlei flachen Gedanken kamen Ross und Reiter der Stadt näher. Man sah bereits die Türme der Klöster und Kirchen, als sie hinter einer sanften Biegung des Flusses auf eine Gruppe von Mönchen stießen, die ebenfalls zu Pferde unterwegs waren. Die Mönche, neun an der Zahl, trugen das Ordenskleid der Zisterzienser und schienen es eilig zu haben. Trotz des Rumorens in seinem Kopf und seinen Gedärmen erwachte in Hermann die Neugierde. Die große Stadt Wien, in der das Generalkapitel der römischen Obedienz abgehalten werden sollte, befand sich weit im Süden des Römischen Reiches. Diese Mönche aber ritten nach Norden. Das war seltsam. Holthusen ließ die Zügel schleifen. Der Hengst, der es ohnehin eilig hatte, fiel in Galopp.

Der Wismaraner Kaufmann überholte die Schar. Die Zisterzienser folgten einem Mann, der noch relativ jung war und ein südländisches Aussehen hatte. Ein Abt war es nicht, fehlten ihm doch die Zeichen dieser Würde.

»Ich grüße Euch, ehrwürdiger Vater!«, rief Holthusen dem Anführer zu. Der junge Mann schaute ihn verständnislos an. »Wohin des Wegs?«

Der Mönch murmelte etwas, das sich wie Latein anhörte. Holthusens Kenntnisse der Kirchensprache waren nur gering, da er sie nicht brauchte. Seine geschäftliche Korrespondenz erledigte er auf Deutsch, zwischen allen Kaufleuten der Hanse und im Wismar'schen Rat wurde Deutsch gesprochen und geschrieben, selbst in den Nordländern beherrschte man es, und mit den Klosterbrüdern, mit denen er Handel trieb, konnte er sich in der Volkssprache verständigen. Auch Englisch und Französisch hatte der Kaufmann gelernt, schließlich gab es ein Hansekontor in London und Faktoreien in Edinburgh, Newcastle, York, Hull, Boston und anderen Städten, und manche Weine sowie das Baiensalz, das nicht so rein war wie das Lüneburger, aber bei weitem billiger, bezog man aus dem Land der Franzosen. Ein guter Kaufmann musste nicht nur feilschen und rechnen können, er musste auch gebildet sein. Etliche seiner

Standesgenossen verfügten über mehr Bildung als die Geistlichkeit.

»Wenn die Frage erlaubt ist, Ehrwürden, woher kommt Ihr?«, wollte Hermann wissen. Der Mönch schaute an ihm vorbei und schwieg.

Hermann Holthusen zuckte die Schultern. Auf so viel Hochmut mochte er nicht reagieren. Ihm konnte es gleichgültig sein, ob die Mönche aus der Wüste oder aus dem Tal der Sprachlosen stammten und ob sie nach Würzburg wollten oder in die Hölle. Aber er prägte sich das Gesicht des Anführers ein, die dunklen Augen, die langen Wimpern, die dichten Brauen. Vermutlich war dies ein schöner Mann, aber er war der Frauenwelt für immer verloren.

Mit der flachen Hand schlug Holthusen dem Pferd auf die Kruppe. Ein Ruck ging durch den kräftigen Leib, dann sprengte der Hengst davon. Er war hungrig. Holthusen hatte nur Durst.

7

Das Wirtshaus *Drei Kronen* in der Pleichervorstadt gehörte zu jenen Gasthäusern, die noch schäbiger waren als ihr Ruf. Im Schatten der Pfarrkirche Sankt Gertrud hatte der Krüger in einem windschiefen Haus einen Ausschank gepachtet, der dem Stift Haug gehörte, doch die Stiftsherren kassierten nur und ließen sich nie blicken. Weingärtner, Metzger und vor allem Gerber gehörten zur Kundschaft. Seitdem die Gerber wegen des üblen Geruchs, der zu ihnen und ihrem Handwerk gehörte wie das Amen zu einem Gebet, von ihren angestammten Plätzen bei der Domimmunität vertrieben worden waren, hatten sie sich in der Pleich niedergelassen. Hier fanden sie in ausreichendem Maße, was sie am dringendsten benötigten: Wasser. Die Vorstadt erstreckte sich zwischen der nördlichen inneren und der nördlichen äußeren Stadtmauer. An der inneren Mauer floss die Kürnach, an der äußeren die Pleichach entlang, bevor sie in den Main mündeten. Den Gestank hatten die Gerber mitgebracht.

In der schummrigen Gaststube, die nur von ein paar Tranfunzeln erleuchtet oder eher verdunkelt wurde, drängten sich die Menschen auf langen Bänken aneinander. Es waren vorwiegend Männer, aber auch die eine oder andere lose Frau hatte sich eingefunden, um hier ihren Schnitt zu machen. Die Männer tranken sauren Wein und aßen geröstetes Gekröse und gaben den Frauen davon ab, immerhin erwarteten sie, dass ihnen die Weiber später etwas von sich gaben. Gesprochen wurde wenig. Alle lauschten nach draußen. Sie warteten auf den nächsten Donnerschlag.

Die winzigen, schlecht gezimmerten Fenster waren mit ölgetränktem Leinen verhängt, denn Glasscheiben konnten sich nur die Reichen leisten. Trotzdem konnte man sehen, wenn Blitze über den Himmel jagten. Alle hielten den Atem an. Der Donner folgte nach wenigen Lidschlägen. Gottes Strafgericht war fürchterlich. Aber der Herr schickte auch Nothelfer in Gestalt dreier Männer, die seinem Sohn näher standen als jemand sonst.

Die schmale Tür zur Straße, die vor allem aus Ritzen bestand, wurde geöffnet. Die Blicke der Trinkenden richteten sich auf sie. Drei Mönche, nass wie begossene Pudel, traten ein. Sofort ging ein Murmeln durch die Gaststube. Man war den Klerikern nicht grün, aber im Moment waren sie höchst willkommen.

Noch nie hatte sich ein Ordensbruder in den Krug *Drei Kronen* verirrt, nicht weil Mönche Wein verabscheuten, sondern weil dies kein Ort war, an dem sich ein Geistlicher aufhielt. Außerdem waren sie bessere Weine gewöhnt. Die Fratres suchten offenbar Schutz vor dem Regen, also rückte man bereitwillig noch enger zusammen und gewährte ihnen Platz an einem der Tische. Der Wirt brachte jedem einen Becher. Sie leerten sie, ohne eine Miene zu verziehen.

Ein Blitz verwandelte die Nacht in Tag. Sogleich krachte es. Die Menschen zogen die Köpfe ein, und mancher erinnerte sich eines längst vergessenen Gebets.

Der Wirt brachte neuen Wein und fragte die Mönche, ob sie etwas zu essen wünschten. Sie verneinten. In der Atempause zwischen den Blitzen wandten sich die Gäste wieder den Neuankömmlingen zu. Der älteste der Brüder war groß wie eine Bohnenstange, sein hageres Gesicht endete in einem sehr spitzen Kinn, die Augen lagen in tiefen Höhlen. Dem einen seiner Begleiter hatten die Blattern tiefe Löcher in Wangen, Nase und Stirn gefressen. Der Dritte war einfach nur ein gewöhnlicher junger Mann, der sich von anderen jungen Männern allein durch Habit und Tonsur unterschied.

Abermals wurde die Tür geöffnet. Noch ein Fremder betrat den Schankraum, auch er groß, aber nicht so dünn wie der ältere Frater. Dieser Mann, der bürgerlich gekleidet war, schien sehr stark zu sein, fast wie ein Bär. Seine grauen Augen schauten kühl und abschätzend in die Runde. Jeder, auf dem sie nur einen Moment verweilten, fühlte sich sofort unbehaglich.

Charles von Montpellier, derzeit Karl aus Dijon, atmete flach. Er hatte das Gasthaus *Drei Kronen* wegen seines Leumunds für dieses Treffen ausgesucht, aber auch, weil es ihn an Wirtschaften in seiner Heimat erinnerte; dort hießen viele ähnlich. *Trois Couronnes,* so hatte er es für sich getauft. Der Ort war gut gewählt, das sah er sofort. Hier gab es niemanden, der für die Obrigkeit lauschte. Allerdings hatte die Wahl sehr unangenehme Konsequenzen: Es roch bestialisch nach ungewaschenen Menschen, Tran, totem Fleisch und Gerberlohe, nach schlechtem Essen und nassen Hunden.

Der Kaufmann Karl setzte sich zu den Mönchen. Es wurde noch enger am Tisch, doch niemand beklagte sich. Die Frauen wurden unruhig. Sie liebten Bären, die aussahen, als hätten sie Geld.

8

Nie und nimmer würden die Äbte zur Vesper in die Klosterhöfe zurückkehren können. Das wurde Johannes von Doberan bewusst, nachdem er in den Festsaal, der sich im ältesten Teil der Burg befand, geleitet worden war.

In dem Saal hatte das Gesinde drei lange Tafeln aufgebaut

und sie an einer Stirnseite durch eine vierte miteinander verbunden; das Arrangement sah wie ein großer dreizinkiger Kamm aus. Johannes und seine Mitbrüder wurden von Bediensteten zu ihren Plätzen geleitet. Alle Tische trugen ein besticktes Tapet aus Brokat. Auf dem ersten Tischtuch waren Motive aus der *Passio sancti Kiliani* dargestellt: die Berufung des irischen Bischofs und seiner Gefährten, ihre Überfahrt über das Meer, die Errichtung des ersten Kreuzes in Franken auf dem Kreuzberg in der Rhön, die Bekehrung Herzog Gosberts und des gesamten Volkes, die Ermordung der Apostel durch die Herzogin Gailana sowie die himmlische Herrlichkeit, zu der Kilian, Totnan und Kolonat auffuhren. Das mittlere Tapet zeigte, korrespondierend mit der Leidensgeschichte der Missionare, die Passion Christi, das dritte Tuch Bilder der Marienlegende von der Geburt der Mutter Jesu bis zu Tod und Himmelfahrt. Auch die Engel, die das Haus Mariens von Nazareth nach Loreto getragen hatten, hatte der namenlose Meister mit Gold- und Silberfäden hervorgehoben.

Gerhard Graf Schwarzburg zeigte seinen Reichtum. Die Leuchter auf den Tischen waren aus Silber, die Kerzen aus Wachs. Aus Silber und Messing hatten geschickte Handwerker die Gedecke verfertigt, die Obstschalen sowie die Schälchen für die Nüsse und das Gebäck. Die Karaffen, die man bereits auf die Tische gestellt hatte, damit der Wein atmen konnte, bestanden aus venezianischem Glas, gefasst wiederum in feines Silber. Mit dieser Pracht, vermutete Johannes, wollte der Bischof seine Besucher blenden.

Die Äbte wurden so an den Tafeln platziert, dass sie zwischen den bereits anwesenden Würdenträgern zu sitzen kamen. Domkapitulare und Stiftsherren, Ordensritter und Dechanten, Pröpste und andere geistliche Herren hatten sich versammelt, aber nicht ein Bürgerlicher. Abt Johannes seufzte leise. Ohne einen Hintergedanken hatte der Schwarzburger diese vornehme Gesellschaft sicher nicht einbestellt.

Die Tafel an der Stirnseite war dem Fürstbischof und besonderen Gästen vorbehalten. Mit ihnen im Gefolge erschien Graf Gerhard wenige Augenblicke, nachdem der letzte Neuankömmling seinen Stuhl eingenommen hatte. Alle erhoben sich. Gerhard von Schwarzburg lächelte. Nicht nur Heinrich von Henneberg-Schleusingen, mit dem er gegen die fränkischen Städte ziehen wollte, nicht nur der Ritter vom Rebstock und der Schenk von Rossberg begleiteten ihn, es war ihm auch gelungen, den Grafen Johann I. von Wertheim und dessen Gattin Uta von Teck zu einem Besuch zu bewegen – der Graf von Wertheim war immerhin ein Bruder seines Bamberger Amtskollegen. Den Schluss der illustren Schar bildete der siebenundzwanzigste Günther.

Gerhard von Schwarzburg, Bischof und Herzog der Franken, trug nicht etwa seine Bischofstracht, sondern, zur allgemeinen Überraschung, sein Kriegskleid. Er nahm hinter der ihm bestimmten Tafel Aufstellung, zu seiner Rechten Heinrich von Henneberg-Schleusingen, der Ritter vom Rebstock und der Schenk von Rossberg, zu seiner Linken Graf Johann, dessen Ehefrau und Günther XXVII. Hinter ihnen hing von der Decke herab ein riesiges Kiliansbanner. Unter diesem Banner pflegten die Fürstbischöfe in den Krieg zu ziehen.

Der überlebensgroße Kilian war ausgerüstet mit dem Schwert als Zeichen der herzoglichen Würde, obgleich er nie Herzog gewesen war, sowie mit Bischofsstab und Mitra. Wenn man den Aufzug Gerhards betrachtete, war die Botschaft klar: Der Schwarzburger hielt das Schwert nicht bloß, er würde es führen. Vermutlich suchte er in diesem Kreis eine religiöse Legitimation für seinen Kampf gegen die Städte. Mit einer knappen Handbewegung bat, nein, befahl er allen, sich zu setzen.

»Seid mir gegrüßt, meine Liebsten«, sagte Graf Gerhard mit einer Stimme, die der Schärfe eines Schwerts in nichts nachstand. »Ich weiß die Ehre wohl zu schätzen, die Ihr mir erweist. Ehrwürdige Väter vom Orden der Zisterzienser, Euer Aufenthalt in meiner Residenz ist mir eine besondere Freude. Schmerz und Trauer ergriffen mich angesichts des gotteslästerlichen Aufstands meiner Stadtkinder. Sie sind nun wie weggeblasen. Lasst uns speisen.«

Gerhard klatschte in die Hände, und die Dienstleute trugen den ersten Gang herein. Mit Rücksicht auf die Regel, der Ordensangehörige unterworfen waren, gab es kein Vierfüßlerfleisch, sondern Fasan, Pfau und Kapaun. Der bischöfliche Mundschenk und ein Gehilfe füllten die Gläser mit Wein, der, wie sie jedem sagten, aus Frankreich stammte. Der große Schuldenmacher Gerhard hatte an nichts gespart.

»Erlaubt, mich vorzustellen«, sagte der Mann, der rechts von Abt Johannes saß. »Archidiakon Johann von Malkoz. Mir gehört der Herrenhof Waldhausen. Seid Ihr im Stadthof der Ebracher untergebracht?«

»Nein, im Bronnbacher. Johannes, Abt von Doberan.«

»Meine Kurie Waldhausen befindet sich beim Ebracher Hof. Nun ist sie in der Hand der Rebellen.«

»Domdechant Otto Wolf von Sponheim«, stellte sich der links von Johannes tafelnde Würdenträger vor. »Mein Hof ist die Curia ad St. Gallum, die man auch Kurie vor der Roten Tür nennt. Wegen der Seitentür des Domes, wisst Ihr? Von meinem Herrenhof habe ich nur einen kurzen Weg zu Dom und Neumünster. Aber auch zum Gottesacker, der beide Kirchen verbindet, ist's nicht weit.« Er lachte. »Zum Glück ist mir dieser Weg bisher erspart geblieben. Ich konnte rechtzeitig vor den Empörern fliehen.«

»Was in Würzburg geschieht, erfüllt mich mit Entsetzen«, sagte Johannes.

»Uns nicht mehr, Abt«, entgegnete der Archidiakon. »Bereits unsere Väter und Väterväter mussten sich des Ansturms des Pöbels erwehren.«

»Die Städter verlangen zu viele Rechte«, meinte Wolf von Sponheim. »Und sind wir etwa keine Stadtbewohner?«

»Privilegierte, mein Freund«, sagte Johannes. »Ihr zahlt weder Steuern noch Zölle.«

»Unser angestammtes Recht seit Jahrhunderten.«

»Stellt Euch vor, Würzburg will Reichsstadt werden.« Von Malkoz schüttelte den Kopf.

»Ich bitte, das Glas zu erheben«, rief der Fürstbischof. Als Erster folgte er selbst seiner Aufforderung, dann ergriffen auch die Gäste die Gläser. »Ich trinke auf die Gesundheit unseres hochverehrten, innig geliebten und der Sache des Glaubens treu ergebenen Papstes Bonifaz.« Daher also wehte der Wind. »Ich trinke auf die Weisheit des wahren Stellvertreters Jesu Christi, des Nachfolgers des Fürsten der Apostel. Ich trinke auf die Gerechtigkeit des höchsten Pontifex der gesamten Kirche, des Patriarchen des Abendlandes, des Bischofs von Rom.«

»Würzburg wird niemals Reichsstadt«, behauptete Domherr Otto.

»Aber König Wenzel soll es schon versprochen haben«, sagte Archidiakon Johann.

»Wenzel verspricht viel.«

Nun nahm der Graf von Wertheim Glas und Wort.

»Auch ich trinke auf den einzigen Papst. Denn nur einen kann es geben, und dieser eine ist Bonifaz IX.«

Mehr oder minder beifälliges Gemurmel antwortete ihm.

»Ich habe gehört, meine geschätzten Herren Äbte, dass Ihr in einigen Tagen nach Bronnbach aufbrechen werdet«, fuhr Johann von Wertheim fort.

»Wenn Würzburg aber nun doch Reichsstadt wird?«

»Es wäre mir eine Freude und große Ehre ...«, sagte der Wertheimer.

»Was kümmert es uns? Die Macht des Bischofs wird dann freilich beschnitten. Die Macht des Domkapitels nicht. Wir werden auch in Zukunft den Bischof wählen.«

»Ja, mit Erlaubnis des Papstes und nur solche Leute, die er providiert.«

»... dürfte auch ich Euch auf meiner Burg empfangen. Die Abtei Bronnbach ist nur wenige Meilen von Wertheim entfernt.«

»Unsere Steuerimmunität wird der König nicht antasten.«

»Es wird Euch an Speise und Trank ebenso wenig mangeln wie an der Tafel unseres geliebten Freundes Gerhard«, beschloss Graf Johann seine Rede.

Plötzlich erfüllte Unruhe den Saal. Zwei Bewaffnete stürmten herein. Gerhard von Schwarzburg sprang auf, sein Bruder ebenfalls. Beider Mienen waren wächsern.

»Da steht noch ein Ordensgeistlicher vor dem Tor, Herr«, meldete einer der Wächter. »Mit einem Gefolge von acht Mönchen.«

»Ach, so.« Der Fürstbischof lächelte wieder. »Was zögerst du? Sie sind willkommen.«

9

»Es ist ein weiter Weg, Heiliger Vater«, sagte Sinibaldo. »Fra Angelo und seine Männer brauchen Zeit.«

»Zeit haben wir nicht«, sagte Papst Bonifaz streng. »Wir müssen schnell handeln. Meine Spione haben mir gemeldet, dass der Wüstling von Avignon seinen Widerling Charles de Montpellier ausgeschickt hat. Du weißt, was das bedeutet?«

»Ja«, sagte Sinibaldo.

»Also?«

»Alles wird geschehen, wie Heiligkeit befohlen haben.«

»Die heilige Mutter Kirche ist dir zu Dank verpflichtet. In Orvieto ist eine Kirchenpfründe vakant geworden. Möchtest du sie haben?«

»Heiligkeit sind zu gütig.« Sinibaldo beugte das Knie. »Aber geht es Euch wirklich um die Mutter Kirche? Oder nur um Eure Macht?«

Der Papst grinste.

»Du bist der Einzige, dem ich eine solche Frage verzeihe«, sagte er. »Unsere Macht ist nur Beiwerk, mein Lieber. Wir möchten, dass der Heilige Stuhl für die gesamte Christenheit wieder die Bedeutung erlangt, die er einst hatte – unabhängig von Unserer Person. Auch mein Leib ist sterblich. Wenn ich von der Erde gegangen bin, soll mein Nachfolger einen Apostolischen Stuhl übernehmen, um den sich das Abendland in Einigkeit und Liebe schart.«

»Das sind Ideale, Heiliger Vater.«

»Für unsere Ideale leben wir.«

»Es sterben mehr Menschen für Eure Macht als für Eure Ideale, Heiligkeit. Obwohl sie natürlich mit der Überzeugung in den Tod gehen, für Eure Ideale zu sterben.«

»Gott gibt ihnen Gewissheit, Sinibaldo. Und ich gebe dir Geld.«

10

Der Laienbruder Jürgen hatte von seinem Abt den Auftrag erhalten, dessen Reisekleider in Ordnung zu bringen. Jürgen hatte den Staub mit einem feuchten Lappen abgerieben und einen Riss vernäht. Eine halbe Stunde hatte er gebraucht, um den Befehl des ehrwürdigen Vaters auszuführen. Nun hatte er Hummeln im Hintern. In Würzburg war Kilianimesse, die mit Volksbelustigungen einherging. Ein fünfzehnjähriger Bauernsohn wollte nicht im Klosterhof versauern, er wollte dort sein, wo die Menschen soffen, scherzten, lachten und tanzten. Jürgen ging zum Procurator curiae.

»Lieber Herr!«, schmeichelte er.

»Ich bin kein Herr, ich bin Konverse wie du«, sagte der stets enervierte Hofmeister. »Was willst du?«

»Urlaub bis Mitternacht.«

»Und dein Abt?«

»Abt Johannes hat ein weiches Herz und würde es erlauben.«

»Ich weiß, dass du lügst«, sagte der Hofmeister. »Aber du bist jung. Der Mensch kann vieles, was er verloren hat, wieder zurückholen, nur die Jugend nicht. In Gottes Namen, Junge, geh!«

»Danke, Meister.«

»Hau bloß ab, bevor ich's mir anders überlege!«

11

Charles de Montpellier alias Kaufmann Karl aus Dijon rieb sich die Hände. Das Gewitter war vorbeigezogen. In den unbefestigten Gassen hatte sich ein Ekel erregender Kot gebildet, aber Charles beachtete ihn nicht und schritt wacker aus. Das Gesinde in Mittenzweys Haus würde seine Stiefel putzen, bis sie wieder glänzten.

»Herr?«, rief ein Weib in seinem Rücken. Charles hielt inne und wandte sich um.

»Madame?«

»Ich bin doch keine Dame, Herr.« Die Hure, die höchstens sechzehn Jahre alt war, lachte. »Wollt Ihr mich?«

»Du bist sehr direkt, Mädchen.«

»Ich muss essen, Herr.«

»Wie heißt du?«

»Barbe.«

»Und du bist hungrig?«

»Ja, Herr. Ich lechze nach Männerfleisch.«

»Bon appétit!« Charles lüftete seinen Umhang, und das Mädchen schlüpfte darunter.

12

Der Auftritt des Ordensbruders, der mit acht Begleitern verspätet zum Empfang auf der Bischofsburg erschien, war ausgesprochen wirkungsvoll. Er kam allein, schließlich waren nur ausgewählte Gäste zum Festmahl zugelassen. Seine Equipe hatte man, so vermutete Johannes in der kurzen Zeit, in der er noch denken konnte, bei den bischöflichen Beamten untergebracht.

Gerhard von Schwarzburg nickte dem Fremden zu und setzte gerade dazu an, ihn zu begrüßen, als ein alles vernichtender Donnerschlag die Welt zerstörte.

Zumindest erschien es allen Anwesenden für die Dauer eines Herzschlags so.

Blitz und Donner waren eins. Die Geistlichen wurden blass und sprangen auf, die weltlichen Gäste von adliger Abkunft ebenfalls. Ein Sturm erhob sich augenblicklich und rüttelte an den Läden, Staub und Laub, sogar dicke Äste wirbelten an den Fenstern vorbei.

»Pater noster qui es in coelis«, schrie Abt Johannes in höchster Not. Erneut blitzte und donnerte es.

»Penitentiam agite, appropinquavit enim regnum coelorum«, murmelte der Domdechant Otto Wolf von Sponheim: »Tut Buße, denn das Himmelreich ist nahe.«

»Wer ist dieser Mönch?«, flüsterte Johann von Malkoz, der sich an Johannes' Gewand festhielt und am ganzen Leib zitterte. Seine Frage ging im wütenden Grollen des Himmels unter. Abt Johannes ahnte sie mehr, als dass er sie verstand.

Dieser Mönch war ein noch recht junger Mensch mit dunklen Augen, die von langen Wimpern und dichten Brauen beschattet wurden. Nichts deutete darauf hin, dass es sich um einen Abt handelte. Er missfiel Johannes auf Anhieb, ohne dass er einen Grund dafür zu benennen vermochte. Der Teufel war er jedenfalls nicht, denn Gewitter waren ein Werk Gottes. Allerdings konnten sie auch ein Zeichen sein: Vielleicht teilte der Herr seinen Unmut über das Erscheinen dieses schönen, aber unbekannten Bruders mit.

»Ehrwürdige Herren«, rief Graf Gerhard in den Saal, bevor er sich an Uta von Teck wandte, »meine liebe Dame! Erschreckt nicht! Wegen der erhöhten Lage unserer Burg sind Blitz und Donner hier immer besonders heftig. Das Gewitter wird vorüberziehen und in wenigen Stunden in Vergessenheit geraten sein wie die Ideen der Ketzer. Bedienung!«

Zwei Mägde, im Gesicht weißer als das gute flämische Leinen, eilten zu ihm.

»Lasst die Läden schließen und bringt mehr Fackeln und Kerzen«, befahl der Fürstbischof. »Und einen Stuhl für unseren neuen Gast. Wo wünscht Ihr zu sitzen?«

»Dort.« Der unbekannte Ordensbruder zeigte in Johannes' Richtung. Der Abt von Doberan fuhr zusammen. Wer dieser schöne Zisterzienser mit den leeren schwarzen Augen auch immer sein mochte, der Bischof und Herzog von Franken schien ihn zu kennen. Denn Gerhard fragte weder, wer er war, noch hatte ihn seine Verspätung überrascht.

13

Nicht einmal ein lahmer Greis hätte für den Weg vom Stadthof der Bronnbacher Mönche zum Judenplatz mehr Zeit gebraucht als fünf oder sechs Vaterunser. Jürgen lief schnell. Nach höchstens einem Paternoster war der Junge schon in der Häfnergasse. Dort hielt er inne. Ihn befielen aus heiterem Himmel Zweifel – wobei der Himmel alles andere als heiter war.

Der Laienbruder hatte nie etwas kennen gelernt, was man als unbeschwertes Leben bezeichnen konnte. Alles Bisherige war von Seufzen und Stöhnen begleitet gewesen: der Kampf des Vaters mit dem Boden, der nicht ihm gehörte, sondern dem Konvent, der Kampf mit dem darbenden Vieh, der Kampf mit Abgaben und Steuern, mit den ständigen Niederkünften der Mutter, die die Zahl hungriger Mäuler am Tisch trotz häufiger Todesfälle wachsen und immer nur wachsen ließen, und der Kampf mit den Schulden; der Vater war ungeheuer froh gewesen, als sein Sohn wenigstens als Konverse einen Platz im Kloster fand. Doch das Leben eines Konversen war kein Zuckerschlecken. Wie die Fratres arbeitete Jürgen im Weinberg des Herrn, allerdings mit einem gewichtigen Unterschied: Er machte die Arbeit, die Mönche sackten die Ergebnisse ein. Keinem der Brüder kamen die Erlöse persönlich zugute, das nicht, aber der Konvent wurde zumindest nicht ärmer, wenn Jungen wie Jürgen für ihn schufteten.

Aber Jürgen war glücklich im Kloster, wo sich der Konversenmeister und die Geistlichen um ihn, um sein Seelenheil und auch um seinen Bauch kümmerten. Ob man nun Laie, Novize oder Mönch war, man hungerte nicht. Und man war Teil einer auserwählten Gemeinschaft, die sich Gott sehr nahe fühlte. Gott nahe zu sein war mehr wert als ein gefüllter Magen. Jedenfalls im Grunde genommen.

Unlängst aber war etwas Schreckliches mit Jürgen geschehen. Nicht einmal in der Beichte hatte er es bekennen können, obwohl er es hätte tun müssen, aber er schämte sich zu sehr.

In Jürgens Träume hatte sich der Teufel eingenistet. Der Antichrist zeigte ihm Nacht für Nacht Dinge, die man nicht einmal im Traum anschauen durfte. Er zeigte ihm Gesichter. Er zeigte ihm langes Haar. Er zeigte ihm Hälse. Er zeigte ihm Brüste und den Weg von den Brüsten hinab zu etwas, das keinen Namen hatte. Und Nacht für Nacht begab sich ein unkontrollierbarer Teil von Jürgens Körper ins Namenlose. Nicht nur im Traum. Wenn Jürgen voll Lust und voll Angst erwachte, war die schmutzige und dünne Decke, unter der er schlief, an einer bestimmten namenlosen Stelle nass von Sünde.

Jürgen spürte schon seit langem etwas in sich, das ihn beunruhigte und mit Sorge erfüllte, das ihm Angst machte und das dennoch stärker war als jedes Gebot und jedes Gebet.

14

Nie und nimmer war der schwarzäugige Mönch neben Johannes von einem Kloster zum Generalkapitel entsandt worden. Ein Zisterzienser mochte dieser Bruder Angelus sein, aber einer der gering gebildeten, die nicht genau wussten, wovon sie sprachen. Sein Latein war grauenhaft, Deutsch beherrschte er kaum, dafür ein wenig Französisch. Angeblich war er Italiener und als Jüngling in die Abtei Chiaravalle della Colomba eingetreten. In Montpellier wollte er studiert haben, und da sein Herz für die Mystik schlug, wie er behauptete, habe der Papst seinem Wunsch entsprochen und ihm die Möglichkeit eingeräumt, seine Studien in Kaisheim fortzusetzen, das sich neben Heilsbronn vor geraumer Zeit zu einem Zentrum der Mystik im deutschsprachigen Raum entwickelt hatte.

Abt Johannes war der südländische Mönch nicht geheuer. Er fragte sich, warum sich der Papst mit der Lernbegier eines Ordensbruders befassen sollte, dessen Kenntnisse der Theologie einem zerrissenen Strumpf glichen: Sie bestanden vor allem aus

Löchern. Johannes fragte sich, wie sich jemand, der weder des Lateinischen noch des Deutschen mächtig war, ausgerechnet in der Zisterze Kaisheim der Mystik widmen wollte. Und er fragte sich, warum man einen solchen Mönch ausgewählt hatte, um die Abtei in Wien zu vertreten. Das Generalkapitel war eine Versammlung der Äbte, ein beliebiger Bruder hatte dort weder Sitz noch Stimme. Auch dass der Italiener mit acht Beschützern nach Würzburg gekommen war, war nicht dazu angetan, in ihm einen Freund zu sehen. Keiner der Klostervorsteher hatte mehr als zwei Konversen oder Novizen bei sich.

Das Gewitter hatte sich verzogen, Johannes' Misstrauen nicht. Es wurde noch verstärkt, als Bruder Angelus gegen den Avignoneser Benedikt zu wettern begann. Hierbei entwickelte er eine stärkere Leidenschaft als bei der Mystik, aber seine Ausfälle gegen Papst Benedikt, den er immer nur Pedro de Luna nannte, wurden von einer unerklärlichen Wut diktiert und nicht etwa von dem Wunsch, das unheilvolle Schisma möge ein Ende finden.

Abt Johannes blieb während des Gesprächs einsilbig. Während Frater Angelus vom Leder zog, schwieg er. Er hatte das Gefühl, der andere wolle nicht nur seine Ansichten verbreiten, sondern in erster Linie die Meinung seines Gesprächspartners in Erfahrung bringen. Johannes fühlte sich ausgehorcht, also nahm er zu Gemeinplätzen Zuflucht, wenn er zu einem Wort aufgefordert wurde und sich der Aufforderung nicht entziehen konnte.

Als Fürstbischof Gerhard von Schwarzburg die Tafel aufhob, atmete er auf. Zwar stand den Mönchen nun der gefährliche Rückweg durch die Stadt bevor, aber Johannes dachte vor allem daran, den lästigen Angelus endlich loszuwerden.

»Wo nimmst du Quartier, Bruder?«, wollte er wissen.

»Im Bronnbacher Hof«, erwiderte der falsche Kaisheimer.

Johannes erschrak. Er bemühte sich, seine Empfindungen nicht zu zeigen, und schaute dem Lügner ins Gesicht. Glatt und nichts sagend sah es aus. Abt Johannes schnürte die Angst die

Kehle zu. Der Mann, dessen Miene nichts verriet, konnte nur ein Mörder sein. Und auf Johannes hatte er es abgesehen.

15

Jürgen war ein schwacher Mensch, dem es nicht gegeben war, seine Lust zu zügeln. Allerdings war es selbst Heiligen nicht immer leicht gefallen, gegen die Anfechtungen der Sinne standhaft zu sein. Der Konversenmeister hatte den Laienbrüdern aus den »Bekenntnissen« des Augustinus vorgelesen, und mancher Satz hatte sich Jürgens Gedächtnis eingeprägt wie ein Brandmal. »Doch dermalen sind mir die Notdürfte lustlich, und wider dieses Lustliche kämpfe ich an, um nicht bestrickt zu werden, und einen täglichen Kampf führe ich dawider«, hatte der Kirchenvater geschrieben. »Aber indem ich von der Beschwer des Bedürfnisses übergehe zum Behagen der Stillung, ist es dieser Übergang, in dem die Schlinge der Begier auf mich lauert. Denn der Übergang selbst ist Lust, und es gibt doch keinen anderen als ihn, den zu gehen die Not erzwingt. Solchen Versuchungen ausgesetzt, führe ich einen täglichen Kampf wider das Gelüst.« Tag für Tag hatte der Heilige gegen die Gelüste ankämpfen müssen, was konnte man da von einem Knaben wie Jürgen verlangen? Denn heilig war er nicht und würde es nie werden.

Jürgens größte Schwäche indes hieß Jugend.

Auf dem Judenplatz kündeten Buden, Zelte und eine aus rohen Brettern errichtete Bühne von den Lustbarkeiten, die tagsüber hier stattgefunden hatten. Nun waren zwar die Buden und Zelte verwaist, die Gaukler und die fahrenden Spielleute hatten die Bühne geräumt, aber noch immer war viel Volk auf den Beinen. Der Chor der Marienkapelle, der den Sieg der Kirche über die Synagoge symbolisierte, überragte den Platz, der immer noch nach den längst vertriebenen Juden hieß. Im Jahre 1377 hatte Bischof Gerhard den Grundstein für den Chor gelegt, im August 1392 war er geweiht worden. Nun wurde am Langhaus gebaut, von dem aber bisher nur die Grundmauern standen.

Am Fuße des Chors hockten junge Leute auf dem blanken Boden. Es waren Gassenjungen, Handwerksburschen, Bettler und allerlei loses Gesindel, das laut unanständige Lieder sang und sich an Wein labte; zwar hatte das Stift Sankt Burkard in diesem Jahr wegen des Aufstands keinen Wein zum halben Preis ausgeschenkt, aber wer trinken wollte, fand immer eine kostengünstige Quelle. Die Lieder handelten allesamt von Weibern, von der Liebe, von Eifersucht, blutigen Liebeshändeln und dem Beischlaf. Allein das versetzte Jürgen in Erregung. Doch es wurde nicht nur von dem geheimnisvollen, dem unbekannten Geschlecht gesungen, es waren auch Mädchen da, dralle und schlanke, blonde, dunkle und rothaarige, Mädchen mit weichen Gesichtszügen und einer Haut, die Schwindel hervorrief. Mit klopfendem Herzen näherte sich der jugendliche Klosterbruder diesem Ort der Sünde und Verführung.

»Na, Mönchlein?«, rief ihm ein Gerbergeselle zu. »Suchst du Zerstreuung?«

»Bin kein Mönch«, murmelte Jürgen in seinen Flaum.

»Setz dich zu uns!« Die jungen Leute schufen Platz. »Als Mönch verstehst du sicher noch besser zu saufen als wir.«

»Bin kein Mönch«, wiederholte Jürgen etwas lauter.

»Umso besser«, sagte ein Mädchen, dessen Haare rot leuchteten wie das Höllenfeuer. Sie musste eine Hexe sein. Den Konversen überlief es heiß und kalt.

16

Auf dem Weg den Marienberg hinab, auf dem Weg durch die Fischersiedlung und über die Mainbrücke rang Johannes von Doberan mit sich. Er grübelte darüber nach, ob er den Mitbrüdern von seinem Verdacht gegen den Italiener berichten sollte oder nicht. Dieser und seine Begleiter hatten sich dem Zug der Mönche nicht angeschlossen. Schon vor ihnen hatte er die Burg verlassen, aus welchem Grund auch immer. Johannes fürchtete das Schlimmste. Dennoch schwieg er. Er wollte die Brüder nicht noch mehr beunruhigen und nahm sich vor, die ganze Nacht zu wachen. Schlafen würde er ohnehin nicht können, solange er Angelus in der Nähe wusste.

Während des Überschreitens der Mainbrücke hatte Eberhard II. von Amelungsborn auf Johannes einzureden begonnen. Ausgerechnet über den konziliaren Gedanken, wie er von den Theologen und Kirchenjuristen der Pariser Universität entwickelt worden war, wollte er sprechen. Sein Vorgänger, Abt Reinhard, war ein Verfechter dieses Gedankens gewesen, aber das erklärte nicht Eberhards ungewohnte Redseligkeit. Der frisch gebackene Amelungsborner Klostervorsteher hatte Angst. Er fürchtete Bruder Angelus und dessen Männer nicht, weil er von dem einseitigen Gespräch zwischen ihm und Johannes nichts wusste. Eberhard hatte Angst vor der Dunkelheit und vor dem Würzburger Mob, den er hinter dem Brückentor, in jeder Gasse, in jedem Torweg, hinter jeder Ecke auf der Lauer liegen sah. Mit seinem Reden, das sich auch jedem anderen Gegenstand hätten widmen können, hoffte er, die Furcht wegreden zu können.

»Es liegt doch auf der Hand«, sagte er, »dass nur eine Versammlung der Großen dieser Welt, der Kardinäle und Bischöfe, der Äbte und ... Nun, nicht dass ich uns zu den Großen dieser Welt zählen würde, das nicht ... Jedenfalls ... Ich meine ...« Eberhard II. hatte sich verhaspelt.

»Was meinst du?« Gottschalk von Dargun wandte sich um. Johannes und Eberhard waren auf der Brücke einige Schritte zurückgefallen, aber der Amelungsborner hatte so laut gesprochen, dass ihn jeder hören konnte.

»Nur eine Versammlung hoher und höchster Würdenträger ... geistlicher ebenso wie weltlicher ... Könige, Fürsten, führende Kleriker ... Nur ein Konzil wird letztlich der Spaltung der Mutter Kirche ein Ende bereiten, indem es beide Schismapäpste absetzt und einen neuen wählt.«

»Ja, Bruder Eberhard, das werden die Päpste gern mit sich machen lassen«, spöttelte Abt Dietrich von Reinfeld, dessen Ironie ebenfalls ein Ausdruck von Angst war.

»Mir würde es genügen«, sagte Johannes, »wenn Benedikt zurücktritt. Bonifaz bleibt alleiniger Papst in Rom, und …«

»Nie wird Benedikt seinen Stuhl räumen«, unterbrach ihn Eberhard. »Allein schon wegen der Einnahmen nicht, die ihm dann entgehen.«

Sie passierten gerade das Innere Brückentor. Die Wachsoldaten winkten sie durch.

»Also nur ein Konzil …« Eberhard blieb stehen. Von seinem Amtsbruder dazu gezwungen, musste auch Johannes innehalten.

»Glaubst du ernsthaft, die Päpste werden sich vor ein Konzil laden lassen? Sie werden es niemals anerkennen, Bruder Eberhard. Eine Versammlung von Christen, die meinen, sie könnten Päpste wählen und abwählen, kann es nach ihrem Verständnis nicht geben. In dieser Hinsicht unterscheiden sich Bonifaz und Benedikt nicht voneinander.« Abt Johannes verstummte. Soeben war er gewahr geworden, dass er sich mit Eberhard allein auf dem Platz vor dem Grafeneckart befand. Die Konturen des Rathauses und der Bürgerhäuser, die den Platz umgaben, waren allenfalls zu erahnen; das Gewitter war zwar weitergezogen, aber es hatte die schweren Wolken nicht mitgenommen. Weder der Mond noch die Sterne spendeten Licht. Nur die Fackel an der Stadtseite des Inneren Brückentores ermöglichte ihnen, überhaupt etwas zu erkennen.

»Oh, Gott!« Bruder Eberhard ergriff Johannes' Arm. »Wie dumm von mir. Ich wollte nicht … Bitte, lass uns eilen.«

»Wohin? Weißt du den Weg?« Johannes hätte sich lieber dem Schutz der Torwache unterstellt.

»So ungefähr«, sagte Eberhard. »Ich glaube … Wir müssen in die Gasse rechts vom Rathaus.«

In der Gasse sah man die Hand vor Augen nicht. Johannes und Eberhard gingen nicht, sie tasteten sich voran. Ihre Füße versanken bis zum Knöchel im aufgeweichten Straßenkot, aber das war ihnen egal.

Irgendwo weit vor sich hörten sie Stimmen, von denen sie

hofften, es seien die Stimmen ihrer Mitbrüder. Die Richtung schien zu stimmen.

Am Ende der Salzgasse flammte plötzlich ein Licht auf. Fünf Männer, groß und starr wie Stelen, versperrten den Weg. Einer hielt die Fackel. Die anderen hielten Messer.

VIERTES KAPITEL

Große Hoffnungen

1

Hermann Holthusen hatte beschlossen, seine Entscheidung aufzuschieben. Unter einem Himmel, der schwerer an sich trug als eine schwangere Frau, war er in die Stadt gelangt. Nürmperger erwartete ihn zum Abendessen. Doch Holthusen mochte diesen düsteren Abend nicht mit dem Würzburger Weinhändler verbringen, den er nach wie vor für zwielichtig und gerissen hielt. Es war ein Gefühl, das einer sachlichen Grundlage entbehrte.

In der Regel schadeten Gefühle dem Geschäft. Es war vollkommen unwichtig, ob man als Kaufmann einem gottesfürchtigen Partner Bier, Stockfisch und Salz verkaufte oder einem Mann, der mit dem Teufel im Bunde war, Hauptsache, man erzielte einen guten Preis. Aber wie immer man ein Geschäft abschloss, per Handschlag oder per Vertrag, ohne Vertrauen ging es nicht. Handschlag oder Vertrag waren nichts wert, wenn das Gegenüber verlogen, windig oder gar zahlungsunfähig war. Man konnte seine Rechte zwar einklagen, aber niemand konnte einem Betrüger, der sein Heil in der Flucht suchte, oder einem nackten Mann in die Tasche greifen.

Caspar Nürmperger sah nicht aus, als ob er fliehen wollte, und auch von Bargeld und Wertpapieren entblößt war er keineswegs. Trotzdem: Holthusen mochte ihn nicht. Irgendetwas war faul im Hause Nürmperger. Das spürte Hermann, und dieses Mal wollte er sich auf sein Gespür verlassen.

Vor allem aber hatte er Durst, unbändigen, quälenden Durst. In Randersacker hatte er zu viel Wein gekostet. Es half nichts, er musste noch mehr trinken. Als der Himmel explodierte, stürmte er in das Gasthaus *Grüner Baum*.

2

Das Weib war von seiner Natur sündig. Es verfügte nur über geringen Verstand, dafür jedoch über einen üppigen Leib, den zwar Gott geschaffen, aber der Teufel mit Reizen ausgestattet hatte. Der Körper eines Weibs war wie eine Landschaft. Es gab Berge und Täler, Ebenen und Höhlen. Jürgen berührte ängstlich eine der beiden höchsten Erhebungen. Seine Finger spazierten vorsichtig über den linken Gipfel. Das Mädchen stöhnte.

»Wo bleibt dein Stab?«, fragte es. »Dein Stab … dein Krummstab?«

Sie lagen in einem der Zelte nebeneinander auf feuchten, nach Pferdemist und Erbrochenem stinkenden Säcken, aber Jürgen nahm von dem üblen Geruch nichts wahr. Was in seine Nase drang, war allein der Duft des Weibes. Barbe, so hieß das Mädchen, stank nach Schweiß, Wein und den Ausscheidungen unzähliger Männer. Für Jürgen duftete sie wie eine Sommerwiese.

»Nur Äbte haben Krummstäbe«, flüsterte er. Seine Finger gingen spazieren, seine Lippen leckten das Ohrläppchen. Ein paar ihrer widerspenstigen Hexenhaare füllten seinen Mund.

»Da irrst du dich.« Barbe fasste ihn an. »Oh«, sagte sie, »er ist lang und stark wie ein Schlagbaum. Gib ihn mir! Aber gib mir auch einen und einen halben Pfennig!«

»Wie?« Das rothaarige Mädchen hatte Jürgen von Anfang an verwirrt. Nun war er vollkommen durcheinander.

»Du musst mich bezahlen, Mönch.«

»Ich bin kein …«

»Ja, ja, ich weiß.« Barbe schob ihn von sich. »Einen Pfennig? Du bist süß, ich mache dir einen besseren Preis.«

»Aber … ich … aber ich liebe dich doch«, stammelte Jürgen.

»Sprich nicht von Dingen, von denen du nichts verstehst«, sagte Barbe hart. »Du verwechselst Begierde und Liebe. Mich liebt keiner. Mich nimmt man.«

»Aber …«

»Kein Aber!«

»Ich habe kein Geld.«

»Nicht einmal einen halben Pfennig?« Die Unbeholfenheit und Not des jungen Beischläfers rührte die Hure, die nicht viel älter war als dieser unerfahrene Kuttenträger. Aber sie hatte schon mehr Männer gehabt, als sie Finger an den Händen und Zehen an den Füßen hatte – anders konnte sie es nicht ausdrücken, denn sie konnte nicht zählen.

»Ich bringe dir das Geld morgen«, gelobte Jürgen. Den halben Pfennig würde er seinem Abt stehlen müssen. Seinem Abt, den er über alles liebte, weil er ihn mitgenommen hatte auf die Reise nach Wien.

Vor allem natürlich liebte er Barbe.

»Wie willst du mich finden?«

»Du musst nur sagen, wo du morgen bist.«

»Überall und nirgendwo. Ich bin kein Mensch, Liebster, ich bin ein Stück Fleisch, das man mal hierhin, mal dorthin wirft.«

»Aber ...«

»Schon wieder!« Barbe streichelte Jürgens Brust. »Denk nicht so viel nach. Tu, was du möchtest. Ich brauche kein Mitleid. Ich will deinen Stab.«

»Ohne Geld?«

»Bring es mir morgen vor der Vesper auf die Brücke.«

3

Der Wirt des *Grünen Baum* gab sich untröstlich ob des Umstandes, dass ein so vornehmer Gast wie der Wismar'sche Kaufmann Holthusen nicht einmal eine Nacht in seinem Haus verbracht hatte. Zugleich spielte er den Verständnisvollen.

»Der Herr sind, wie man hört, bei einem allseits bekannten hiesigen Handelsmann untergekommen«, sagte er, »da können wir natürlich nicht mithalten. Wünscht Ihr zu speisen?«

»Was hast du denn zu bieten?«

»Rinderbraten mit Senf und Meerrettich. Und eine Schweinslende, zart wie ein Knabenhintern.«

»Ich nehme den Rinderbraten. Und Wein.«

»Das versteht sich von selbst«, sagte der Wirt und enteilte in Küche und Keller.

Wegen des Unwetters war der *Grüne Baum* ziemlich leer. Holthusen hatte einen Tisch für sich. An einem der Nachbartische saßen drei Kaufleute, die ihn interessiert musterten. Sie steckten die Köpfe zusammen und fällten ein Urteil. Holthusen beneidete sie darum. Einer der Männer erhob sich und trat zu ihm.

»Ihr kommt aus Wismar, heißt es?«

»Das ist richtig.«

»Nehmt Ihr es übel, wenn wir uns zu Euch setzen?«

»Nicht im Geringsten.«

»Danke.« Der Kaufmann winkte seinen Trinkgefährten zu. Auch sie kamen an Holthusens Tisch. »Mein Name ist Mertein Baldauf«, stellte sich der Kaufmann vor und zeigte auf seine Freunde. »Das sind Brun Eichhorn und Simon Mittenzwey. Ich bin Holzhändler. Brun verdient sein Geld mit Getreide und Leinen, Simon vorwiegend mit Frankenwein.«

»Umso willkommener seid Ihr mir«, sagte Holthusen.

»Ihr seid an Wein interessiert?«, fragte der Mann, der Mittenzwey hieß, sofort.

»Lasst uns erst einmal trinken«, schlug Holthusen vor.

»Unbedingt.« Mittenzwey nickte.

»Ihr habt eine weite Reise hinter Euch«, sagte Mertein Baldauf. »Was ist los in der Welt?«

»Das frage ich mich auch«, bekannte Holthusen. »Kann man die Welt noch verstehen? In Wismar ist es ruhig. In Würzburg hingegen …«

»Ach, bleibt mir mit diesen Undingen vom Leib«, verlangte Baldauf. »In unserer Heimatstadt regiert der Wahnsinn. Aber was soll's, bald stehen die Türken vor den Mauern, und dann geht sowieso alles zugrunde.«

»Wie du redest!« Der Getreidehändler und Wandschneider Eichhorn schüttelte den Kopf. »Sigismund, der Bruder unseres Lützelburger Königs, der selbst König von Ungarn ist, hat im letzten Jahr bei Nikopolis einen Sieg über die Türken errungen.«

»Er hat sie aufs Haupt geschlagen, mein Freund.« Baldauf nahm einen Schluck Wein. Holthusen schaute ihm sehnsüchtig zu. »Zwischen Aufs-Haupt-Schlagen und Enthaupten besteht ein kapitaler Unterschied.«

Hermann Holthusen wurde erlöst. Der Wirt brachte ihm einen Krug und einen Becher. Simon Mittenzwey lächelte.

»Gleich geht es Euch besser«, sagte er. Holthusen sah offenbar sehr schlecht aus.

»Ich habe gestern einen Brief aus Venedig erhalten«, sagte Baldauf und spreizte sich mit seinen weitläufigen Verbindungen. »Die Turbanträger haben Athen erobert.«

»Was geht es uns an? Athen ist weit weg.«

»Ja, so denken alle: Athen ist weit weg. Dass ich nicht lache ... Wartet nur ab! In zwei, drei Jahren steht an der Stelle des Doms eine Moschee.«

»Die Muselmanen haben doch auch einen Gott«, meinte Mittenzwey.

»Nur einen, wie wir. Sie nennen ihn Allah.« Baldauf gab mit seinem Wissen an. Holthusen trank. Der Wein war zweitklassig, aber genießbar.

»Nun, dann setzen wir uns eben mohammedanische Hüte auf ...«

»Turbane.«

»Wie auch immer.« Simon Mittenzwey legte seine rechte Hand auf Holthusens Arm. »Es gibt bessere Tropfen«, sagte er leise.

»Ohne Zweifel.«

»Wir setzen uns Turbane auf und machen weiterhin unsere Geschäfte«, sagte Mittenzwey laut. Blitz und Donner unterstrichen seine Worte. »Die Muselmanen sind ein ebenso gutes Handelsvolk wie die Juden. Warum muss man sie vernichten? Alle Kreuzzüge, die groß begannen, sind klein gescheitert. Ich muss das Heilige Grab nicht erobern. Das wollen nur betrunkene Päpste ... Nein, wenn ein Türke oder ein Araber vor meiner Tür steht und etwas kaufen will, dann verhandeln wir. Ob nun unter einem Sankt-Andreas-Dom oder unter einer Sankt-Allah-Moschee, ist mir ziemlich gleichgültig. Menschen, die Waren anzubieten haben, verstehen sich immer.«

»Du redest gottlos«, schimpfte Brun Eichhorn.

»Ich rede wie ein Kaufmann«, sagte Simon Mittenzwey. Holthusen mochte ihn. »Ich rede als Kaufmann, der hundert Mal erfolgreicher ist als du.«

4

Die Torwachen wurden durch einen kurzen, aber durchdringenden Schrei alarmiert. Manchmal schrien Betrunkene in der Nacht. Der Torwächter Apel Kniescheibe, der seit mehr als zehn Jahren Dienst am Inneren Brückentor versah, konnte die Schreie eines Betrunkenen von Todesschreien auf Haaresbreite unterscheiden. Irgendwo in der Nähe des Grafeneckart schrien Menschen um ihr Leben. Wenn Menschen um ihr Leben brüllten, hatte man erfahrungsgemäß wenig Zeit, sie zu retten.

Apel Kniescheibe kannte die Abläufe. Er schickte einen Wächter zum Schultheißen Weibeler, der für die Kriminalsachen zuständig war. Unter gewöhnlichen Umständen hätte er um bewaffnete Hilfe vom Marienberg gebeten, aber da das Verhältnis zwischen Rat und Landesherrn gespannt war, verzichtete er darauf. Mit zweien seiner Untergebenen rannte er, die Pechfackel in der einen, das gezückte Schwert in der anderen Hand, in die Salzgasse.

Im Schlamm, den das Gewitter verursacht hatte, lagen zwei Zisterzienser. Der eine verblutete aus einer tiefen Wunde an der Kehle. Er atmete kaum mehr. Der andere starrte ihn aus aufgerissenen Augen an. Sein Gewand war blutig.

»Nun müssen auch die Bürgermeister kommen«, ordnete Apel Kniescheibe an.

»Warum? Geistliche werden doch fast jeden Tag getötet«, meinte Wendel Bauchspieß.

»Weil es Gäste sind, du Dummkopf. Gäste genießen das Gastrecht. Lauf und hole sie.«

»Wen?«

Ein Faustschlag streckte den Dummkopf nieder. Apel Kniescheibe kannte die Abläufe. Widerspruch und Unwissenheit sahen die Bestimmungen nicht vor.

5

Die Frau, die bei ihm lag, war ein Geschenk. Sie schlief. In einem gleichmäßigen Rhythmus hob und senkte sich ihre Brust, die nur wenig gewölbt war. Die Frau war ein Mädchen, zwölf Jahre alt.

Sie war Frau genug, um einen Papst zu befriedigen.

Benedikt XIII. betrachtete sie von der Seite. Manchmal zuckte ihr Bein, weil sie träumte. Die Beine von träumenden Katzen zuckten auch.

Im Papstpalast von Avignon wimmelte es von Katzen. Benedikt hatte die Order erlassen, sie gut zu füttern. Weiber, Katzen und Kardinäle waren nur treu, wenn man sie speiste.

Der Bischof von Arles, einer der größten Hundesöhne unter der Sonne, hatte das Mädchen, nachdem er es ausgiebig benutzt hatte, seinem Papst vermacht. Benedikt hatte es behandelt wie eine Tochter. Allgemein hielt man ihn für kaltschnäuzig und brutal. Kaltschnäuzig und brutal war er auch, aber nicht, weil er wollte, sondern weil er musste. Der Franzosenkönig Karl VI. setzte mit Rücksicht auf seinen Erbfeind England alles daran, dem Papst von Avignon den Garaus zu machen. Notfalls, so meldeten die Informanten, würde er den Papstpalast belagern und beschießen lassen, um Benedikt aus ihm zu vertreiben.

Benedikt XIII. ließ sich nicht vertreiben. Er nicht.

Jemand klopfte zaghaft an die Tür. Der Papst hatte befohlen, dass man ihn nur mit wichtigen Nachrichten stören dürfe, also musste derjenige, der da klopfte, entweder eine wichtige Nachricht zu überbringen haben oder lebensmüde sein. Am Hofe des Papstes war man nicht lebensmüde. Man lebte üppig vom Geld der Steuerzahler. Man lebte auch in beständiger Angst, in Ungnade zu fallen, und diese Angst war berechtigt. Benedikt schürte sie. Nur wenn sie sich auf Furcht gründete, war Macht stabil.

Benedikt XIII. wickelte sich in einen Umhang und öffnete die Tür. Ein reitender Bote stand davor.

»Heiligkeit!« Er verbeugte sich.

»Mach schnell«, befahl der Papst. »Welche Botschaft bringst du? Gute, hoffe ich.«

»Botschaften von Charles de Montpellier, Heiligkeit. Todesbotschaften.«

»Dann sind es gute Nachrichten«, sagte der Papst und lächelte.

6

»Ich verstehe Euch, lieber Hermann«, sagte Simon Mittenzwey und winkte dem Wirt. Nachdem das starke Gewitter sich verzogen hatte, waren Mertein Baldauf und Brun Eichhorn gegangen. Holthusen und Mittenzwey hatten weitergetrunken, und nach dem vierten oder fünften Becher hatte Hermann seinem Gegenüber das Herz ausgeschüttet. »Ich sehe ein, dass Ihr eine schwere Entscheidung zu fällen habt. Folgt Eurer Intuition! Ihr misstraut Nürmperger – ich will Euch nicht beeinflussen, aber ich denke, dass dieses Misstrauen begründet ist. Die Weine vom Mönchshof in Randersacker sind gewiss über jeden Zweifel erhaben. Doch das sind meine Weine auch. Ich bitte Euch, sie zu kosten. Ganz unverbindlich.«

»Ja, mein Herr?«, fragte der Wirt.

»Bring uns noch einen Krug.«

»Sofort, mein Herr.« Der Wirt lief in den Keller.

»Kann ja nicht schaden«, erwiderte Holthusen. Die Zunge lag ihm wie ein Fremdkörper im Mund. Auch wog sie mehr als gewöhnlich.

»Sag ich doch.« Simon tätschelte Holthusens Arm. Er gehörte zu jenen Menschen, die kein Gefühl für die gebotene Distanz zwischen Männern hatten und den anderen immerfort anfassten. Holthusen mochte solche Leute eigentlich nicht. Doch wen mochte er überhaupt?

Der Wirt brachte den Wein und füllte die Becher.

»Lasst uns auf Eure Gesundheit trinken«, schlug Mittenzwey vor. »Wenn der Krug leer ist, gehen wir zu mir.«

»So sehr will ich Nürmperger nicht vor den Kopf stoßen«, sagte Hermann.

»Ihr tatet es doch bereits, als Ihr seiner Einladung zum Abendessen nicht Folge geleistet habt.«

»Das kann ich mit dem Unwetter erklären. Ich musste mich irgendwo unterstellen …«

»Das vielleicht. Aber musstet Ihr auch irgendwo Wein trinken?«

»Nun ja …« Holthusen wand sich.

»Ganz unverbindlich, Hermann. Ihr müsst mit mir nicht abschließen, wenn Ihr auch nur ein Tröpfchen Wermut in meinem Wein findet.«

»Na ja, gut.« Hermann langte nach seinem Becher. »Gut, so soll es sein.«

7

Zwei oder drei Mal hatte er das Fieber gehabt, aber ansonsten war Jürgen kerngesund. Nun jedoch war er krank wie noch nie. Er warf sich auf seiner Pritsche im Schlafsaal hin und her, während Frostschauer seinen Körper überliefen. In seinem Hirn kreisten nicht etwa die Gedanken, denn denken konnte er nicht. Alles kreiste und wirbelte durcheinander. Am schlimmsten jedoch wühlte die Krankheit in seinem Magen.

Verzweifelt schluckte der junge Mann die ätzenden Säfte hinunter. Es hatte keinen Zweck, er konnte sie nicht bei sich halten. Unter heftigem Röcheln erbrach er sich.

»'s los?«, fragte der neben ihm ruhende Bruder, den er aus dem Schlaf gerissen hatte.

»Muss kotzen«, flüsterte Jürgen. Ein neuer Strahl übel riechender Säure ergoss sich auf den Boden. Der Konverse war froh, dass er in der Dunkelheit die Farbe des Erbrochenen nicht sehen konnte.

»Ja, ja, trinken wie ein Mann und vertragen wie ein Säugling«, murmelte der Bruder indigniert. Er war nur ein oder zwei Jahre älter als Jürgen.

»Ich habe ein Mädchen gehabt«, sagte der Knabe stolz.

»Was?« Der Bruder war sofort hellwach. »Wie war es?«

»Ich weiß nicht ...«

»Das weißt du nicht? Ja, bist du denn blöd?«

»Es war ... na ja, irgendwie ... berauschend.«

»Da geht der Kleine nur mal eben so in die Stadt, und gleich hat er ein Weib.« Der Bruder vermochte seinen Neid nur schlecht zu verbergen. »Es ist Sünde, mein Lieber. Du wirst aus deinem Kloster fliegen.«

»Wenn ich es ehrlich bekenne und beichte, wird man mir verzeihen.« Davon war Jürgen überzeugt. Das Abenteuer mit Barbe war zu schön gewesen, als dass es eine schwere Strafe nach sich ziehen durfte. Im Übrigen hatte Gott ihn bereits bestraft: mit schwerem Unwohlsein und Übelkeit.

Nein, die Liebe zu einem Mädchen war eine lässliche Sünde. Viel schwerer wog, dass Jürgen seinen Abt würde bestehlen müssen, denn Barbe verlangte Geld. Bereits jetzt, da er an die unausgeführte Tat nur dachte, schämte sich Jürgen in Grund und Boden. Sein Körper reagierte auf die Scham mit erneutem Fieberfrost und einer weiteren Brechattacke.

Unten im Hof gab es Geschrei. Jürgen fuhr auf.

»Was ist das?«

»Woher soll ich das wissen?« Der Bruder kehrte Jürgen den Rücken zu. »Da kommt so ein Kerl aus irgendeiner blöden Stadt namens Wismar nach Würzburg, und sofort reißt er ein Mädel auf. Ich glaub's nicht. Nein, nimmermehr.« Und er schlief ein, wütend und neidisch.

Rufen, Hufgetrappel und Laufen auf dem Hof nahmen kein Ende. Jürgen sprang aus dem Bett, durchquerte barfuß den Schlafsaal und stürzte die Stiege hinab. Nachdem er sich mehrmals erleichtert hatte, ging es ihm wieder so gut, dass die Neugierde die Oberhand über ihn gewann. Obgleich er am Abend wider die Regel zum Mann geworden war, so war er im Herzen immer noch ein Kind.

8

»Was will dieser Franzose in Würzburg?«, fragte Graf Gerhard. Er trug ein Schlafgewand, war aber wach wie zu jeder Stunde des Tages: Ein Fürstbischof schlief in unruhigen Zeiten sozusagen mit offenen Ohren.

»Ich weiß es nicht, Ehrwürden«, sagte die Hure Barbe.

»Wofür bezahle ich dich? Wofür, dummes Luder?«

Barbe nahm all ihren Mut zusammen.

»Ihr zahlt schlecht, Herr.«

»Ach, du willst feilschen? Das kannst du haben. Zwanzig oder dreißig Peitschenhiebe?«

»Aber Herr!« Barbe wich vor Gerhard zurück wie der Teufel vor dem Weihwasser.

»Das sollte ein Scherz sein, Mädchen«, sagte der Fürstbischof versöhnlich und steckte ihr zwei Schwarzburger zu. Jahrelang hatte er versucht, die nach seiner Familie benannte hochwertige Münze im Hochstift durchzusetzen, aber er war gescheitert. Nicht nur der Bauer, auch der Kaufmann lehnte ab, was er nicht kannte. Gerhard hatte es wirklich mit unterentwickelten Untertanen zu tun – so dachte er.

»Wie war der Franzose im Bett?«

»Gierig. Er ist ein starker und gewalttätiger Mann.«

»Er will den Weibern Schmerzen zufügen, nicht wahr?«, fragte Gerhard lüstern.

»Und wie«, schwärmte Barbe.

»Aber er redet nicht viel?«

»Er hält sich bedeckt, Ehrwürden.«

»Dann führt er etwas im Schilde«, sagte der Herzog von Franken. »Männer, die nicht einmal mit Huren sprechen, sind suspekt.«

»Soll ich …?«

»Natürlich sollst du. Dafür erhältst du deinen Lohn. Ich brauche dich, damit du die Zugeknöpften aufknöpfst.«

»Bei dem Franzosen wird es schwer«, sagte Barbe.

»Ich habe es verstanden«, sagte Gerhard. »Deine Forderung ist akzeptiert.«

»Ich habe doch noch gar nicht …«

»Wenn du mir bringst, was ich wissen will, mache ich dich zur reichen Frau. Und nun geh! Man wird dich auf dem Weg hinausführen, auf dem du gekommen bist. Wache!«

9

»Bitte, ehrwürdiger Vater!« Jürgen hielt die eiskalten Hände seines Abts und weinte hemmungslos. »Ich habe schwere Schuld auf mich geladen … Ehrwürdiger Vater! Verzeiht mir! Bitte, sterbt nicht!«

»Nun geh doch fort«, herrschte ihn der Hofmeister an. »Das ist jetzt Sache des Arztes und … vielleicht auch Sache … Braucht er die Sakramente?«

»Das kann ich erst beurteilen, wenn ich ihn untersucht habe«, sagte der Wundarzt mit dumpfer Stimme und schob Jürgen beiseite.

Torwächter Apel Kniescheibe, Schultheiß Hans und Bürgermeister Engel Weibeler hatten sowohl den schwer verletzten Abt Johannes als auch Eberhard II., für den jede Hilfe zu spät kam, in die Bronnbacher Kurie bringen lassen. Sie hatten auch die Scharwacht ausgeschickt, damit diese die Stadt durchkämmte auf der Suche nach den Mördern. Abt Johannes stöhnte, als der Wundarzt ihm die Kleider aufschnitt.

»Vater!«, schrie Jürgen.

»Was ist geschehen?« Frater Angelus und einer seiner Begleiter stürmten in das Krankenzimmer.

»Nein«, flüsterte Johannes.

»Nun reicht es«, sagte der Arzt. »Das ist keine Aufführung für ein Publikum. Lasst mich mit dem Verwundeten allein!«

»Wer hat das getan?«, wollte Angelus wissen.

»Nicht … dieser«, flüsterte Johannes. »Dieser … er …«

»Strengt Euch nicht an«, bat der Arzt. »Kein Wort … Hofmeister?«

»Ja?«

»Bringt mir heißes Wasser. Und Tücher für eine Kompresse. Er wird mit dem Leben davonkommen.«

»Bist du sicher?«

»Nein. Aber alle sollen hinausgehen. Ich rufe, wenn ich etwas brauche.«

»Habt ihr gehört?« Der Procurator curiae wandte sich an Jürgen, Angelus, die Vertreter der Stadt und die Mönche, die sich im Krankenzimmer aufhielten. »Wartet im Hof!«

10

»Ich habe gesündigt.« Jürgen hockte auf dem Brunnenrand und weinte immer noch. Er war jetzt vollkommen nüchtern. »Gesündigt, ja! Warum straft Gott nicht mich?«

»Was tatest du denn, mein Sohn?«, fragte Angelus in gebrochenem Deutsch. Der Mönch hatte sich zu Jürgen auf den Brunnenrand gesetzt.

»Euch kann ich es nicht bekennen. Nur ihm.« Der Konverse zeigte auf die Tür der Krankenstube.

Torwächter Kniescheibe, Schultheiß Weibeler und der Bürgermeister gleichen Namens standen abseits. Sie sprachen leise miteinander, doch Jürgen und Angelus konnten sie verstehen – im Falle von Angelus zumindest hören.

»Die Täter müssen noch in der Stadt sein«, sagte Kniescheibe.

»Weil die Tore geschlossen sind?«, stellte Hans Weibeler eine rhetorische Frage.

»Eben drum.«

»Vielleicht waren es Aufständische«, überlegte der Bürgermeister.

»Wenig wahrscheinlich. Die Einheimischen sind während der Kilianimesse meistens betrunken.«

»Also ich bin es nicht«, sagte der Bürgermeister.

»Ich auch nicht«, sagte der Schultheiß. »Davon abgesehen, gerade Betrunkene könnten eine solche Tat ausgeführt haben.«

»Aus ihrer Trunkenheit heraus«, fügte der Bürgermeister hinzu.

»Ich habe gesündigt«, flüsterte Jürgen. »Lasst mich sterben.«

»So schnell stirbt es sich nicht«, meinte Angelus und strich Jürgen unbeholfen über den Kopf. Der Arzt trat aus dem Krankenzimmer, der Hofmeister folgte ihm.

»Wie geht es dem Abt?«, wollte Hans Weibeler wissen. Der Wundarzt zuckte die Schultern.

»Er meint, die Attentäter seien Mönche gewesen.« Mit einem Seitenblick streifte er Angelus. »Mönche, meine Herren. Wie abscheulich.«

»Hat er Namen genannt?«, fragte Bürgermeister Engel Weibeler.

»Das hat er. Aber es ist nur eine Vermutung. Nach Sonnenaufgang komme ich wieder.« Der Arzt verließ den Hof.

»Bruder Angelus?«, sagte der Hofmeister mit einer kalten, schneidenden Stimme.

»Oui?«

»Ihr dürft die Curia nicht verlassen.«

»Du bist Konverse, Prokurator.«

»Aber hier befehle ich. Ihr steht unter Hausarrest.«

»Ihr?« Jürgen rückte von dem fremden Mönch fort.

»Ich habe nichts getan«, sagte Angelus.

»Man wird Euch Gelegenheit geben, Eure Unschuld zu beweisen. Bürgermeister?«

»Apel Kniescheibe übernimmt die Bewachung«, sagte Engel Weibeler.

»Stets zu Diensten, meine Herren. Schickt mir meine Leute.«

»Das soll geschehen«, erwiderte der Bürgermeister.

»Ihr?« Jürgen starrte Angelus von der Seite an.

»Ich war es nicht, Junge. Nicht ich. Mein Auftrag ... Du

liebst deinen Abt wohl sehr?« Angelus versuchte, Jürgen in den Arm zu nehmen. Der Konverse schrie auf.

»Rührt mich nicht an!«

»Du wirst schon noch begreifen, dass ich es nicht gewesen sein kann.«

»Rührt mich nicht an!« Jürgen heulte Rotz und Wasser.

»Folgt mir!«, befahl Apel Kniescheibe dem Mönch. Angelus sprang vom Brunnenrand.

»Wohin?«

»Euer Platz befindet sich im Karzer.«

»Ich habe nichts getan.«

»Ich weiß. Seitdem ich Torwächter bin, habe ich es nur mit Tätern zu tun, die nichts getan haben. Die meisten wurden gehenkt. Los jetzt!«

»Nein!«

Bevor Apel Kniescheibe überhaupt einen Gedanken fassen konnte, hatte er ein Messer an der Kehle. Aus den Nebengebäuden stürmten acht Bewaffnete auf den Hof.

»Ihr macht einen Fehler«, sagte Kniescheibe.

»*Ihr* macht einen Fehler!« Frater Angelus ließ seinen Blick in die Runde schweifen. Der Hofmeister, der Schultheiß und der Proconsul waren erstarrt. »Ich will freien Abzug aus der Stadt.«

»Kann ich Euch nicht garantieren«, sagte Bürgermeister Weibeler. »Der Stadtherr ist der Bischof.«

»Mit dem ihr in Fehde liegt.«

»Ihr habt keine Chance. Seine Truppen werden Euch verfolgen.«

»Werden sie nicht.« Angelus lächelte. »Bekenne deine Sünden, wenn dein Abt wiederhergestellt ist«, sagte er zu Jürgen.

»Wenn Ihr Euch so sicher seid ... Hofmeister, öffnet das Tor.«

11

Barbe mochte die hartherzigen und grausamen Männer, die nicht in sie eindrangen, weil sie sie liebten, sondern weil sie irgendwo eindringen wollten. Sie mochte diese Männer, weil sie ihre Seele nicht berührten.

Der kleine Mönch jedoch, der kein Mönch war, hatte ihre Seele berührt.

Anfänger waren immer behutsam. Anfänger hatten immer Angst. Aber irgendwann wurde auch ein Anfänger grob und viehisch. Der kleine Mönch war es nicht geworden.

Noch nie in ihrem Leben hatte Barbe so viel Zärtlichkeit erlebt.

Auf der Mainbrücke lehnte sich das Mädchen auf die Brüstung. Der Fluss, der keine Seele hatte, sprudelte um die Pfeiler. Der kleine Mönch, der kein Mönch war, ging ihr nicht aus dem Kopf.

Die Finessen des klösterlichen Lebens überforderten ihren Verstand. Wer eine Kutte trug, war für sie ein Ordensgeistlicher. Zwischen Mönchen, Konversen und Novizen vermochte sie nicht zu unterscheiden. Jürgen hatte ihr erklärt, dass er ein Konverse sei. Was immer das bedeuten mochte – Barbe war zum ersten Mal in ihrem Leben verliebt.

»Was tust du hier, Mädchen?«, herrschte sie ein Brückenwächter an.

»Ich träume.«

»Es ist Nacht, Kind. Niemand darf sich um diese Zeit …«

»Hier!« Barbe reichte dem Brückenwächter das Pergament, das ihr der Bischof ausgestellt hatte. Was Graf Gerhard geschrieben hatte, wusste sie nicht.

»Ach, du bist ein Liebchen unseres Stadtherrn?« Der Wächter zog sein Gesicht in die Breite. »Wir Stadtbewohner sind gerade nicht gut Freund mit deinem Beschäler, Häschen. Ich denke, ich muss dich fesseln und in den Turm bringen.«

»Was willst du?«

»Mach die Beine breit! Dann lasse ich dich laufen.«

Barbe öffnete ihr Heiligtum. Bevor der Wächter in sie eindringen konnte, erstach sie ihn.

12

Gerhard Graf von Schwarzburg konnte nicht schlafen. Es war weit nach Mitternacht, als er seinen Schreiber zu sich rief. Der Schreiber kam sofort; am bischöflichen Hof war man daran gewöhnt, zu jeder Tages- und Nachtzeit gerufen zu werden.

»Ich möchte einen Brief an die Bürger meiner Stadt Würzburg schreiben.«

»So tut es, Herr.«

»Ja, ich tue es.« Gerhard schritt nachdenklich auf und ab.

»Beginnen wir wie üblich?«

»Wie üblich«, bestätigte der Fürstbischof.

»Wir Gerhard von Gottes Gnaden Bischof zu Würzburg tun kund jedermann, Pfaffen und Laien, Armen und Reichen, in unserer Stadt Würzburg gesessen, dass …?«

»So können wir anfangen«, sagte Gerhard milde.

»Was wollt Ihr Eurer Stadt denn mitteilen, Herr?«

»Keine Ahnung.«

»Ihr wisst es nicht?«

»Nein. Trinkst du ein Glas Wein mit mir?«

»Ich bin Euch untertan, Herr. Ich mache alles, was Ihr befehlt.«

»Gut. Hast du ein Weib?«

»Ein Weib, Herr, und sieben hungrige Kinder, deren Mäuler ich stopfen muss.«

»Das ist eine große Verantwortung, nicht wahr?«

»Eine sehr große, Herr.«

»Auf meinen Schultern lastet die Verantwortung für das gesamte Hochstift.«

»Ich weiß, Herr.«

»Natürlich berät mich das Domkapitel. Die Herren Domkapitulare beraten mich mal so und mal so. Aber wer trifft die

Entscheidungen? Wer muss am Ende vor Gott und den Menschen dafür geradestehen? Ich.«

»Ihr entscheidet immer richtig, Herr.«

»So ein Blödsinn! Du musst mir nicht nach dem Munde reden … Natürlich mache auch ich Fehler. Ich bin ja nicht unfehlbar wie der Papst.«

»Welcher Papst?«

»Gute Frage.« Graf Gerhard schlug dem Schreiber auf die Schulter. Dann schenkte er Wein ein.

»Und ist der Papst, welcher auch immer, wirklich unfehlbar?«

»Der Papst, welcher auch immer, wäre es gern. Komm, Schreiber, ich mache dir heute den Dienstboten. Hier ist dein Becher.«

Der Schreiber Conrad Apffel hatte seinen Bischof lange nicht so gelöst und heiter erlebt. Vorsichtig nahm er einen Schluck.

»Ihr seid fröhlich, Ehrwürden«, stellte er fest.

»Ja, irgendwie schon. Obwohl ich keinen Grund zum Fröhlichsein habe. Ich werde Krieg führen müssen. Ein Krieg ist teuer.«

»Schreiben wir denn noch den Brief?«

»Der mit ›Wir Gerhard von Gottes Gnaden Bischof zu Würzburg etc. pp.‹ beginnt? Nein, den schreiben wir wohl nicht.« Graf Gerhard lachte. »Ich wollte einfach mal mit einem ehrlichen Mann reden.«

»Ihr denkt, dass ich ehrlich bin?«

»Jedenfalls bis du einer der wenigen an meinem Hof, die mir nicht gefährlich werden können. Wie viel verdienst du?«

»Weniger, als Ihr glaubt, Herr.«

»Ich lasse deinen Lohn verdoppeln.«

»Danke, Ehrwürden.« Nachts von seinem Arbeitgeber zu einem Diktat gerufen worden zu sein, das gar nicht stattfand, hatte sich für Conrad Apffel scheinbar gelohnt.

Ein Wächter betrat das Arbeitszimmer. Gerhard von Schwarzburg verdrehte die Augen. Er hatte nicht die geringste

Lust, sich zu dieser Stunde mit den Angelegenheiten des Hochstifts zu befassen, aber wenn ein Wächter ihn störte, dann hatte das seinen Grund.

»Was ist?«, fragte Gerhard ärgerlich.

»Dieser Mönch, dieser Frater Angelus, und seine Leute begehren Einlass.«

»Jetzt?«

»Ja, Herr. Sie wirken irgendwie … verstört.«

»Für verstörte Mönche bin ich nicht zuständig.«

»Es hat wohl einen Mord gegeben unten in der Stadt«, sagte der Wächter.

»Wäre ja nicht der erste«, meinte der Bischof.

»Zwei Äbte wurden getötet. Nein, falsch, nur ein Abt. Der andere ist verletzt.«

»Himmelherrgottnochmal! Uns bleibt aber auch nichts erspart. Ja, nun bringt ihn schon her!«

»Zu Befehl, Ehrwürden!« Der Wächter verließ den Raum.

»Schreiber!«

»Ja, Herr?«

»Ich bedarf deiner nicht mehr.« Auch der Schreiber Conrad Apffel ging. Die Gehaltserhöhung hatte Gerhard vergessen.

13

»Nun, was sagt Ihr?«

Hermann Holthusen war viel zu betrunken, um ein Urteil abgeben zu können. Als höflicher Mensch lobte er den Wein.

»Irgendwie … er schmeckt … er ist natürlich ausgezeichnet … er schmeckt etwas erdig.«

»Das gehört zu seinem Charakter, lieber Hermann«, sagte Simon Mittenzwey. »Weine sind wie Menschen. Jede Rebsorte hat ihre besonderen Eigenschaften.«

»Ohne Zweifel«, sagte Hermann. Er wollte nur noch eins: ins Bett.

»Ich glaube, ich sollte Euch einen leichteren Tropfen anbieten«, sagte Mittenzwey und eilte geschäftig zwischen den

Fässern hin und her. »Diesen hier vielleicht.« Er klopfte gegen ein Fass. »Ja, genau!«

»Simon, ich bin müde.«

»Oh, verzeiht mir! Wir können die Weinprobe ja morgen … Ihr übernachtet doch bei mir?«

»Ich … ich … weiß … nicht …«

»Ich habe sehr vornehme Gäste im Haus, einen Kaufmann aus Burgund mit seinem Gefolge. Aber für Euch findet sich selbstverständlich ein Platz. Zu dieser Stunde lasse ich Euch nicht allein durch die Stadt gehen. Die Scharwacht würde Euch aufgreifen und ins Verließ sperren …«

»Ich …«

»Nein, Hermann. Nur Ratmänner dürfen jetzt noch das Haus verlassen, wenn sie etwas in städtischen Dingen zu besorgen haben.«

»Ich bin Ratmann.«

»Ja, in Wismar. Nicht in Würzburg. Ihr bekommt ein tadelloses Bett.«

14

»Sie halten mich für den Täter, Ehrwürden«, sagte Bruder Angelo. »Aber Bonifaz hat mich zum Schutz der Äbte ausgesandt und nicht, um sie zu töten.«

»Ist mir bekannt.« Graf Gerhard tippte auf den Schreibtisch. »Bonifaz hat mir geschrieben und mich gebeten, dich nach Kräften zu unterstützen. Aber im Augenblick habe ich keinen Einfluss auf die Geschehnisse in der Stadt. Was soll ich also tun?«

»Beherbergt mich und meine Leute.«

»Von der Burg aus werdet ihr die Äbte schwerlich beschützen können«, sagte Gerhard nicht ohne Ironie.

»Mir bleibt nichts anderes übrig. Ich will nicht gehenkt werden …«

»Wer verliert schon gern seinen Kopf. Steckt dieser angebliche Burgunder hinter den Anschlägen? Dieser Mann, der sich für einen Kaufmann aus Dijon ausgibt?«

»Ist ein solcher Mann in der Stadt?«

»Allerdings.«

»Wie nennt er sich?«

»Karl.«

»Dann ist es Charles de Montpellier«, mutmaßte Angelo.

»Benedikts rechte Hand?«

Angelo nickte.

»Sein Mann für die schmutzigen Geschäfte«, sagte er.

»Er steht unter Aufsicht, mein Lieber.« Der Fürstbischof lehnte sich zurück.

»Ihr beaufsichtigt ihn?«

»Ich bin der Herr des Hochstifts Würzburg. Das solltest du nicht vergessen. In diesen kritischen Zeiten stehen alle Fremden unter Beobachtung.«

»Auch ich?«

»Womöglich.« Gerhard grinste.

»Dann wisst Ihr, dass ich unschuldig bin.«

»Wer ist schon unschuldig ... Ich will dich auf der Burg nicht haben.«

»Aber ehrwürdiger Herr! Der Procurator curiae, der Schultheiß Weibeler und der Bürgermeister, der auch Weibeler heißt ... sein Bruder vermutlich ... Sie halten mich für einen Mörder!«

»Du bist ja auch einer.«

»Das waren Jugendsünden, Herr!«

Graf Gerhard rieb sich die Stirn. Er genoss die Angst seines Gegenübers und ließ ihn noch eine Weile zappeln.

»Herr?«

»Ja, Mönch?«

»Papst Bonifaz hat Euch gebeten ...«

»Ja, das hat er. Aber der Papst ist schwach und weit weg.«

»Ich flehe Euch an ...«

»Bedeutet dir dein Leben so viel?«

»Ich habe nur das eine«, sagte Angelo leise.

»Nun gut. Man klagt dich und die Deinen des Mordes an?«

»Noch hat man keine Anklage erhoben.«

»Aber man wird es tun. Und ich bin der oberste Gerichtsherr des Herzogtums. Du kannst bleiben, doch nicht als mein Gast. Ich inhaftiere dich.«

»Danke, Herr!«

»Nichts zu danken. Auf der Burg könnt Ihr Euch frei bewegen. Ihr dürft sie aber vorerst nicht verlassen. Ich strecke meine Fühler in die Stadt aus und sehe, was ich für Euch tun kann.«

»Ihr habt trotz des Aufstands Verbindungen in die Stadt?«, fragte Angelo überrascht.

»Mein lieber Freund, ich sitze seit 1372 auf diesem Stuhl. Was meinst du wohl, was ich hier mache? Däumchen drehen? Dafür fehlt mir die Muße. Seit fünfundzwanzig Jahren spinne ich Tag für Tag aus feinen, unsichtbaren Fäden jenes Netzwerk, das mich an der Macht erhält. Die Würzburger machen einen Aufstand? Ja, sollen sie, es ist nicht der erste. Siegen werden sie ohnehin nicht. Aber denkst du, dass ich so dumm bin, meine Verbindungen wegen eines lächerlichen Wutausbruchs abreißen zu lassen? Ich bin Bischof und Herzog von Franken. Man muss sich eine Menge einfallen lassen, um es zu bleiben.«

15

Der Kaufmann aus Dijon war nicht begeistert, dass er seine Schlafstatt mit Holthusen teilen musste. Er schwieg zwar, aber trotz seines vernebelten Hirns spürte der Wismaraner die Ablehnung. Karl, so hieß er wohl, rückte zur Seite, um für Holthusen Platz zu machen. Hermann fiel wie ein Stein ins Bett.

Der Kaufmann Karl hatte doch etwas zu sagen.

»Merde!«, schimpfte er.

»Mon ami«, flüsterte Holthusen, dann war er eingeschlafen. Lange schlief er nicht.

Hermann Holthusen war betrunken. Betrunkene schliefen normalerweise wie die Toten. Aber auch sie erwachten, wenn man ihnen die Decke streitig machte.

»Pardon, Monsieur!« Holthusen zog die Decke über seinen

fröstelnden Leib. Das Gewitter hatte nur für eine geringe Abkühlung gesorgt, aber unbedeckt mochte Hermann nicht einmal in dieser Wärme schlafen.

»Merde!«

»Beherrscht Ihr noch andere Worte, mein Herr?«

»Ich beherrsche nicht nur Worte. Ich kann dich auch aus dem Bett stoßen, wenn du nicht Ruhe gibst.«

»Ihr sprecht Deutsch?«

»Ja, verdammt. Ein wenig ... Und jetzt lass mich schlafen!«

»Ihr zerrt mir die Decke weg.«

»Du stinkst nach Wein.«

»Ich mag es nicht, wenn mich ein Fremder duzt.«

»Ach, soll ich mich jetzt vielleicht noch vorstellen?«

»Warum nicht? Ich möchte schon wissen, wer der Deckenräuber ist, der neben mir liegt.«

»Je m'appelle Charles«, stöhnte der Deckendieb. »Ich bin Kaufmann und komme aus Dijon.«

»Was macht ein Kaufmann aus Dijon in Würzburg?«

»Ich handle mit Weinbergspfählen. Die werden hier gebraucht.«

»Aha.«

»Was?«

»Aha.«

»Was bedeutet das?«

»Nichts.«

»Wisst Ihr, nehmt diese Scheißdecke. Ich kann sowieso nicht mehr schlafen.«

Eigentlich, das spürte sogar Holthusen, war der Streit um die Decke eine höchst lächerliche und armselige Angelegenheit. Aber zugleich war sie es auch nicht: Der Mensch brauchte, wenn er schlief, selbst bei größter Hitze eine zweite Haut, denn nie war er so schutzlos. Sicher, Gott wachte über ihn, aber konnte man dessen sicher sein? Vielleicht – und er hätte das Recht dazu – schloss Gott mit dem Abendstern die Augen?

»Ich wollte nicht unhöflich sein ...«

»Nein, Ihr seid die Höflichkeit in Person!«

Der Kaufmann Karl sprang aus dem Bett. Ein Schwall französischer Worte ergoss sich über Holthusen, der wenig verstand. Nur dass ihn der Burgunder als Hurensohn und Mistkerl bezeichnete, bekam er mit.

»Ich ...«

»Nehmt die ganze Decke und das ganze Bett. Bonne nuit, Monsieur!«

»Aber ...«

»Bonne nuit!«

FÜNFTES KAPITEL

Diplomatie

1

»Vater! Bitte! Ihr dürft nicht sterben!« Jürgen hielt die Hände seines Abts und streichelte sie.

»Das hast du nun schon hundert Mal gesagt …« Obwohl es ihm schwer fiel, lächelte Johannes.

»Tausend Mal, Vater.«

»Bedeute ich dir denn so viel?«

»Ihr nahmt mich mit auf diese Reise, Vater. Ihr habt mir vertraut. Zu Unrecht.«

»Hast du was Schlimmes angestellt?«

»Ja, Vater.«

»Und deshalb soll ich nicht sterben? Damit ich dir vergeben kann? Das ist ja ziemlich egoistisch …«

»Na ja, Vater …«

»Also, was ist passiert?«

»Ich habe mich verliebt.«

»In ein Mädchen?«

»Worin denn sonst? In ein Schaf?«

»Wenn du dich in ein Schaf verliebt hättest, dann hätten wir jetzt weniger Probleme.«

»Vater!«

»Na, ist doch wahr. Mach dir keine Sorgen, der Wundarzt ist sicher, dass ich nicht sterben werde. Ich bin nur etwas schwach …«

»Soll ich Euch eine Hühnerbrühe bringen?«, fragte Jürgen voll Eifer. »Eine Hühnerbrühe kräftigt.«

»Ja, ja, und Eier machen potent. Was du getan hast, Jürgen, ist unverzeihlich. Denn du hast doch sicher … ?«

»Ja, ich habe.«

»War's schön?«

»Ich weiß nicht.«

»Möchtest du das Mädchen wieder treffen?«

»Ja.«

»Du weißt, was das bedeutet? Du hast keinen Platz mehr in unserem Kloster.«

»Ich weiß, Vater. Aber ich habe doch nichts anderes. Ohne die Brüder ...«

»Ich kann dich nicht absolvieren, auch wenn dies dein größter Wunsch ist«, sagte Abt Johannes. »Dein Herz möchte die Sünde wiederholen, die du begangen hast. Dein Herz ist unrein.«

»Soll ich mich geißeln, Vater?«

»Wozu? Du wirst dir den Rücken blutig schlagen und dabei immer nur an dieses Mädchen denken.«

»Was soll ich tun?«

»Geh, Junge. Suche sie auf. Denn das ist, was du willst.«

»Ihr schickt mich fort? Für immer?«

»Anders kann ich nicht handeln.« Abt Johannes schloss die Augen. Das Gespräch mit dem Konversen hatte ihn angestrengt.

»Vater, ohne Euch bin ich nichts.«

»Du wirst schon nicht verhungern«, sagte Johannes mit einem furchtbar schlechten Gewissen.

2

Zwischen dem Marienberg und der Stadt herrschte formal Kriegszustand. Aber Fürstbischof Gerhard von Schwarzburg war nicht nur Kriegsherr, er war auch ein geschickter Diplomat. Auf der Burg seines Freundes Johann II. von Wertheim traf er sich mit Bürgermeister Engel Weibeler. Das Treffen fand unter höchster Geheimhaltung statt. Weder die Domkapitulare noch der Rat der Stadt waren eingeweiht.

»Gebt uns Steuerfreiheit, Herr«, verlangte Bürgermeister Weibeler sofort nach der Begrüßung.

»Es ist unhöflich, Proconsul, mit der Tür ins Haus zu fallen«, wies Graf Johann ihn zurecht. »Zuerst solltet Ihr die Speisefolge zur Kenntnis nehmen.«

»Ich bin nicht zum Essen hierher gekommen«, sagte der Bürgermeister schroff.

»Aber als mein Gast werdet Ihr selbstverständlich essen.« Graf Johann gab dem Dienstpersonal einen Wink. »Das gehört sich so.«

»Was willst du, Herzog?«

Gerhard von Schwarzburg schluckte. Nur Päpste und Könige durften ihn duzen. Bürgermeister Weibeler hatte mit seiner herausfordernden Frechheit sein Todesurteil unterzeichnet. Mit der Vollstreckung würde der Fürstbischof allerdings noch einige Zeit warten müssen.

»Ihr sucht nach einem Zisterzienser, der Angelus heißt oder sich so nennt?«

»Ja. Dieser Mönch, wenn er überhaupt einer ist, hat Abt Eberhard II. von Amelungsborn erstochen und einen weiteren Abt, Johannes von Doberan, ernsthaft verletzt. Nachdem sie vom Empfang auf Eurer Burg kamen übrigens …«

Befriedigt registrierte Graf Gerhard, dass der Proconsul zu einem respektvollen Ton zurückgekehrt war. Nach reiflicher Überlegung hatte der Fürstbischof beschlossen, sich nicht für Angelo und dessen Leute einzusetzen. Wenn die aus dem Reich zusammengeströmten Mönche ohne Schutz in der Stadt blieben, würden vielleicht noch mehr von ihnen getötet werden. Das würde wie ein langer dunkler Schatten auf Würzburg fallen. Gerhard hoffte, nicht nur beim König, sondern auch beim römischen Papst Unterstützung für seine Pläne gegen die rebellische Stadt zu erhalten, wenn die Zahl der Verbrechen an Geistlichen in die Höhe schnellte. Trotzdem war das Geheimtreffen mit Engel Weibeler nicht sinnlos, schließlich gehörte es zu den Notwendigkeiten der hohen Politik, hin und wieder die Lage zu sondieren.

»Angelus und seine Begleitung haben sich auf meine Residenz geflüchtet«, sagte Gerhard. »Ich habe sie unter Hausarrest gestellt und werde mich bei Gelegenheit mit ihrer angeblichen Tat befassen. Wie sieht es sonst aus, Proconsul? Wollt Ihr verhandeln?«

»Über diese Verbrecher?«

»Nein, über die unverschämten Forderungen Unserer städtischen Untertanen.«

»Das steht mir nicht zu.« Engel Weibeler konnte nun doch nicht widerstehen und langte, nachdem ihn Johann von Wertheim mehrmals mit Gesten dazu aufgefordert hatte, in eine der Schüsseln.

»Dann verschafft Euch ein Mandat. Verhandeln ist klüger als einen Krieg zu führen ... und zu verlieren!«

Weibeler wischte sich mit dem Handrücken den Mund ab. »Ein solches Mandat werde ich nicht erhalten. Diesmal sind die Bürger fest entschlossen ...«

»Das waren sie doch immer. Und wie endete es? Erinnert Euch an 1374. Sechzig Menschen fanden den Tod. Alle Schlüssel für Tore und Türme musste mir die Stadt aushändigen. Oder soll ich wieder den unteren Rat und die Zünfte verbieten? Ihr spielt mit dem Feuer, Bürgermeister.«

»Ihr etwa nicht, Graf?« Engel Weibeler erhob sich abrupt. »Ich hätte nicht kommen sollen«, sagte er und wandte sich zum Gehen. Gerhard warf Johann II. einen verschwörerischen Blick zu.

»Dann gibt es also Krieg«, rief er dem scheidenden Bürgermeister hinterher.

3

Würzburg bekam dem Wismaraner Kaufmann Holthusen nicht. Er war von seiner Heimatstadt aufgebrochen, um Wein zu kaufen, nicht um ihn zu trinken – noch dazu im Übermaß. Er, der gesetzte Ratsherr mit Frau und Kindern, verhielt sich wie ein unverheirateter Jüngling, der sich austobte, bevor er in den Hafen der Ehe einlief und ins väterliche Geschäft einstieg. Als er sich am Vormittag aus dem Schlafraum in den Hof schlich, stach ihn eine grausame Sonne in die verklebten Augen. Hermann erfrischte sich das Gesicht am Brunnen, bevor er Simon Mittenzwey aufsuchte. Der Weinhändler hielt sich in seiner Schreibkammer auf und schrieb in seinem Rechnungsbuch.

»Wie geht es Euch, Herrmann?«, erkundigte er sich mitfühlend.

»Es gab schon bessere Tage in meinem Leben.«

»Ich lasse Euch etwas zu essen bringen. Aber schlieft Ihr wenigstens gut, nachdem Ihr«, er lächelte fein, »nachdem Ihr das Bett für Euch allein hattet?«

»Es ist mir peinlich.« Holthusen schlug die Augen nieder.

»Muss nicht. Kaufmann Karl ist bei seinen Leuten untergekommen. Ich meine, einen Freund fürs Leben habt Ihr in ihm nicht gerade gefunden, aber schaut ihn Euch bei Tageslicht an. Er ist groß, stark und zäh. Der schläft auch zu ebener Erde und erwacht ausgeruht und voll Tatendrang. Ein beeindruckender Mann. Nur sein Blick gefällt mir nicht.«

»Was ist mit seinem Blick, Simon?«

»Tja, wie soll ich sagen ...« Mittenzwey schlug das Rechnungsbuch zu. »Man hat das Gefühl, dass Karl einen mit seinem Blick nicht nur durchdringt, sondern dass er einen damit an die Wand nageln kann. Er schaut einen manchmal an wie die Schlange das Kaninchen. Was soll's. Wenn die Ladung Weinbergspfähle eintrifft, kaufe ich sie ihm ab. Mit ihnen kann ich ein gutes Geschäft machen, denn aus den Rhieneckischen Wäldern kommen oftmals Pfähle, die zu kurz sind.« Der Weinhändler stand auf und schloss das Rechnungsbuch in eine Truhe. »So, nun will ich mich um Euer Morgenmahl kümmern. Ach ja ... Ihr seid doch mit diesen Zisterzienseräbten nach Würzburg gekommen, Herrmann? In der letzten Nacht hat es einen Mordanschlag gegeben. Auf Eure Freunde. In der Gasse Unter den Salzkästen. Schlimme Sache!« Simon Mittenzwey schüttelte den Kopf.

»Einen Anschlag?« Hermann Holthusen war noch nicht klar

im Kopf und begriff nicht recht, was er da hörte. »Auf meine Freunde?«

»Man sagt, zwei der Äbte seien tot. Oder verletzt?«

»Wo waren sie denn untergekommen? Hier in Würzburg, meine ich. In der Bronnbacher oder in der Ebracher Curia?«

»Das weiß ich nicht. Aber wenn der Überfall in der Salzgasse geschah, dann vermutlich im Hof der Bronnbacher.«

»Oh, mein Gott!« Nichts konnte Hermann Holthusen noch aufhalten. Bevor Mittenzwey nur ein Wort sagen konnte, war er aus der Schreibkammer, über den Hof und durch den Torweg hinaus auf die Gasse gelaufen. Er eilte durch die Stadt, obwohl er gar nicht genau wusste, wo sich der Bronnbacher Hof überhaupt befand; nur dass er im Norden der Stadt gelegen war, war ihm bekannt. Aber er fand Menschen, die er fragen konnte, denn auf dem Markt waren die Handwerker und Krämer längst eifrig bei ihren Geschäften.

Und es war wieder heiß unter diesem schrecklich blauen, unter diesem mörderisch wolkenlosen Himmel.

4

Das Mädchen Barbe erhielt vom Fürstbischof Geld dafür, dass es den Kaufmann aus Dijon aushorchte. Er war ein Mann mit breiten Schultern, der Frauen nicht küsste oder streichelte, sondern über sie herfiel und ihnen Gewalt antat, eine lustvolle Form von Gewalt. Die junge Hure wollte ihren bischöflichen Auftraggeber unbedingt zufrieden stellen, da sie das Geld zum Leben brauchte. Was ihr die Freier zahlten, reichte hinten und vorne nicht; es war zu wenig zum Leben und zu viel zum Sterben.

Barbe fragte sich jedoch, wie sie den Dijoner Kaufmann ausfindig machen sollte. Zwar hatte er ihr versprochen, sie am Abend in dem Keller aufzusuchen, in dem sie lebte, aber Männer versprachen viel, wenn das Tier in ihnen erwacht war. Sie versprachen einem die Ehe, Reichtum und den Aufstieg in einen höheren Stand, aber kaum hatten sie die Hure verlassen, waren die Versprechen vergessen.

Möglich war, dass Karl erneut die Kaschemme in der Pleichervorstadt aufsuchte, in der er sich mit drei seltsamen Mönchen getroffen hatte. Dieses heruntergekommene Wirtshaus passte zwar nicht zu einem Kaufmann, aber ihm schien es nichts auszumachen, sich mit stinkenden Gerbern und abgerissenen Weingärtnern gemein zu machen. Dass er mehr im Schilde führte als den Verkauf von Stäben, war Barbe nicht entgangen. Sie brauchte dafür weder Einfühlungsvermögen noch Fantasie, allein dass sich der Bischof für den Fremden interessierte, bewies es ihr.

Der Judenplatz vor der im Bau befindlichen Marienkapelle war das Ziel des jungen Mädchens. Es rechnete nicht damit, dem Kaufmann Karl zufällig in einer der Gassen zu begegnen, aber es hoffte, jemand anderen zu treffen: das Mönchlein, das kein Mönch war.

5

Hermann Holthusen erschrak, als er das halbdunkle Krankenzimmer der Bronnbacher Kurie betrat. Die Konversen, die Abt Johannes pflegten, hatten die Fenster mit Ölpapier verhängt, damit Hitze und Sonne den Verletzten nicht zu sehr quälten. Im Dämmerlicht wirkte der Raum wie ein Totenzimmer. Es war stickig und roch nicht nur nach Kräutersalben, sondern auch nach Eiter und Blut. Hermann musste die aufsteigende Übelkeit niederkämpfen, die allerdings auch eine Folge seiner Eskapaden war.

Das Gesicht des Abtes war grau wie das Linnen, das ihn bedeckte. Er brauchte einige Zeit, bis er Hermann erkannte, doch dann lächelte er, wenn auch unter Mühen, wie es schien.

»Ja, mein Freund«, sagte er, »niemand entgeht seinem Schicksal.«

»Wie ist es um Euch bestellt, ehrwürdiger Vater?« Holthusen setzte sich neben dem Bett auf einen etwas wackligen Stuhl.

»Der Wundarzt ist zufrieden mit mir.«

»Der Kaufmann, bei dem ich wohne, sprach von zwei Verletzten. Oder von zwei Toten. Ihr aber lebt, wie ich sehe.«

»Eberhard II. von Amelungsborn hat den Anschlag nicht überlebt«, entgegnete Johannes mit belegter Stimme.

»Habt Ihr die Attentäter erkannt?« In Holthusen war der Richteherr erwacht.

»Nein. Sie hatten zwar Fackeln, aber um *uns* zu sehen. Sie hatten sich verhüllt und trugen Kapuzen. Dennoch weiß ich, vielmehr ich ahne, wer die Mörder sind.«

»Wer?«

»Bei dem Empfang auf der Bischofsresidenz tauchte verspätet ein Mönch auf, der sich Angelus nannte und mir eine Lügengeschichte auftischte. Er stamme aus Italien, studiere in Kaisheim die Mystik und sei vom Konvent zum Generalkapitel delegiert worden. Nun frage ich Euch, Hermann, was hat ein einfacher Mönch auf einer Versammlung von Äbten zu suchen? Und wozu braucht er ein Gefolge von acht Mann?«

»Das klingt in der Tat ... verdächtig«, meinte Hermann.

»Ich hatte den Eindruck, dass Fürstbischof Gerhard mit diesem Angelus gerechnet hat.«

»Wie? Der Fürstbischof? Glaubt Ihr ...?« Holthusen riss die Augen auf. »Steht Gerhard nicht auf Seiten von Bonifaz?«

»Er steht auf seiner eigenen Seite.«

»Ihr habt Euren Verdacht doch gemeldet, ehrwürdiger Vater?«

»Das habe ich. Doch Angelus und seine Leute entzogen sich der Gerichtsbarkeit mit Waffengewalt und nahmen Zuflucht auf der Burg.«

»Unglaublich!«

»Doch nun zu Euch, Hermann.« Abt Johannes hob ein wenig den Kopf. »Wie gehen die Geschäfte?«

Hermann zog die Schultern hoch.

»Wenn ich mich nur entscheiden könnte. Bleibe ich bei Nürmperger? Verhandle ich mit der Curia in Randersacker? Soll ich zu Simon Mittenzwey wechseln, einem Kaufmann, den ich im Gasthof kennen gelernt habe? Ehrwürdiger Vater, es gibt zu viel Wein und zu viele Weinhändler in Würzburg.«

»Das mag wohl stimmen.« Johannes' Lächeln wurde breiter. »Es ist schließlich eine Weingegend, lieber Hermann.«

»Und was für eine! Wein schenken sie überall aus, aber Bier gibt es nicht. Ich habe den Eindruck, die Würzburger halten die Existenz des Gerstensafts für eine Sage.«

»Oh, nein.« Johannes kicherte. »Redet nicht so! Meine Wunden reißen auf, wenn ich lache.«

»Was nur beweist, dass das Lachen wirklich ein Werk des Teufels ist.« Hermann stand von dem wackligen Stuhl auf, ging neben dem Bett auf die Knie und küsste Johannes die rechte Hand, die unter der Decke hervorlugte. »Versprecht mir, ehrwürdiger Vater, dass Ihr rasch wieder gesund werdet. Euer Konvent braucht Euch. Ich brauche Euch, damit wir in Wismar wieder Handel miteinander treiben und Ihr Euch in meinem Hause an die Tafel setzen könnt.«

»Versprechen kann ich nichts«, sagte Johannes. »Meine Genesung liegt allein in Gottes Hand. Und in der Hand des Chirurgus natürlich.«

Dann sprach er einen Segen über Hermann Holthusen.

6

Betrübt und ohne Ziel schlenderte Jürgen durch die Gassen Würzburgs. Überall stieß er auf geschäftige Handwerker, Händler und Krämer. Die Kärrner brachten Holz vom Hafen in die Stadt, mit Weinfässern beladene Wagen rumpelten durch den Staub, in den sich der bei dem Gewitterguss entstandene Schlamm längst wieder verwandelt hatte. Fisch- und Salzhändler, Korbmacher, Schuster und Töpfer, Metzger, Kannengießer und Riemenschneider, Bäcker, Kornkrämer, Eierverkäufer und Sporner riefen ihre Waren aus. Die Stadt lebte. Jürgen fühlte sich, als habe man ihm den Todesstoß versetzt.

Auf dem Judenplatz waren nach wie vor Zelte und Buden aufgebaut, aber sie waren noch verwaist: Erst am Nachmittag und am frühen Abend würde sich das Volk hier wieder vergnügen. An den Grundmauern der Marienkapelle machten sich Bauleute zu schaffen, drei Gaukler übten sich auf der rohen Bühne in der Kunst des Jonglierens. Sie wirbelten Bälle durch die Luft, so schnell, dass man ihnen mit den Augen kaum folgen konnte. Etwas abseits erprobten der Feuerschlucker und der Messerwerfer ihre Fertigkeiten. Jürgen blieb das Herz stehen, bevor es mit einem Sprung anzeigte, dass es weiterzuschlagen beabsichtigte. Die Gaukler hatten eine aufmerksame Zuschauerin: Barbe.

7

Charles de Montpellier wartete wie die Spinne im Netz auf seine nächste Gelegenheit. Er schlürfte gemeinsam mit Mittenzwey und dessen Familie die Morgensuppe, während seine Mannschaft beim Gesinde aß. Mit dem Empfang auf dem Marienberg und der nächtlichen Heimkehr der Äbte hatte ihm das Glück in die Hände gespielt, aber er beabsichtigte nicht, noch einmal in der Stadt zuzuschlagen. Das war zu gefährlich.

Leider hatte einer der Äbte überlebt. Da die Ordensbrüder seine Genesung abwarten wollten, würde sich ihr Aufbruch nach Bronnbach um einige Tage verzögern. Charles konnte warten. Der Weg von Würzburg nach Bronnbach würde für die Herren Klostervorsteher ein Weg in die Hölle werden.

»Wann rechnet Ihr mit dem Eintreffen Eurer Ware, Karl?«, erkundigte sich Simon Mittenzwey. Charles schreckte aus seinen Gedanken auf.

»Comment? Äh, wie meint Ihr?«

»Wann treffen die Weinbergsstäbe ein?«

»Jederzeit, mon ami, jederzeit.«

»Ich möchte mich dafür entschuldigen, dass ich Euch letzte Nacht einen Gast ins Bett legte. Es ist nur … Ich konnte ihn zu so später Stunde nicht allein durch die Stadt gehen lassen.«

»Nicht der Rede wert.« Karl aus Dijon winkte ab.

»Es ist ein Kaufmann aus Wismar«, erklärte Mittenzwey. Charles horchte sofort auf. »Kaufmann und Ratsherr.« Ein wenig Neid schwang in Simons Stimme mit. »Er kam mit diesen Äbten nach Würzburg.«

»Warum mit ihnen?«

»Weil es sich so sicherer reist.«

»Verstehe. Und was will er hier?«

»Wein kaufen.«

»Ja, Wein«, entgegnete Karl und lächelte. Ein Lächeln, das Simon Mittenzwey eiskalt durch Mark und Bein fuhr.

8

»Oh, Barbe, meine Barbe!« Jürgen lag vor dem Mädchen auf den Knien, als ob es sich bei ihr nicht um eine gewöhnliche Hure, sondern um die heilige Jungfrau handeln würde. Barbe strich dem Jungen über das Haar. »Ich habe meinen Vater verloren.«

»Deinen Vater?« Barbe schaute ihn verständnislos an, hatte er ihr doch erzählt, er sei ein Bauernsohn aus dem fernen, fremden Mecklenburg. Sollte sein Vater gestorben sein, war das zweifellos traurig, doch wie konnte ihn die Nachricht in Würzburg erreicht haben? Niemand schickte einen Boten aus, um vom Tod eines Bauern zu berichten – nicht einmal für dessen Sohn.

»Mein Abt hat mich ... Er hat mich verstoßen ... Wegen der Sünde ... der schweren Sünde, die ich ... mit dir ...« Jürgen schnäuzte sich in seinen Ärmel.

»Du hast es gewollt.«

»Ich will es immer noch. Aber ich darf nicht.«

»Auch jetzt nicht? Nachdem du ...« Barbe begriff allmählich, was Jürgen gemeint hatte.

»Barbe, bitte, stell mich nicht auf die Probe. Ich weiß nicht ein noch aus. Mein Dasein ist zu Ende.«

»Was ist denn schon erstrebenswert am Leben hinter Klostermauern? Die harte Arbeit? Das ständige Gesinge und Gebete? Dass ihr Kuttenträger kein Weib haben dürft? Gefällt dir das?«

»Barbe, die Abtei ist mein Zuhause.« Jürgen legte seinen Kopf in den Schoß des Mädchens. Der Geruch, der zwischen ihren Schenkeln aufstieg, erregte ihn in dem gleichen Maße, wie er ihn abstieß. Er erträumte das Unvereinbare, das Leben im Konvent ebenso wie das Leben mit einem Weib. Abt Johannes hatte ihm die Entscheidung abgenommen, aber der junge Konverse wollte nicht glauben, dass es keinen Weg zurück für ihn gab. »Wohin soll ich denn gehen?«

»Die Welt ist groß und voller Möglichkeiten.« Ausgerechnet Barbe sagte es, die nie aus Würzburg herausgekommen war.

»Darf ich die Nacht bei dir verbringen?«

Die Hure ergriff Jürgens Kopf und hob ihn so in die Höhe, dass sie dem Laienbruder in die Augen blicken konnte.

»Das ist unmöglich«, antwortete sie hart.

9

Simon Mittenzwey erwartete Holthusen in der Absicht, die Verkostung in seinen Kellern fortzusetzen, die am Abend zuvor wegen der Erschöpfung seines Gastes beendet werden musste. Hermann sann auf allerlei Ausflüchte, für diesen Tag dem Weingenuss zu entgehen. Er erwog Kopfweh oder eine Magenverstimmung, ohne Hoffnung, dass Mittenzwey dies als Entschuldigung akzeptieren würde. Der Würzburger Fernhändler wurde seinen Wein schlicht zum besten Heilmittel gegen die Gebrechen dieser Welt erklären, Kopfweh und Magenverstimmung allen voran.

Am einfachsten wäre es, Holthusen würde kurzerhand mit ihm abschließen. Mit einem Liefervertrag in der Truhe würde ihn Simon nicht zum Trinken nötigen. Oder vielleicht gerade doch, denn der Vertrag musste begossen werden.

Dieses Würzburg war keine Stadt. Es war ein Fatum.

Umso erfreuter war Hermann, als ihn kurz nach seinem Eintreffen im Mittenzwey-Hof ein unerwarteter Besucher unter vier Augen zu sprechen wünschte. Es handelte sich um Kasimir, den ältesten Sohn Caspar Nürmpergers. Offenbar hatte es sich unter der Kaufmannschaft der Stadt herumgesprochen, wo Holthusen zeitweilig untergekrochen war.

Anfangs fürchtete er, Nürmperger wolle ihn zur Rückkehr in sein Haus auffordern. Doch Kasimir war gekommen, um einen Brief zu überbringen. Der Brief trug das Siegel des Rates der

Hansestadt Wismar, was Holthusen noch mehr überraschte als Kasimirs Auftauchen bei Mittenzwey.

Nürmpergers Erstgeborener hatte den Wismaraner Handelsmann rasch gefunden. Der Bote jedoch, der das Schreiben gebracht hatte, musste in der aufgewühlten Stadt einen halben Tag suchen, bis ihm jemand sagen konnte, wo sich Holthusen vermutlich aufhielt. Ein Ratsherr hatte ihn zu Nürmperger geschickt. Dort hatte der eilige Bote den Brief hinterlassen, nachdem er Caspar das Versprechen abgenommen hatte, ihn Holthusen baldmöglichst auszuhändigen. Da Caspar Nürmperger das Haus seines Konkurrenten Simon nicht betreten mochte, hatte er seinen Sohn beauftragt, das Schreiben zuzustellen.

Bevor der ebenso neugierige wie beunruhigte Hermann das Siegel erbrechen konnte, bat Kasimir, ihn in einer wichtigen Angelegenheit sprechen zu dürfen.

»Was gibt es denn?«, wollte Holthusen wissen.

»Es betrifft meinen Vater.« Kasimir senkte beschämt den Blick.

»Euren Vater?«

»Er … er … ich muss Euch warnen …«

Der Wismaraner Kaufherr schaute Kasimir erstaunt an.

»Warnen? Wovor? Vor Eurem Vater doch nicht?«

»Es fällt mir schwer, und ich schäme mich so … Wie ein Verräter komme ich mir vor.« Der junge Mann nahm all seinen Mut zusammen. »Da mein Vater sein Gewissen verkauft hat, schmerzt mich meins stärker, als ich ertragen kann – für ihn mit.«

»Setz dich, Kasimir.« Hermann nötigte Nürmpergers Sohn auf einen Stuhl im Speisezimmer der Familie Mittenzwey, in das sie sich mit Erlaubnis des Hausherrn zurückgezogen hatten. Vermutlich lauschte Simon an der Tür, aber das war Holthusen gleichgültig. Er ahnte bereits, was der Junge ihm zu beichten hatte.

»Mein Vater betrügt Euch.« Nun war es heraus. Kasimir atmete hörbar auf. »Er panscht und verdirbt den Wein.«

»Du weißt, dass er dafür schwer bestraft wird, wenn es herauskommt.«

»Ja«, bestätigte der Junge leise.

»Aber die Weine, die er mir zu trinken gab, waren von untadeliger Güte«, sagte Holthusen.

»Er panscht ja auch nur die für Euch bestimmten Weine.«

»Warum tut er mir das an?«, fragten Kaufmann und Gerichtsherr in einem. Holthusen untersuchte gerade ein Verbrechen, das ihn betraf.

»Vor einiger Zeit ... Es ist Monate her, da kam ein Fremder in unser Haus. Er passte Vater vor dem Tor ab, und dann gingen sie in die Schreibkammer. Ich habe es beobachtet, mehr nicht. Doch nach und nach wurde mir klar, was der Mann von meinem Vater erwartete. Für bares Geld sollte er die Weine fälschen.«

»Weißt du, woher der Fremde kam?«

»Ich weiß es jetzt. Aus Wismar.«

»Rampe!«, rief Holthusen sofort. Der Groschen war schnell gefallen. »Dahinter steckt dieser gottverfluchte Johann Rampe.« Deshalb also hatte Ratmann Rampe bei der Zusammenkunft der Papagoiengesellschaft anlässlich des Pfingstschießens gegen Hermanns Weine gelästert. Er hatte das Verwässern und das Verderben des Rebsaftes selbst in Auftrag gegeben. Damit er Holthusen aus dem Geschäft drängen konnte, hatte er einen Mittelsmann zu Nürmperger geschickt, um den Würzburger Wein- und Getreidehändler zu bestechen.

Holthusen fuhr sich übers Gesicht. Nein, er hegte keine Rachegefühle, jedenfalls nicht gegen Caspar Nürmperger. Ihn würde er nicht dem Gericht und dem Scharfrichter überantworten, schon mit Rücksicht auf dessen Ältesten nicht. Nun wusste er Bescheid, das genügte ihm vorerst. Johann Rampe aber würde nicht ungeschoren davonkommen.

»Ich danke dir von Herzen, Kasimir. Ich danke dir, dass du mir reinen Wein eingeschenkt hast.« Holthusen musste lachen. Es war ein hysterisches, ein überdrehtes Lachen, in dem sich die

Ängste und Anstrengungen der letzten Wochen Bahn brachen. Kasimir schaute ihn verschreckt an. »Verzeih mir!« Doch Holthusen fiel es schwer, sich zu beruhigen. »Verzeih ... Reinen Wein einschenken!« Er prustete. »Verzeih, ich lache nicht über dich.«

»Ich habe getan, was ich tun musste«, sagte Caspars Sohn mit einem Anflug von Stolz.

»Du bist ein ehrlicher Mann, Kasimir«, sagte Holthusen. Noch immer juckte sein Zwerchfell, aber er beherrschte sich. »Du bist mehr Mann als mancher, der zehn Jahre mehr auf dem Buckel hat. Ich bitte dich, ja, ich flehe dich an: Bleibe so, wenn du das Geschäft deines Vaters übernommen haben wirst.«

»Das wird nie geschehen. Niemals.«

»Dein Vater wird nicht gerade ...«

»Um seinetwillen kam ich zu Euch. Aus Sohnesliebe. Ich wollte, dass er mit dem Lug und Trug aufhört.« Der Junge hatte Tränen in den Augen, als er es sagte.

»Ich werde mit niemandem darüber sprechen«, gelobte Holthusen, fürchtete aber, dass es der Lauscher an der Tür morgen schon in ganz Würzburg herumtragen würde. Aber wo kein Kläger, da kein Richter. Holthusen würde nicht klagen, also konnte Mittenzweys triumphierendes Gerede nur Nürmpergers Leumund beschädigen, nicht dessen Leib und Haus und Hof.

Der ersten schlechten Zeitung folgte die zweite auf dem Fuße. Holthusen hatte Kasimir auf beide Wangen geküsst, wie es Männer taten, die einander in Frieden begegneten oder voneinander in Frieden schieden, er hatte dem Jungen alles Glück der Welt gewünscht, etwas, das jedermann mehr brauchte als eine Truhe voller Geld und Wertpapiere, dann war der tapfere junge Mann gegangen. Holthusen hatte sich an die Wand gelehnt, das Ratssiegel erbrochen und zu lesen begonnen. Er las zwei Mal. Der Brief enthielt äußerst beunruhigende Nachrichten.

Königin Margarethe, die geschickte und kluge Frau auf dem Kopenhagener Thron, hatte mit den führenden Fürsten der drei nordischen Reiche in Kalmar eine Union geschmiedet und auf diese Weise Dänemark, Norwegen und Schweden unter dänischer Krone vereinigt. Damit war im Norden des baltischen Meeres eine Großmacht entstanden, wie es sie zuvor noch nie gegeben hatte. Diese Großmacht beherrschte die Durchfahrt durch Belt und Sund, durch Kattegat und Skagerak. Sie war damit nicht nur gefährlich, sie war im Stande, den wendischen, den preußischen, den baltischen Hansestädten den Lebensnerv zu rauben und ihnen das Mark aus den Knochen zu saugen.

Doch Margarethe, dieses Teufelsweib, blieb niemals bei der Hälfte stehen. Die Königin hatte in Kalmar auch gleich die Erbfolge für ihr Reich festschreiben lassen. Ihr Großneffe Erich von Pommern, der erst vierzehn Jahre alt war, würde ihr auf dem Thron folgen. Mit diesem Schachzug sicherte sich die Dänenkönigin ihren Einfluss auf die Politik im gesamten Ostseeraum auch dann, wenn ihr junger Nachfolger sein Amt antreten würde. Margarethe war einfach unschlagbar. Und grässlich. Ein Weib durfte so nicht sein.

Hermann Holthusen ließ den Brief sinken und überdachte die Folgen. Sie waren nicht überschaubar. Alles Mögliche konnte passieren, aber was immer das bedeutete, für seine Heimatstadt und für seine Geschäfte konnten die Konsequenzen der Kalmarer Union tödlich sein.

»Simon Mittenzwey!«, brüllte er.

Wie erwartet war der Würzburger Kaufmann sofort zur Stelle.

»Was ficht Euch an, Hermann?«

»Gebt mir Eure Hand«, verlangte Holthusen.

»Wie?«

»Schlagt ein! Wir machen das Geschäft!«

»Das heißt ...?« Mit dieser Wendung der Dinge hatte Mittenzwey nicht gerechnet. Er hatte auf sie gehofft, das ja, aber nun war er so verwirrt, dass sein Gesicht alle Farbe verlor. »Warum denn so plötzlich?«

»Ich muss morgen abreisen«, sagte Holthusen.

Die Welt, wie er sie bisher kannte, war bereits aus den Fugen gewesen. Nun ging sie endgültig aus dem Leim.

SECHSTES KAPITEL

Auf Nimmerwiedersehen

1

»Nun also verlassen wir alle Würzburg«, stellte Abt Johannes mit gezwungener Nüchternheit fest, »jene großartige Stadt, die Kaiser Friedrich Rotbart, Albertus Magnus und Walther von der Vogelweide so viel bedeutet hat.«

Er war darüber nicht wirklich traurig, nur die Trennung von Holthusen bedauerte er. Natürlich sah er ein, dass sein bürgerlicher Freund allen Grund hatte, so schnell wie möglich nach Wismar zurückzukehren; soeben hatte er ihm seine Motive dargelegt.

»Ihr auch, ehrwürdiger Vater?«

»Meine Amtsbrüder haben beschlossen, dass wir noch heute aufbrechen. Würzburg erscheint ihnen nicht sicher. Mich werden sie auf ein Wägelchen packen wie einen Greis.«

»Ihr kommt schon wieder auf die Beine …«

»Ja, aber wie sieht das aus? Der Abt von Doberan, der noch nicht das Alter hat, in dem man normalerweise Abt wird, und der deswegen durchaus kritisch beäugt wird, dieser Abt muss auf einer Karre fortbewegt werden. Das ist doch ziemlich würdelos. Doch es ist Gottes Wille. Hermann, ich bete zum Allmächtigen, dass er Euch auf Eurer Heimfahrt schützt. Jeden Tag werde ich dafür beten.«

»Und ich für Euch, ehrwürdiger Vater.«

»Nun geht endlich, bevor man mich verschnürt.«

»Da ist noch etwas, ehrwürdiger Vater.«

»Was denn, Hermann?« Abt Johannes bemühte sich um einen rauen Ton; der langwierige Abschied begann, ihm mehr zuzusetzen, als er es wünschte.

»Als ich heute Morgen das Haus verließ, fand ich jemanden in der Gosse, den Ihr kennt.«

»Nein, Hermann, bitte nicht!« Johannes' Stimme wurde schrill.

»Er ist erst fünfzehn, ehrwürdiger Vater.«

»Alt genug, um eine Sünde zu erkennen …«

»Nur dem Sünder kann Gott vergeben, bei einem Heiligen ist es nicht erforderlich.«

»Was Ihr redet … Schickt ihn rein, bevor ich mich vergesse, meine Wunden aufbrechen und ich verblute!«

Alles an Jürgen war schmutzig: die Kutte, das Gesicht, die Hände und die Füße. Der Konverse sah vollkommen desaströs aus. Johannes sandte ein Stoßgebet zu seinem Herrn. Der Herr antwortete nicht, was man auch als Zustimmung auffassen konnte.

»Aber du musst den Karren ziehen!«, befahl der Abt und grinste hinterlistig. »Bis Bronnbach.«

2

»Hermann! Hermann Holthusen! Mein Freund!« Caspar Nürmperger kam auf Mittenzweys Hof gerannt, den er eigentlich nie hatte betreten wollen. Zwei Knechte Simons hatten die Satteltaschen des Wismaraners von Nürmperger eingefordert. Hermann warf sie gerade über den starken und geschmeidigen Körper seines Pferdes. Der Hengst war sehr nervös, weil er spürte, dass er endlich wieder arbeiten durfte. Für Menschen zu schuften, war seine göttliche Bestimmung – das dachten die Menschen, und was Gott darüber dachte, war unbekannt. Der Hengst für seinen Teil arbeitete für Hafer, Wasser, eine üppige Weide und einen komfortablen Stall, denn er war ein Gaul und kein Idiot.

»Hermann! Ich bitte Euch! Mein Sohn ist ein Lügner!«

»Wir haben nichts mehr miteinander abzumachen«, entgegnete Holthusen und zurrte die Satteltaschen fest.

»Kasimir lügt!«

»Caspar, Caspar, Caspar!« Simon schüttelte heftig den Kopf. Hermann Holthusen gefiel die Art nicht, in der Mittenzwey seine Überlegenheit ausspielte, aber er hatte sich endgültig entschieden. Dass der Brief aus Wismar ihm den ausschlaggebenden Tritt versetzt hatte, musste keiner wissen.

Nürmperger litt Todesängste, das sah er: Weinpanscher wurden hart bestraft.

»Macht Euch keine Sorgen«, sagte er daher. »Kümmert Euch darum, dass Kasimir in Erfurt genug zum Leben hat, mehr fordere ich nicht. Er ist ein guter Sohn.«

»Aber nur um ihn ging es mir doch immer ...«

»Hört auf zu wimmern! Simon?«

»Ja, Hermann?«

»Wir sind uns einig?«

»Natürlich. Ich schicke Euch zehn Fuder Frankenwein. Die Lieferung braucht aber einige Zeit ...«

»Ich weiß, dass sie die Zeit braucht, die ich nicht habe. Wenn der Wein angekommen ist, schreibe ich einen Brief.«

»Ich erwarte ihn täglich«, sagte Mittenzwey.

»Lebt wohl!«

»Ihr auch.«

Holthusen trat seinem Pferd in die Seiten. Der Hengst setzte sich gemächlich in Bewegung. Er mochte nicht getreten werden, aber er verstand den Befehl und was aus ihm erwuchs: der Stall hinter dem Haus *Retro chorum* in Wismar. Dort gab es Striegel und Stuten.

»Und ich?«, rief Caspar Nürmperger zerknirscht.

»Ihr schreibt am besten auch einen Brief. An Johann Rampe«, sagte Holthusen und verließ den Hof. Caspar Nürmpergers letzter Eindruck von Hermann Holthusen, den er nie im Leben wiedersehen würde, war, dass sein Gaul kicherte. Da Pferde nicht zu kichern pflegten, war es wohl nur ein falsch bewertetes Schnauben.

3

»Er wird Würzburg heute verlassen«, sagte Barbe. Sie war wie immer durch eine Geheimpforte auf die Burg geschlüpft und wurde von Graf Gerhard in einem Nebengelass seines Arbeitszimmers empfangen. Noch schmeckte sie den Schweiß von Karl auf der Zunge, aber sie hasste ihn bereits, weil er nie mehr für sie bezahlen würde.

Der Fürstbischof reagierte nicht sofort. Er ging mit großen Schritten auf und ab und schien schlechter Laune zu sein. Dazu hatte er allen Grund. Durch die geheime Pforte konnte man die Residenz nicht nur unbemerkt betreten, sondern sie ebenso wieder verlassen, und genau das hatten Frater Angelus und seine Männer getan. Vermutlich hatten sie jemand bei Hofe bestochen, damit dieser ihnen den Fluchtweg wies. Nur eine langwierige Untersuchung würde den Verräter entlarven, falls es überhaupt gelang. Doch Gerhard hatte keine Zeit. Die Ereignisse überstürzten sich, denn auch die Äbte schickten sich an, ihre Reise fortzusetzen.

»Wohin will der Franzmann?«, fragte Gerhard schließlich. Zum ersten Mal in seinem Leben hatte der Bischof und Herzog von Franken das Gefühl, auch bloß ein Vögelchen im Käfig zu sein, das man fütterte, dem man menschliche Worte beibrachte, das man hegte und pflegte und dem man am Ende der Geschichte den Hals umdrehte.

»Er hat es mir nicht gesagt.«

»Du hast ihn nicht einmal gefragt, oder?«

»Natürlich tat ich's, Herr!« Barbe trat einen Schritt zurück, weil sie erkannt hatte, dass es gefährlich war, dem gereizten Bischof im Wege zu stehen.

»Mir gefällt das nicht.« Graf Schwarzburg massierte sich die Schläfen. »Nein, ganz und gar nicht. Die Äbte im Aufbruch, Angelus fort, der Franzose auch ... Was hat das zu bedeuten?«

Barbe zuckte die Schultern. Auch sie hatte keine Antwort, sie am allerwenigsten.

»Du kannst gehen«, herrschte Gerhard sie an.

»Und meinen Lohn, Herr?«

»Ja, deinen Lohn …« Der Käfig war immerhin komfortabel. Und innerhalb der Gitterstäbe herrschte der Fürstbischof unangefochten. Mehr konnte ein Mensch nicht wollen. »Wache!«

Die Wache funktionierte sogar im Vogelkäfig perfekt. Sie erschien umgehend. Gerhard deutete auf Barbe.

»Löscht sie aus!«

4

Auf dem Hafermarkt kreuzten sich noch einmal die Wege der Kaufleute Hermann und Karl. Der Dijoner hatte es eilig, und er war nicht allein. Seine Gefolgsleute begleiteten ihn.

Der Blick, mit dem Charles den Wismaraner bedachte, konnte Steine in Staub verwandeln, doch von Holthusen prallte er ab. Dessen Geschäft war erledigt. In der Heimat erwarteten ihn neue Schwierigkeiten, aber er freute sich dennoch: auf seine Stadt, auf die Nikolaikirche vor seinem Haus, auf das Haus selbst, auf sein Tagwerk und vor allem auf die Familie. Die Zeiten waren unruhig. Umso glücklicher schätzte er sich, in den Schoß seiner Familie zurückkehren zu können.

Und er freute sich auf seinen Sohn. Henning war nun seit Wochen bei der Amme. Holthusen würde sie sofort zu sich rufen. Er würde das Kind, das sein Nachfolger werden sollte, auf den Arm nehmen, es wiegen und liebkosen. Allein diese Vorstellung ließ ihn wünschen, seinem Pferd mögen Flügel wachsen.

Plötzlich fuhr er zusammen. Aus einer Gasse kamen drei Mönche gesprengt, die sich Charles und seinen Leuten umstandslos anschlossen. Der ältere der Mönche war groß und hager, sein Gesicht spitz, mit tief in den Höhlen liegenden Augen. Die beiden anderen waren jünger. Blatternarben entstellten das Gesicht des einen, der andere sah blass und fad aus. Hermann erkannte sofort, wen er vor sich hatte: Thitmar, Jacob und Georg, die Mörder von Wismar, die Mörder von Amelungsborn.

Charles, sein Anhang und die Mönche preschten zur Mainbrücke. Im Bruchteil eines Lidschlags begriff Hermann alles. Er wusste nun, dass der angebliche Kaufmann aus Dijon alles andere als ein Kaufmann war, und er wusste, was er und seine Gesellen vorhatten. Sie würden die Äbte auf ihrer Reise nach Bronnbach verfolgen und sie bei erstbester Gelegenheit abschlachten – in wessen Auftrag auch immer. Vielleicht gab es eine geheime Verschwörung innerhalb des Zisterzienserordens mit dem Ziel, die deutschen Abteien ganz unter französische Kontrolle zu bringen, womöglich steckte Papst Benedikt dahinter. Hermann hatte keine Zeit, lange darüber nachzudenken. Er musste rasch handeln, und er brauchte bewaffnete Hilfe.

5

»Hochwürden, die Äbte sind vor zwei Stunden aufgebrochen«, meldete ein bischöflicher Beamter seinem Herrn. Herzog Gerhard legte gerade den Harnisch an.

»Vor zwei Stunden?«

»Ja, Hochwürden. Aber sie kommen nicht sehr schnell voran, da sie den Verletzten mit nach Bronnbach nehmen.«

»Ein Fähnlein Berittener soll sich im Hof versammeln«, ordnete Graf Gerhard an.

»Wann, Herr?«

»Sofort, du Trottel! Oder dachtest du, es gibt erst ein Festgelage, bevor wir uns in Marsch setzen?«

Der Beamte verließ augenblicklich das herzogliche Gemach. Gerhard zog sein Schwert aus der Scheide und prüfte die Klinge. Sie war sehr scharf, man konnte Haare mit ihr spalten. Zufrieden ließ er das Schwert in die Scheide zurückgleiten. Dann eilte er zur Tür und riss sie auf.

»Bestellt meinen Bruder Günther zu mir«, bellte er in den Vorraum, wo Bedienstete Tag und Nacht auf seine Anweisungen warteten. »Der Stallbursche soll meinen Hengst Balthazar satteln. Und bringt das bischöfliche Banner in den Hof!«

»Zieht Ihr in den Krieg, hoher Herr?«, erdreistete sich ein Knecht zu fragen.

»Was geht es dich an?«

»Verzeiht, Hochwürden!«

»Zur Jagd geht es jedenfalls nicht«, fauchte der Fürstbischof und wandte sich wieder seiner Ausrüstung zu. Die anderen, kleineren Vögel in seinem goldenen Käfig schickten sich allesamt an, komplett zu verblöden.

»Herr?«, meldete sich kleinlaut ein Dienstbote, der in der Tür stehen geblieben war, weil er sich nicht in die Nähe des aufgebrachten Herzogs wagte. Gerhard wirbelte herum.

»Was willst du?«

»Das Mädchen ist tot.«

»Welches Mädchen?«

»Nun, Ihr befahlt, es auszulöschen.«

»Ach, dieses Mädchen. Ich hab's schon vergessen. Werft den Kadaver den Hunden vor, das macht sie scharf.«

»Jawohl, Herr.« Der Bedienstete verschwand. Sofort stand der nächste in der Tür. Fürstbischof von Schwarzburg fand, dass er einfach zu viel Personal hatte, eine ganze Residenz voll mit unnützen Fressern.

»Ist das hier ein Taubenschlag«, brüllte er. »Was willst *du*?«

»Euer geliebter Bruder, Herr.«

»Aha. Rein mit ihm!«

Günther Graf von Schwarzburg, der siebenundzwanzigste Schwarzburg mit diesem Taufnamen, trat ins bischöfliche Gemach. Mit ausgebreiteten Armen ging Gerhard auf ihn zu.

»Mein geliebter Bruder …«

»Hochwürden!« Günther XXVII. verbeugte sich.

»Wir haben keine Zeit für Faxen. Rüste dich!«

»Ziehen wir ins Feld?«

»Etwas in dieser Art … Wir ziehen aus zum Schutz der deutschen Äbte, die sich just auf dem Weg nach Bronnbach befinden. Also rüste dich!«

Gerhard von Schwarzburg hatte die Fahne seiner Politik abermals gewendet. Wenn man noch ein paar Äbte in der Stadt getötet hätte, wäre es ihm recht gewesen, weil er es dem unteren

Rat hätte anhängen können. Auf den Landwegen seines Bistums jedoch musste er sie beschützen, andernfalls würden sich König Wenzel und Papst Bonifatius IX. fragen, ob er überhaupt noch tauglich war für seinen Posten. Das Hochstift war zwar enorm überschuldet, aber für seinen Herrscher war es eine zu gute Pfründe, und eine solche Pfründe verspielten nur Narren.

»Ich rüste mich«, versprach Günther, rührte sich aber nicht. Er ist der siebenundzwanzigste dieses Namens, dachte sein Bruder, aber die Günther, das muss eine absteigende Linie sein.

»So eile dich!«

»Wie Ihr befehlt, Hochwürden.« Günther verbeugte sich erneut, dann setzte er sich endlich in Bewegung.

Manchmal gingen die Formalien, auf die er normalerweise sehr viel Wert legte, Fürst Gerhard mächtig auf den Geist.

6

»Wie viele sind es?«, wollte Hans Weibeler wissen, der Schultheiß am Brückengericht, der in seiner Funktion auch über exekutive Gewalt verfügte, allerdings nur innerhalb der Stadt.

»Dieser Charles, zwölf seiner Gefolgsleute und drei Mönche, die man als solche wohl nicht bezeichnen kann. Sechzehn Mann also. Es ist ein Mörderhaufen.«

»Ja, das habe ich verstanden, Hermann Holthusen.« Schultheiß Weibeler verschränkte die Finger und presste sie gegeneinander, bis die Gelenke knackten. Das Geräusch war dermaßen Ekel erregend, Hermann musste wegschauen. Lieber wäre ihm zwar gewesen, sich die Ohren zuhalten zu können, aber das war zu unhöflich. »Ich kann nichts machen, Hermann Holthusen. Sie befinden sich außerhalb der Stadtmauern.«

»Es wird auf Würzburg zurückfallen, wenn man sie alle umbringt«, sagte Hermann, um Fassung ringend.

»Vor allem auf den Fürstbischof«, meinte Weibeler. Ihm war anzuhören, dass es ihm gefiel, wenn der Stadtherr in Misskredit geriet.

»Seid Ihr so feige, Hans Weibeler?« Holthusen musste an sich halten, um sein Gegenüber nicht noch stärker zu beleidigen.

»Wie gesagt«, Weibeler lehnte sich zurück, »ich kann hier nichts tun. Der Herr des Hochstifts ist zuständig.«

Hermann sprang auf. Zutiefst bedauerte er, dass seine Augen keine Blitze schleudern konnten, aber das konnten Augen nur in der Poesie. Mit einem solchen Blitz hätte er Hans Weibeler gern erschlagen.

»Dann reite ich den Äbten hinterher und warne sie. Ohne Eure Hilfe.«

»Wollt Ihr Euch allein gegen eine Übermacht von Mördern stellen?«

»Abt Johannes ist ein Freund«, erwiderte Hermann Holthusen. Das war keine Antwort auf Weibelers Frage, aber es erklärte alles.

7

Der Himmel war so blau, wie ein Himmel nur sein konnte. Nicht einmal zarte Schäfchenwolken wagten sich auf den Azur. Die Sonne hingegen zeigte sich in all ihrer Pracht. Gerhard von Schwarzburg hätte sie gern in Haft genommen. Der Schweiß lief ihm unter Helm und Panzer über das Gesicht, in den Nacken, über den Rücken, über den Bauch, er lief einfach überall. Und er lief nicht nur, er strömte.

Man sollte sich nicht wünschen, dass die Sonne vom Himmel fiel, denn das war ein Zeichen der Apokalypse. Gerhard wünschte es dennoch. Die Sonne und seinen Bruder brauchte er an diesem Tag ganz gewiss nicht. Es war dumm gewesen, Günther mitzunehmen, aber er war nun mal ein guter Krieger. Aber auch ein Schwachkopf und Schwätzer.

»Schaut, hochwerter Bruder, die Weinbergsarbeiterinnen dort!«, rief Günter XXVII. »Ihre Waden sind kräftig ... Was machen sie?«

»Sie sammeln Schädlinge.« Der Schweiß brannte in den Augen.

»Ach, ja?«

»Das muss man im Sommer …«

»Dort! Dort! Nun schaut doch!«

»Was ist denn?«

»Das sind ja Mädchen!«

»Ganze Familien arbeiten im Weinbau«, belehrte der entnervte und schwitzende Fürstbischof seinen Bruder. »Mädchen, Knaben, was du willst.«

»Knaben auch?«

»Ja, verdammt! Aber bevor dir der Speichel auf den Harnisch tropft … Halt endlich das Maul!«

8

Bruder Angelo hob die Hand. Sofort hielten seine Getreuen ihre Pferde an. Sie hatten das Tal der Tauber erreicht und lagerten sich auf der Uferböschung. Hier wollten sie die Ereignisse abwarten, die unweigerlich auf sie zurollten, ohne dass jemand genau sagen konnte, was sie erwartete.

Charles de Montpellier trieb seine Männer zur Eile an. Er umging den Zug der Mönche in der Absicht, ihnen in einem Hinterhalt aufzulauern. Vergnügt stellte er fest, dass die Klostervorsteher nur von ihren Konversen und Novizen begleitet wurden. Er würde leichtes Spiel mit ihnen haben: Ein Reigen von Toten zog da gen Bronnbach.

Auch Hermann Holthusen zwang seinen Gaul zu gestrecktem Galopp. Er, der Zögerliche, war zum Äußersten entschlossen. Seinem Hengst gefiel der Ausflug nicht im Geringsten. Die Richtung behagte dem klugen Tier entschieden nicht. Aber was sollte es machen, Befehl war Befehl. Sein Reiter, so hoffte der Gaul, hatte sich für die strikte Ausführung schon eine Belohnung ausgedacht.

Holthusen war fest entschlossen, weiteres Morden zu verhindern. Selbstverständlich war ihm bewusst, dass er es nicht wie David gegen Goliath aufnehmen konnte. Einer Übermacht von sechzehn bis an die Zähne bewaffneten Männern war er nicht gewachsen. Doch zumindest warnen wollte er die Äbte. Vielleicht kannte jemand von ihnen einen Schleichweg, auf dem sie den Attentätern entkommen konnten.

»Bald«, sagte Angelo, wischte sich den Schweiß von der Stirn und blickte flussauf. »Ich spüre, dass bald etwas Entscheidendes passieren wird.« Seine Männer nickten.

»Schneller, Männer!«, rief Charles de Montpellier, dem das Wasser bis zur Krempe in den Stiefeln stand. »Wenn wir unser Ziel erreicht haben, könnt ihr eine Verschnaufpause einlegen.« Seine Gefolgsleute gaben ihren Pferden die Sporen.

»Kannst du noch?«, fragte Abt Johannes den Konversen Jürgen, der das Wägelchen zog, auf dem man Johannes aufgebahrt hatte wie ein Heiltum. Oder wie eine besonders wertvolle Leiche. Jürgen stöhnte und nickte. Sein Gesicht war nass vom Schweiß, seine Lippen waren aufgesprungen.

»Ich ziehe Euch bis Rom, ehrwürdiger Vater«, gelobte der Junge.

»Nach Rom wollen wir gar nicht.« Abt Johannes lächelte. Jürgen war bereit, für seine Sünde zu büßen, und das gefiel ihm. »Und nach Wien musst du mich auch nicht ziehen. Zwei, drei Tage Ruhe in Bronnbach, dann bin ich wieder obenauf.«

Auch Fürstbischof Gerhard von Schwarzburg schwitzte und schwitzte. Dennoch gönnte er sich und seiner Eskorte keine Minute zum Atemholen. Gerhard war hart im Nehmen. Solange ihn kein Hitzschlag traf, würde er das Unternehmen nicht abblasen. Und wenn ihn der Schlag ereilte, konnte er es nicht. Mit einem gemeinen Grinsen schaute er zu seinem Bruder, dem siebenundzwanzigsten Günther. Der schwieg seit geraumer Zeit beleidigt, also hatte Herzog Gerhard schon einiges erreicht.

Als er das Tal der Tauber vor sich liegen sah, fiel Hermann Holthusen ein Stein vom Herzen. Nicht der friedlich in seinem Bett dahindämmernde Fluss machte ihn glücklich, sondern das, was er außerdem zu sehen bekam: die Reiterei des Fürstbischofs. Holthusen schlug seinem Hengst auf die Kruppe. Das machten Menschen für gewöhnlich, wenn sie ein Pferd zum Rennen anspornen wollten, aber aus Sicht eines Hengstes war es eine sehr unhöfliche Geste, ein Wort wie »Los, alter Freund!« hätte es auch getan – doch das Tier jagte ohne Widerspruch hinab ins Tal. Es wünschte, sich die Beine zu brechen; dann würde sein Reiter zu schätzen wissen, was er an ihm hatte.

Holthusens Gaul brach sich nicht die Beine. Aber kaum hatten sie das Tal erreicht, da wurden sie von der Reiterei des Bischofs umringt und an die Spitze der Formation gebracht. Genauer gesagt: gezwungen.

Fürstbischof Gerhard von Schwarzburg ritt unter dem Kiliansbanner aufs Schlachtfeld oder wohin auch immer. Niemand vermochte zu sagen, was bevorstand; eine Schlacht sicher nicht. Aber ein Gefecht. Händel. Hauen und Stechen. Das Banner dabeizuhaben, konnte nicht schaden, schließlich demonstrierte es bischöfliche und herzogliche Macht. Außerdem musste Gerhard das schwere Ding nicht selber schleppen, dafür hatte er seine Leute. Der Bannerträger ächzte und stöhnte. Er bekam Geld fürs Tragen. Ächzen und Stöhnen waren gratis.

»Gott zum Gruße, Kaufmann Holthusen«, rief der Bischof. Sein Gesicht glänzte vom Schweiß, aber er wirkte auf irritierende Weise fröhlich.

»Ihr kennt mich, Herr?« Holthusen war verwirrt. »Einen kleinen Kaufmann aus Wismar?«

»Bist du klein? *Das* wusste ich nicht …«

»Nun ja, Herr, jedenfalls nicht groß genug, dass ein Herzog mich kennen sollte.«

»Ich überrasche meine Untergebenen … Du bist keiner, klar … Ich überrasche sie gern damit, umfassend über alles informiert zu sein. Dabei ist das ganz einfach. Günther!«

»Ja, Hochwürden?«

»Schaff die anderen außer Hörweite!«

»Sofort«, sagte der siebenundzwanzigste schwarzburgische Günther. Und in diesem besonderen Falle handelte er auch sofort. Die Reiter fielen einige Pferdelängen zurück.

»Ich habe Caspar Nürmperger mit einem Weinberg belehnt«, erklärte der Fürstbischof. »Das damit geschaffene Rechtsverhältnis verlangt vom Belehnten, mir mit Rat und Tat zur Seite zu stehen. Doch was soll ich mit dem Rat und der Tat eines Wein- und Getreidehändlers anfangen? Er leidet unter der Steuerlast wie alle Bürger, also würde er mir raten: Senkt die Steuern, Herr! Den Teufel werde ich tun … Und welche Tat kann ich erwarten? Das will ich dir sagen, Hermann Holthusen. Er horcht für mich. Er ist eines meiner vielen Ohren in der Stadt. Holthusen, du hast in letzter Zeit ziemlich viel gesoffen. Das erweckt Sympathie. Die menschlichen Schwächen sind für einen Fürstbischof die Scharniere seiner Macht. Zugleich bist du für Menschen, die dir etwas bedeuten, ein treuer Freund. Das bewundere ich. Hast du meine Mannschaft gezählt?«

»Nein, Herr!«

»Du musst dir nun keine Sorgen mehr machen. Wir sind dem Feind haushoch überlegen.«

»Ich danke Euch, Herr!«

»Musst du nicht. Ich gare in der Sonne nicht aus Menschenliebe. Günther!«

»Ja, hochwerter und geliebtester Bruder?«

»Gib dem Kaufmann dein Schwert!«

»Mein Schwert?«

»Ja, und nicht das, welches zwischen deinen Beinen wächst. Daran ist mein Freund Holthusen nicht interessiert.«

»Dieser Kaufmann ist Euer Freund?«

»Du sollst keine Fragen stellen, sondern ihm dein Schwert geben. Der Kaufmann möchte mit mir in der ersten Reihe fechten. Das willst du doch, Hermann Holthusen?«

»Natürlich«, antwortete der überrumpelte Kaufmann.

»Es geht um einen Freundschaftsdienst, Bruder«, sagte der Fürstbischof.

»Ja, dann …« Mit Freundschafts- und Liebesdiensten konnte Günther XXVII. etwas anfangen.

9

Das Bild, das sich ihnen bot, war so bizarr, dass sowohl Graf Gerhard als auch Hermann Holthusen lachen mussten. Es war kein frohes, sondern ein entsetztes Lachen.

Die Äbte waren nach dem Angriff von de Montpelliers Leuten auseinander gestoben. Manche waren auf Bäume geklettert, und dort hingen sie nun wie reifes Obst. Da in Todesangst jeder sich selbst der Nächste war, hatten sie Abt Johannes auf seinem Wagen zurückgelassen. Um den Wagen herum tobte der Kampf zwischen Charles und Frater Angelo. Jürgen hatte sich auf seinen Abt geworfen, um ihn zu schützen. Aber es war nicht notwendig. Niemand verfolgte die Äbte, seitdem Angelo und seine Männer auf Charles de Montpellier und dessen Gefolge losgegangen waren.

»Tja«, sagte Gerhard von Schwarzburg, »sieht ganz nach einem Stellvertreterscharmützel zwischen Bonifaz und Benedikt aus. Wir sollten für die römische Seite eingreifen, denn die besteht nur aus neun Leuten. Neun gegen sechzehn, das ist nicht gerecht. Günther!«

»Ja, Herr?«

»Die Reiterei soll das Feld klären«, befahl der Bischof. Dann wandte er sich an Hermann Holthusen. »Wir räumen hernach auf.«

»Ich dachte, wir kämpfen in der ersten Reihe.«

»Bist du so versessen darauf? Ich bin es nicht.«

»Warum sollte mir Euer Bruder sein Schwert geben?«

»Damit er keinen Unsinn anstellt.«

Durch das Eingreifen der bischöflichen Reiter war das Scharmützel binnen weniger Minuten beendet. Charles de Montpellier fiel im Kampf mit Angelo. Der Mönch aus der Abbazia Chiaravalle della Colomba verlor drei Männer, Charles fünf, unter ihnen die verräterischen Mönche Jacob und Georg. Die Überlebenden wurden festgenommen. Keinem der Äbte war auch nur ein Haar gekrümmt worden. Nach und nach kletterten sie von den Bäumen herab oder kamen aus dem Wald zurück, in den sie sich geflüchtet hatten. Sie waren froh über ihre Rettung und zugleich tief beschämt, weil sie Johannes und Jürgen im Stich gelassen hatten.

Ein Teil der bischöflichen Reiter brachte die Gefangenen unter Führung von Günther XXVII. nach Würzburg. Fürst Gerhard, Hermann Holthusen und der Rest der Berittenen geleiteten die Äbte zur Zisterze Bronnbach. Schutz- und Schirmherr dieses in der Grenzzone zwischen dem Erzstift Mainz und dem Hochstift Würzburg gelegenen Klosters war kein Geringerer als der deutsche Kaiser. Obwohl das Heilige Römische Reich derzeit keinen hatte, war es nicht ohne Schutz und Schirm; der Luxemburger Wenzel trug nunmehr die Verantwortung. Darüber, wie dieser König seine Verantwortung wahrnahm, musste man nicht reden. Der Graf von Wertheim kümmerte sich, wie er es vermochte, um die Belange der Abtei.

Bronnbach war ein schönes und wohlhabendes Kloster. Auf der neuen Tauberbrücke verabschiedete sich Hermann Holthusen zum zweiten Mal von Johannes und Jürgen.

»Was wirst du jetzt tun, Kaufmann?«, fragte Fürstbischof Gerhard von Schwarzburg, nachdem Hermann mit Tränen in den Augen sein Pferd gewendet hatte.

»Ich reite nach Wismar, denn dort werde ich gebraucht.«

»Du bist doch auch Richteherr, nicht wahr?«

»Ja, das bin ich.«

»Dann willst du sicher wissen, wer hinter den Anschlägen auf die Äbte steckt?«

»Ich ahne es bereits, mein Herr.«

»Ahnen und Wissen sind zwei Paar Stiefel«, sagte der Bischof. »Ich habe einen exzellenten Kerkermeister, der selbst Stumme zum Reden zwingt. Verbringe eine Nacht auf meiner Burg, dann bist du morgen klüger. Und Wein, Hermann Holthusen«, Graf Gerhard lachte, »Wein findet sich in meinen Kellern zur Genüge.«

»Nun ja, Herr, einen Tag kann ich wohl noch bleiben. Aber Wein ...«

»Es ist französischer, Kaufmann«, lockte der Fürstbischof und lachte abermals. »Sehr gute Blume. Ausgezeichneter Geschmack. Männer?!«

»Zu Diensten, Hochwürden.«

»Wir begeben uns nach Würzburg«, befahl Graf Gerhard. Der Bannerträger ächzte und stöhnte.

»Du kannst dieses blöde Ding jetzt einrollen«, sagte Gerhard voller Wohlwollen. »Eigentlich war dies doch ein schöner Tag.«

10

Der Kerkermeister musste den hageren Mönch Thitmar nicht foltern. Er musste ihm nicht einmal die Instrumente zeigen. Angesichts der sicheren Tatsache, dass er ohnehin sterben würde, legte Thitmar ein Geständnis ab.

Graf Gerhard berichtete seinem bürgerlichen Gast Holthusen beim Frühstück. Er hatte die ganze Nacht nicht geschlafen, sondern dem Verhör beigewohnt. Trotzdem wirkte er frisch und ausgeruht, wie nur ein Mann wirken konnte, der gewohnt war, hart zu arbeiten.

Gerhard arbeitete hart. Offiziell für das Wohl des Hochstifts. In Wahrheit für sein eigenes Wohl. Für ihn kein Grund zum Zweifeln, hatte er doch das Wohl von Stift und Bischof längst in eins gesetzt.

Hermann hingegen war wieder mal verkatert. Es wurde Zeit, dass er nach Hause kam.

»Illusionen, mein Freund«, sagte Graf Gerhard, der ein kluger Mann war, »Illusionen sind das Treibmittel vieler Verbrechen. Die Beauftragten von Benedikt XIII. hatten den Mönchen Thitmar, Jacob und Georg eine atemberaubende Karriere versprochen. Sie müssen sich mit der menschlichen Seele gut auskennen – die Beauftragten, meine ich. So gut wie ein Fürstbischof. Sie haben sofort erkannt, wen sie für Benedikts Zwecke einspannen können. Thitmar sollte Bischof werden. Bischof welcher Diözese, frage ich dich. Das haben sie ihm nicht gesagt.« Graf Gerhard nahm ein Hühnerbein aus der

Schüssel. »Benedikt hat ein riskantes Spiel gespielt, mit Männern, die nicht immer zuverlässig waren. Ich kenne Pedro de Luna, schließlich war ich selbst einige Zeit in Montpellier. Er war sich des Risikos bewusst. Sein Einsatz war hoch … Ich bedaure beinahe, sagen zu müssen, dass er verloren hat.«

»Und dieser Italiener?«, wollte Hermann wissen. »Dieser Angelus oder Angelo? Was hegte er für Absichten?«

»Er handelte im Auftrag von Papst Bonifaz«, erklärte Graf Gerhard. »War ausgesandt, um die Äbte auf ihrer Reise nach Wien zu beschützen. Was ihm ja irgendwie gelungen ist, jedenfalls was ihren Weg nach Bronnbach anbelangt … wenn auch mit Unserer tatkräftigen Hilfe.« Der Fürstbischof grinste.

»Was wird aus Thitmar, Hochwürden?«

»Nichts mehr. Er verlor heute Morgen gegen acht Uhr seinen Kopf. Und nun lang endlich zu, Hermann Holthusen. Ich möchte die Leckereien, die mein Leibkoch für uns bereitet hat, nicht an die Hunde verfüttern.«

1

»Das ist er also, Euer Stammhalter.« Abt Johannes tippte dem Kind, das gerade ein Jahr alt geworden war, auf die Nase. Mehr wagte er nicht.

»Wollt Ihr ihn halten?«

»Um Gottes willen, Hermann! Er sieht so zerbrechlich aus.«

»Also, ich finde, er ist ein strammer und starker Knabe«, sagte Holthusen stolz. Elisabeth, seine Frau, lächelte.

»Darf ich ihn haben?«, fragte Jürgen, der Novize. Der Junge hatte sich entschieden, der Welt ganz zu entsagen und Mönch zu werden – kein Mönchlein mehr, das eigentlich kein Mönch ist, wie Barbe ihn geneckt hatte, sondern ein richtiger Ordensbruder.

»Willst du spüren, was dir entgangen ist?«, fragte Abt Johannes.

»Ehrwürdiger Vater, wie lange wollt Ihr mich mit meinem dummen Seitensprung noch quälen?« »Ach, noch eine Weile.« Johannes zwinkerte Holthusen zu.

»Vielleicht war es gar kein dummer Seitensprung«, sagte Elisabeth, »sondern eine Erfahrung, die dir hilft, Gott näher zu kommen. Gib ihm das Kind, Hermann.«

Holthusen zögerte nicht und legte seinen Sohn in Jürgens Arme. In ihnen hatte bisher der rot geströmte und ehedem klapperdürre Kater gelegen, den Holthusen auf seiner Rückreise von Würzburg aus Amelungsborn mitgenommen hatte. Da er mittlerweile das Jagen von Mäusen gelernt hatte, fand er in den Speichern Holthusens genug zu fressen. Aber das Tier war unersättlich. Nun fauchte es, weil es eifersüchtig auf das Kind war.

»Ihr seid wohlauf, ehrwürdiger Vater?«, erkundigte sich Elisabeth.

»Ich bin ganz wiederhergestellt, meine Liebe. Nur eine Narbe auf der Brust erinnert mich noch an das Attentat.«

»So lasst uns speisen«, lud die Frau des Hauses zu Tisch.

2

Die Mägde trugen auf. Zu Ehren des Gastes hatte Hermann Holthusen zwei Gänse und einen Schwan schlachten lassen. Er freute sich wie ein Kind über den Besuch seines geistlichen Freundes: Seit dem Abschied auf der Tauberbrücke vor Bronnbach hatte er Johannes nicht mehr getroffen. Allerdings hatte er im Stadthof des Klosters Doberan erfahren, dass Johannes im November 1397 wohlbehalten aus Wien zurückgekehrt war. Der lange und harte Winter hatte den Abt in seinem Kloster festgehalten, aber nun waren mit dem Frühjahr die Lebensgeister aller Menschen erwacht, und Johannes hatte die Curia visitiert. Natürlich gehörte zu einer Visite in Wismar auch ein Besuch bei Hermann, zumal dessen Sohn Henning gerade ein Jahr alt geworden war.

Nach wie vor machte Holthusen gute Geschäfte mit der Abtei. Und die Abtei mit ihm.

Etliches war in der Zwischenzeit geschehen. Die von Margarethe von Dänemark ins Leben gerufene Kalmarer Union hatte der Hanse bisher weder Schaden noch Nutzen gebracht, aber sie war fest gefügt wie für die Ewigkeit. Johann Rampe, den Weinverderber, hatte man aus dem Rat und aus der Stadt gejagt. Was aus ihm geworden war, wusste niemand.

Das Generalkapitel der römisch orientierten Äbte hatte im Herbst des Jahres 1397 in Wien wie geplant stattgefunden. Und in jenem längst vergangenen Jahr war Günther XXVII., der jüngere Bruder des Würzburger Fürstbischofs, überraschend gestorben, während Graf Gerhard nach wie vor im Clinch mit seiner Stadt lag.

»Erzählt von Wien«, verlangte Holthusen von Johannes.

»Es gibt nicht viel zu berichten.« Johannes griff in die Schüssel und nahm sich ein Stück kross gebratener Gänsebrust. »Die Zisterzienseräbte des Heiligen Römischen Reichs Deutscher Nation haben sich allesamt zur *via cessionis* bekannt und eine entsprechende Erklärung verabschiedet. Wie Ihr sicher wisst, hat die Université de Paris in einem Gutachten für den französischen König Karl VI. aus dem Jahre 1394 drei Wege zur Beseitigung des Schismas aufgezeigt. Einer dieser Wege ist eben jene *via cessionis*. Wir Äbte des deutschen Reichs haben beide Päpste zum Rücktritt aufgefordert, damit die Möglichkeit für einen radikalen Neubeginn geschaffen wird.«

»Also habt Ihr weder in Bonifatius' noch in Benedikts Interesse gehandelt«, stellte Elisabeth Holthusen fest.

»Nein, wir sind unseren eigenen Weg gegangen.«

»Nach all diesen Morden eigentlich kein Wunder«, sagte Hermann. »Bislang hat aber keiner der Päpste seinen Stuhl geräumt ...«

»König Karl VI. hat Truppen vor Avignon zusammengezogen und lässt den Papstpalast beschießen. Das ist der Anfang vom Ende der Kirchenspaltung. Hoffe ich.«

»In zwei Jahren, ehrwürdiger Vater, gibt es eine Jahrhundertwende«, sagte Holthusen. »Wir werden dann 1400 schreiben. Was meint Ihr, bringt das neue Jahrhundert der Welt und uns Glück oder Unglück?«

»Beides, lieber Freund. Menschen werden lachen und Menschen werden weinen. Menschen werden geboren und Menschen sterben. Es gibt keine tief greifende Veränderung des Daseins. Und es wird sie nie geben. Alles ist nur ein Traum, den Gott träumt.«

»Wollt Ihr Wein, ehrwürdiger Vater?«

»Fränkischen?«

»Was sonst?« Hermann Holthusen gab der Magd Frieda einen Wink. Nur einen Augenblick später stand ein Becher vor Abt Johannes auf dem Tisch.

»Ich kaufe den Wein ja jetzt bei Simon Mittenzwey«, sagte Holthusen mit einem diebischen Lächeln.

»Seid Ihr zufrieden?«

»Probiert!«

Johannes nahm einen Schluck.

»Pfui, Spinne!« Er spie das Gesöff in den Becher zurück. Der Wein schmeckte wie Essig. Holthusen lachte.

»Nur damit Ihr Euch an die schlechten Weine erinnert, die mir eine Zeit lang von geldgierigen Gaunern geliefert worden sind«, sagte er. »Simons Weine sind einwandfrei. Frieda?«

»Ja, Herr?«

»Bring Abt Johannes von dem unverdorbenen Wein. Einen Becher und ein Fass. Das Fass nimmt er morgen mit nach Doberan. Es ist ein Geschenk auf die Freundschaft.«

»Ein ganzes Fass?« Johannes strahlte über beide Wangen.

»Ein Fass«, bestätigte Holthusen. »Aus Würzburg.«

ANMERKUNG ZU DEN HISTORISCHEN HINTERGRÜNDEN DIESES ROMANS

Der von den Gelehrten der Universität Paris entwickelte Weg *via cessionis* wurde nie beschritten. Die Schismapäpste – am Ende waren es sogar drei! – sind nicht freiwillig zurückgetreten. Und doch fand das Schisma ein Ende. Dem klugen und klug kalkulierenden deutschen Kaiser Sigismund, einem Bruder des schwachen Wenzel, gelang es tatsächlich, die führenden Vertreter Europas zu einem Konzil zu versammeln, dem berühmten Konzil von Konstanz. Es tagte von 1414 bis 1418 und war für die Stadt Konstanz in ökonomischer Hinsicht ein absoluter Event. Aber auch politisch war das Konzil ein Erfolg.

Den zwielichtigen Würzburger Fürstbischof Gerhard Graf von Schwarzburg hat es tatsächlich gegeben.

DANK

Ein historischer Roman entsteht nicht ohne kompetente Hilfe. Die besten Helfer waren mir die Mitarbeiterinnen und Mitarbeiter der Stadtarchive von Wismar und Würzburg.

Diese lautlosen Helden des Alltags haben mir alle meine Fragen beantworten können. Ohne großes Brimborium legten sie mir Buch für Buch auf den Tisch mit den Worten: »Hier könnte auch noch etwas stehen, das Sie interessiert.« Am Ende hatte ich so viele Bücher auf dem Lesetisch, dass ich ein halbes Leben gebraucht hätte, sie alle zu studieren.

Das nennt man Kompetenz.

Ich bin kein Papst, ich kann weder selig noch heilig sprechen. Wenn ich es aber könnte, die Mitarbeiterinnen und Mitarbeiter von Stadtarchiven würden auf meiner Liste an erster Stelle stehen.

Jede Stadt besitzt ein Archiv. Die Menschen, die es hegen und pflegen, bewahren das Gedächtnis der Stadt. Sie bewahren das Kostbarste, was es gibt: die Erinnerung. Denn ohne Gedächtnis gibt es keine Zukunft.

Setzen wir diesen Menschen ein Denkmal!

Berlin, 8. Februar 2004
Frank Goyke

Noch mehr

Hanse, Händler, Halsabschneider …

Frank Goyke

Tödliche Überfahrt

Ein Hansekrimi

Taschenbuch 52809

223 Seiten

ISBN 3-434-52809-1

Lübeck im Jahre 1445: Nach dem Tod seines Vaters Balthazar und den Morden an seinen Lüneburger Freunden ist endlich Ruhe in das Leben von Sebastian Vrocklage eingekehrt. Er hat den Bürgereid der Hansestadt Lübeck geleistet, ist glücklich verheiratet und erfolgreicher Kaufmann mit weitreichenden Handelsbeziehungen. Doch der Schein trügt: Sein Korrespondent in Bergen wird ermordet aufgefunden, Frachtbriefe sind gefälscht. Kurzentschlossen schifft er sich gemeinsam mit seiner Frau Geseke und dem Ritter Ritzerow nach Bergen ein. Die Geschäfte dort erweisen sich als mörderisch …

Die Hanse

Hartmut Mechtel

Der Tod lauert
in Danzig

Ein Hansekrimi

Taschenbuch 52806

214 Seiten

ISBN 3-434-52806-7

Danzig im Jahre 1626: Die mächtige Hansestadt hat sich dem polnischen König widersetzt und erfolgreich ihren reformierten Glauben verteidigt. Valten Went, Wundarzt, ist ein angesehener Bürger. Als der Kaufmann Hans Brüggemann tot in der Mottlau treibt, beauftragt ihn der oberste Richter mit den Untersuchungen: Mord!

Wenige Tage später wird ein toter Holländer aus der Mottlau gefischt. Stehen die Morde in irgendeinem Zusammenhang? Was weiß der Gesandte der Katholischen Liga? Und: welche Rolle spielt die schöne Witwe Madeleine de Marcillac ...?

Die Hanse

Frank Goyke

Lüneburger

Totentanz

Ein Hansekrimi

Taschenbuch 52805

217 Seiten

ISBN 3-434-52805-9

Lüneburg im März 1433: Margarete, die Tochter des Rostocker Kaufmanns und Ratsherrn Martin Grüneberg, heiratet Tidemann, den Sohn des Lüneburger Salinenpächters und Bürgermeisters Reyner Stolzfuß. Die feierliche Trauung endet tödlich: Der Salzhändler Lüdeke Peters wird auf den Treppen zur Kirche erstochen. Es soll nicht der einzige Mord bleiben …

Waldtraut Lewin,

Miriam Margraf

Weiberwirtschaft

Ein Hansekrimi

Taschenbuch 52810

205 Seiten

ISBN 3-434-52810-5

Magdeburg im Jahre 1482: Eine Hochzeit steht an, zwischen Richard Alemann, Sohn einer Magdeburger Patrizierfamilie, und Regina Jessen, Tochter eines Hamburger Kaufmanns. Die Verbindung soll die Liebe festigen, aber auch die gemeinsamen Handelsbeziehungen. Doch dann findet Richard die Leiche des ermordeten Kaiserlichen Rats Wulffenstein – ermordet. Ein blutverschmiertes Dokument steckt ihm im Rachen – mit dem Siegel des Kaisers, gerichtet an die Hansestadt Hamburg. Als man Richard als Mörder einsperrt, löst der alte Jessen die Verlobung und reist abrupt ab. Sein Weg führt ihn in die Börde, zu Adela Braunböck von Alvensleben, der Herrin des Korns.

Welche Verbindung besteht zwischen den beiden? Haben sie den Mord an Wulffenstein in Auftrag gegeben? Die Zeit drängt: Richard sitzt im Gefängnis und Regina ist die einzige, die an seine Unschuld glaubt ...

Die Hanse